KB065777

争先界

쟁선계 9

2017년 5월 12일 초판 1쇄 인쇄
2017년 5월 17일 초판 1쇄 발행

지은이 이재일
발행인 이종주

기획 팀 이기헌 송윤성 왕소현
책임 편집 백승미

발행처 (주)로크미디어
출판등록 2003년 3월 24일
주소 서울시 마포구 성암로 330 DMC첨단산업센터 3층 314호
Tel (02)3273-5135 Fax (02)3273-5134
홈페이지 rokmedia.com E-mail rokmedia@empas.com

ⓒ 이재일, 2013

값 11,000원

ISBN 979-11-6048-609-4 (9권)
ISBN 978-89-257-3094-3 04810 (세트)

爭先界

쟁선계

9

| 이재일 장편소설 |

ROK
MEDIA

로크미디어

차례

은둔자隱遁者

(1)

"고高영감님!"

누군가 부르는 소리에 하후봉도夏候奉道는 돗자리를 말던 손
길을 멈추고 고개를 돌렸다. 가시나무처럼 앙상한 장년인 하
나가 목에는 흰 수건을 두르고 양손은 뒤로 감춘 채 그에게 다
가오고 있었다. 시장 입구에서 조그만 주루를 운영하는 하소
칠賀小七이었다.

"해가 지려면 아직 멀었는데 벌써 끝내시게요?"

하후봉도는 대답 대신 발치에 놓인 고약 단지를 턱짓으로 가
리켰다. 한 말은 족히 들어갈 고약 단지는 며칠 굶주린 개가 먹
고 간 밥그릇처럼 깨끗이 비어 있었다. 단지 안을 살핀 하소칠
이 부럽다는 듯이 입을 다셨다.

"그새 다 파셨네요. 하여튼 고영감님의 수완도 알아줘야 한다니까. 반나절도 안 돼서 동이 날 정도니 말입니다."

하후봉도는 돗자리를 다시 말며 심드렁하니 대꾸했다.

"일 년에 겨우 네 번 여는 장산데 이 정도는 돼야 나도 먹고 살지 않겠나?"

하후봉도가 이 시장에 오는 것은 계절마다 한 번씩 일 년에 딱 네 번뿐이었다. 그럼에도 불구하고 이 시장에서 그를 모르는 사람은 없었다. 모두 그가 파는 고약 때문이었다.

별다른 이름도 붙어 있지 않은 하후봉도의 고약은 타박상이나 염좌 같은 외상에는 물론이거니와 등창처럼 뿌리 깊은 질환에도 웬만한 의원이 지은 약보다 훨씬 효과가 좋았다. 오죽하면 다른 지방 사람들까지도 그의 고약을 사기 위해 불원천리 이 시장을 찾아오겠는가 말이다. 그가 하후라는 성 대신 고영감, 혹은 고약영감으로 불리는 까닭도 여기에 있었다.

"안 그래도 가게로 찾아가려던 참이었는데 잘됐군. 돗자리 잘 썼네."

하후봉도는 단단히 말아 아래위로 끈까지 묶은 돗자리를 하소칠에게 내밀었다. 서로 안면을 튼 뒤부터 그는 줄곧 하소칠에게서 돗자리를 공짜로 빌려 써 왔다. 덕분에 돗자리를 메고 산길을 오가는 번거로움을 피할 수 있었던 만큼 이는 분명 고마운 일이 아닐 수 없었다. 최소한 하소칠이 늦장가를 들기 전인 올 봄까지는 말이다.

"자리를 접긴 아직 이른데요."

하소칠은 이렇게 말하며 뒷짐 진 손을 앞으로 내밀었다. 하후봉도는 그의 손에 놓인 물건들을 물끄러미 내려다보다가 물었다.

"뭔가?"

"보면 모르세요? 술과 고기죠."

눈이 달려 있으니 저 술병 속에 든 게 술이고 저 접시에 담긴 것이 고기인 줄 모르고 물은 것은 아니다. 그걸 자기에게 내미는 이유가 뭔지를 물은 것이다.

하후봉도의 그런 내심을 헤아리지 못한 듯, 하소칠이 으스대며 덧붙였다.

"그것도 삼 년 묵은 연엽주蓮葉酒에 방금 튀긴 돼지족발입니다."

이 말 때문인지 아니면 솔솔 풍겨 오는 냄새 때문인지, 하후봉도는 자신도 모르게 군침을 꿀꺽 삼켰다. 아, 밀려드는 손님들 탓에 점심을 부실하게 때운 게 가장 큰 이유일지도 모른다.

"뭐 하세요? 어서 받으시지 않고요."

하후봉도는 엉겁결에 돗자리를 내려놓고는 하소칠이 내민 술병과 접시를 받았다. 양손이 자유로워진 하소칠은 돗자리를 땅에 도로 펴며 말했다.

"가게로 초대해 대접해 드리는 게 도리인 줄 알지만, 영감님도 아시다시피 우리 여편네 성질머리가 어디 보통이어야 말이죠. 바깥에서 이러는 걸 이해해 주세요."

하소칠이 올봄에 얻은 새 부인으로 말할 것 같으면 성질머리만 아니라 뻔뻔하고 욕심 많은 면에 있어서도 분명 보통은 넘는 여자였다. 얼마나 뻔뻔하고 얼마나 욕심 많은가 하면, 남편이 빌려 준 돗자리 한 장이 사무치게 아쉬워 하후봉도의 좌판 앞을 쉴 새 없이 오락가락했을 뿐만 아니라, 더 이상 지켜보기 민망해진 하후봉도가 울며 겨자 먹기로 내준 동전 몇 닢을 냉큼 챙기면서도, "남편껜 비밀인 거 아시죠? 그리고 다음엔 제가 수고스럽지 않도록 알아서 챙겨 주세요."라고 당당히 요구할 정도였다. 이런 그녀가 두 눈 시퍼렇게 뜨고 감시하는 가게에서 공짜 술을 얻어먹는다? 술이 목구멍에 걸려 죽고 싶지 않은 바엔 감히 시도할 수 없는 일이었다.

"내가 지붕 따질 사람으로 보이던가? 그나저나 이래도 괜찮은 건지 모르겠군."

하후봉도는 양손에 각각 든 술병과 고기를 번갈아 내려다보다가 걱정스러운 목소리로 물었다.

"저녁 손님 맞을 준비를 하는 시간이라 여편네는 주방에서 꼼짝 못 합니다. 들키지 않고 빼내 오기가 힘들었지, 빼내 온 다음엔 아무 문제 없으니 걱정 마시고 식기 전에 어서 드세요."

하소칠의 대답 밑바닥에는 드센 부인에게 잡혀 사는 심약한 남편의 비애가 짙게 깔려 있었다. 이쯤 되면 아무 말 않고 먹어 주는 게 도와주는 것이리라. 하후봉도는 하소칠이 깔아 준 돗자리에 털썩 주저앉아 술과 고기를 먹기 시작했다.

흰빛이 훨씬 많은 머리카락과 얼굴에 깊게 파인 주름살 탓에 일찌감치 영감 호칭으로 불리긴 하지만, 하후봉도의 실제 나이는 올해로 마흔일곱. 장년의 하소칠에겐 그저 나이 차가 제법 나는 큰형님뻘밖에 되지 않았다. 건장하기로 말하면 스무 살 청년 뺨치는 하후봉도였으니, 그 왕성한 식욕에 술 한 병, 족발 한 접시가 사라지는 데엔 그리 긴 시간이 필요치 않았다.

"술도 좋고 고기도 좋아."

하후봉도가 입가에 묻은 기름기를 손등으로 훔친 뒤 말했다.

"좋으시다니 다행이네요."

"먹는 데 정신이 팔려 이유도 묻지 않았군. 내게 이런 대접을 하는 이유가 뭔가?"

하소칠이 히죽 웃었다.

"고영감님 덕분에 번 돈이 얼만데 이깟 술 한 병 고기 한 접시가 무슨 대접 축에 낀다고 그러세요."

"난 고약을 팔고 자네는 술을 파는데 자네가 어떻게 내 덕분에 돈을 버는가?"

"이런, 시장 사람들은 다 아는데 고영감님만 모르시나 보네요."

"모르긴 뭘 몰라?"

"고영감님께서 내려오시는 날이면 이 주변 가게들의 매상이 평소보다 곱절 이상 오르는 거 말입니다. 저희처럼 음식과 잠자리를 파는 집은 특히 더하고요. 그 손님들이 왜 여기 오겠습니까? 모두 고영감님의 고약을 사려고 오는 거죠. 그러니 제가 어찌 고영감님께 한잔 올리지 않겠어요?"

그러나 하후봉도는 여전히 납득하기 힘들다는 듯 고개를 갸웃거렸다.

"살다 보니 별 이상한 이유로 대접받기도 하는군. 어쨌거나 출출하던 참에 잘 먹었네."

"헤헤, 고마우시면 다음에도 꼭 이 자리로 오시는 겁니다. 돗자리는 언제든지 빌려 드릴 테니까요."

순박하게 웃는 하소칠의 얼굴을 바라보며 하후봉도는 다음에도 새 돗자리를 사긴 글렀다고 생각했다. 뭐, 그래도 괜찮다는 생각도 들었다. 가까이 지내며 친교를 나누는 사이는 아니어도 말을 섞고 사는 몇 안 되는 사람 중 하나였다. 앞으로도 돗자리 값으로 계속 뜯길 동전 몇 푼이야 제때 못 낸 결혼 축의금 나눠서 내는 셈 치면 그만이었다.

"가게를 너무 오래 비우면 한 소리 들을지도 모르니 어서 돌아가 보게."

"알겠습니다. 고영감님께서도 살펴 돌아가세요."

하소칠을 돌려보낸 하후봉도는 품에서 작은 쪽지 한 장을 꺼냈다. 쪽지엔 몇 가지 물건들의 이름이 적혀 있었다. 어젯밤에 작성한 목록이었다. 그 쪽지를 한참 들여다보던 하후봉도가 아, 하며 중얼거렸다.

"뭔가 빼놓았다 싶더니만 바늘과 실을 잊었군."

하후봉도는 산인山人이었다. 고약을 팔러 시장에 올 때를 제외하곤 여간해선 산에서 내려오는 일이 없었다. 그러나 아무리 솜씨 좋은 산인이라도 생활에 필요한 모든 것들을 산으로부터만 얻을 수는 없었다. 먹을거리야 자급자족으로 해결한다지만 여타의 생필품, 예를 들어 바늘과 실 같은 물건들은 산 아래 세상을 통해 구할 수밖에 없는 것이다.

그래서 하후봉도는 가전의 비방에 따라 고약을 고아 팔았고, 그렇게 번 돈으로 생필품을 구입했다. 산인으로서의 생활을 강제당한 그이지만, 그리하여 이제는 그 생활에 무척이나 익숙해진 그이지만, 이렇듯 세상과의 끈 한 가닥은 남겨 둬야만 했다.

"바늘과 실, 바늘과 실……."

빈 고약 단지를 챙겨 든 하후봉도는 혹여 잊어버릴까 바늘과 실을 거듭 뇌까리며 시장 안쪽으로 터덜터덜 걸어 들어갔다. 서녘 하늘의 햇살을 받아 어느덧 길쭉해진 그림자가 그의 뒤를 따라붙었다.

(2)

큼직한 자루를 짊어진 하후봉도가 안문곡雁門谷 어귀에 당도

한 시간은 긴 여름해도 어느덧 저물어 어스름한 땅거미가 깔리기 시작할 무렵이었다.

맑은 물이 흐르는 골짜기를 거슬러 십 리쯤 더 올라가면 좁다랗게 나 있던 소로도 끊기고, 약초꾼의 발길마저도 거부하는 본격적인 밀림이 시작된다. 하후봉도가 삶의 대부분을 보낸 낡은 목옥은 그 밀림 깊숙한 곳에 자리 잡고 있었다.

"서둘러도 이 꼴이군."

가파르게 이어진 골짜기 능선을 올려다보며 하후봉도는 한숨을 쉬었다. 이곳에서 그의 집까지는, 아무리 산길에 익숙한 그라 할지라도 밤을 꼬박 도와야만 당도할 거리였다. 게다가 길도 제법 험했다. 어찌할까 망설이던 그는 이내 마음을 정했다. 엄동설한이라면 모를까, 딱히 급할 이유도 없는 귀갓길이었다. 산귀신처럼 밤 숲을 헤매는 짓은 하고 싶지 않았다.

하후봉도는 골짜기 아래로 흐르는 좁은 개울을 훌쩍 뛰어 건넌 뒤, 맞은편에 우거진 소나무 숲으로 들어갔다. 용머리처럼 툭 튀어나온 바위 모퉁이를 돌아 조금 더 올라가면 하룻밤 머물기에 적당한 공터가 나온다는 사실을 알고 있었기 때문이다. 공터로 가는 길에 간간이 눈에 띄는 마른 가지들을 주워 모으는 일도 잊지 않았다. 여름밤 노숙을 하며 날벌레들에게 시달리지 않으려면 이 정도 준비는 상식이었다.

그러나 공터가 바라보이는 곳에 당도한 순간, 하후봉도는 자신의 수고가 헛된 것임을 깨달았다. 공터 한가운데엔 이미 모닥불이 타오르고 있었다. 먼저 온 손님이 있었던 것이다.

하후봉도는 불쾌했다. 자신만의 휴식처라 생각하던 장소가 불청객에게 점령당했는데 어찌 불쾌하지 않겠는가. 게다가 그 불청객은 수상해 보이기까지 했다. 날 저문 이 시각에 솥뚜껑처럼 커다란 죽립을 뒤집어쓰고 있다는 사실만으로도 충분히 그랬다.

'그냥 갈까?'

하후봉도가 수풀 뒤편에 서서 잠시 망설이는데, 죽립인이 천천히 자리에서 일어섰다. 어둠을 닮은 흑의 경장 차림. 앉아 있을 적엔 미처 몰랐는데 저렇게 몸을 바로 세우자 하후봉도 못지않게 장대한 체격의 소유자였다.

"자리는 넉넉하니 이리로 오십시오."

죽립인이 하후봉도 쪽을 향해 말했다. 노회하달 수는 없지만 그렇다고 청년의 것이라고도 생각되지 않는, 연륜과 패기가 적당히 조화를 이룬 듣기 좋은 목소리였다. 그러나 하후봉도가 느낀 불쾌함은 가시지 않았다.

불청객 주제에 주인 행세를 하려 들다니!

하지만 그냥 가 버릴 기회는 이미 놓친 뒤였다. 하후봉도는 조금 굳은 얼굴로 모닥불 쪽으로 다가갔다.

"이쪽으로 앉으십시오."

불청객은 왼손을 내밀어 맞은편 자리를 권했다.

하후봉도는 자신도 모르게 눈살을 찌푸렸다. 불청객의 왼손은 엉망이었다. 굳은 촛농처럼 녹아 붙은 살갗은 아마도 화상의 흔적인 듯싶었다. 저 정도면 손만 데고 끝날 화상이 아닌 듯싶었다. 그렇다면 죽립으로 얼굴을 가린 이유도 혹시?

때마침 불청객이 죽립을 벗었다. 만일 온전하다면 남자답다는 칭찬을 들을 게 분명한 삼십 대 중반 사내의 얼굴이 모닥불 불빛에 드러났다. 하지만 아쉽게도 반쪽짜리 얼굴에 불과했다. 반면이 알아보기 힘들 정도로 일그러진 사람은 남은 반면이 아무리 훌륭해도 미남이 될 수 없었다. 아니, 지금처럼 모닥불의 음영이 일렁거리자 방금 지옥에서 기어 나온 귀신처럼 무시무시해 보이기까지 했다.

'쯧쯧.'

하후봉도는 불청객에게는 들리지 않도록 입속으로 혀를 찼다. 산에서 사는 사람답게 악기가 없는 그였다. 불청객의 망가진 용모를 대하자 기휘忌諱하는 마음보다는 동정심이 먼저 일었다.

'풍채도 당당하고 눈빛도 정명하거늘…….'

젊은 친구가 참 안됐다는 생각이 들었다.

"그럼 염치 불고하고 신세를 지겠소."

하후봉도는 불청객이 권한 자리에 앉았다.

"산이 준 자리에 산이 준 모닥불을 나눌 뿐입니다. 신세랄 것은 없겠지요."

이 대답이 또 마음에 들어, 하후봉도는 마음 한구석에 남아 있던 불쾌감의 찌꺼기까지 말끔히 씻어 버릴 수 있었다.

"흠, 그렇게 말하니 나도 나눌 게 있구려."

하후봉도는 가지고 온 자루의 주둥이를 열고 짚으로 엮은 꾸러미 하나를 꺼냈다. 그 꾸러미 안에는 오늘 밤 산중에서 먹을 요량으로 산 떡이 들어 있었다.

"자릿세라 생각하고 요기나 하시오."

"잘 먹겠습니다."

불청객은 흔한 사양 한 번 하지 않고 떡을 받아 입으로 가져가는데 한입에 절반, 다시 한입에 남은 절반, 어른 손바닥만 한 떡이 사라지는데 숨 한 번 쉴 시간이 필요치 않아 보였다.

"어디에서 오셨소?"

하후봉도가 물었다. 불청객은 우물거리던 떡을 꿀꺽 삼킨 뒤 대답했다.

"강동에서 왔습니다."

"강동이면 소항蘇杭(소주와 항주)?"

"대충 그 부근이지요."

"정말 멀리서도 오셨군."

하후봉도는 고개를 끄덕이고는 다시 물었다.

"예삿일을 하는 사람으론 보이진 않는데, 혹시 강호 물을 먹는 분이시오?"

불청객은 뜻밖이라는 듯이 눈을 조금 크게 떴다.

"어떻게 아셨습니까?"

이유는 두 가지였다. 하나는 일반적인 이유고 하나는 일반적이지 않은 이유인데, 하후봉도는 그중에서 전자를 꺼냈다.

"보통 사람이라면 들짐승이 무서워서라도 이런 곳에서 혼자 밤을 보낼 생각을 못 할 게요. 게다가 임자는 날 보고도 경계하는 기색이 전혀 없더구려. 웬만한 담량으론 그렇지 못하지. 산중에선 들짐승보다 더 무서운 게 모르는 사람이니까."

불청객은 별다른 대꾸 없이 기다란 나뭇가지로 모닥불을 뒤척이다가 불쑥 물었다.

"하면 어르신께선 어떠신가요?"

"응?"

"어르신께서도 혼자 밤을 보내려고 이곳에 오시지 않았습니까. 게다가 제가 권하자 바로 자리에 앉으셨고요. 그런 점으로 미루어 어르신께서도 평범한 분은 아니신 듯하군요."

하후봉도는 손을 내저었다.

"시장에서 고약이나 파는 늙은이에게 무슨 특별한 점이 있겠소? 단지 남들보다 조금 더 산과 친한 정도겠지."

화상으로 인해 대칭을 잃은 불청객의 입술이 슬쩍 말려 올라 갔다. 웃는 것일까? 다음 순간, 그 입술은 하후봉도가 이제껏 불청객에게 품었던 모든 호의를 단번에 날려 버릴 말을 꺼내 놓았다.

"금철하후가金鐵夏候家의 후예께서 특별하지 않다면 천하의 그 누구도 특별할 수 없을 겁니다."

하후봉도는 불청객의 얼굴을 빤히 바라보다가 물었다.

"방금 뭐라 했소?"

"세상에는 금철하후가의 외문공부가 북천거령신北天巨靈神 노 선배의 죽음과 함께 단맥된 줄로 알려져 있지요. 그러나 실상은 그와 다르다는 점을 말씀드렸습니다."

금철하후가는 반백 년 전만 해도 절세의 외문공부로 강북 강 호를 주름잡던 가문의 이름이었다. 그러나 작금에 이르러 금철 하후가의 이름을 기억하는 이들은 드물었다. 가주를 포함한 가 솔 전원의 수급이 금릉성 성루에 내걸린 그날 이후, 금철하후가 의 이름은 자연스럽게 세인들의 뇌리에서 지워져 갔다. 당시의 가주가 바로 북천거령신, 하후봉도에겐 작고한 지 이십 년이나 되는 선친이기도 했다.

불청객의 얼굴에 고정된 하후봉도의 동공이 서서히 오므라들 었다. 불청객은 그를 찾아온 것이 분명했다. 다시 말해, 작은 모닥불을 둘러싼 이 자리는 불청객의 각본에 의해 치밀하게 꾸 며진 무대였던 것이다. 그런 자를 상대로 잠시나마 호의를 품었 으니, 속고 속이는 데 익숙하지 않은 순박한 산인 하후봉도가 어찌 분노하지 않겠는가.

"준비하시오."

앞서도 말했거니와 하후봉도는 악기가 없는 사람이었다. 때문에 분노했다 하여 아무런 경고도 없이 다짜고짜 손을 쓸 만큼 난폭한 사람은 못 되었다. 하지만 아래 세상의 인심이라는 게 어디 산인의 마음가짐만큼 순하던가. 그의 경고는 불청객을 오히려 어리둥절하게 만들 따름이었다.

"예?"

불청객이 어리둥절해했지만 배려는 한 번으로 족했다.

하후봉도는 앉은 자세 그대로 일 권을 내질렀다. 옆구리 뒤로 당긴 주먹을 앞으로 쭉 밀어내는 단순한 권격拳擊. 그러나 그 권격에 실린 위력만큼은 절대로 단순하지 않았다.

파라락- 펑!

두 사람 사이에서 타오르던 모닥불이 큰 깃발이 바람에 날리는 듯한 비명을 지르며 사그라진 것과 동시에, 불청객이 앉아 있던 자리 위에서 요란한 폭음이 터져 나왔다. 불티 섞인 흙먼지가 사방으로 분분히 날아올랐다.

"보기보다 몸이 날래오."

하후봉도는 감탄했다. 불청객의 반응 속도는 그의 예상을 뛰어넘는 것이었다. 제대로 대비하지 못했음에도 불구하고 어느새 몸을 날려 그의 공격을 피해 낸 것이다.

"오해하셨군요. 저는 어르신과 싸우려고 이곳에 온 게 아닙니다."

본래 앉았던 자리로부터 일 장가량 떨어진 곳에 몸을 세운 불청객이 하후봉도를 향해 말했다.

"나는 싸워야겠소."

하후봉도는 짤막하게 대꾸한 뒤 자리에서 일어서서 불청객을 향해 다가갔다.

불청객은 재차 뭐라 말하려 하다가 하후봉도가 취한 자세를 보고는 입을 다물었다.

왼손은 손바닥이 보이도록 펴서 전방을 방호하고 오른손은 정권으로 말아 쥐어 적의 허점으로 전진한다. 금철하후가의 후예들이 싸움에 임해 취하는 기본자세는 이처럼 간단했다. 하지만 그 손바닥이 방패처럼 단단하다면? 그 주먹이 쇠망치처럼 단단하다면? 게다가 그 전진이 철기병의 진군처럼 거칠 것이 없다면?

불청객의 입술 사이로 탄성 같은 한마디가 튀어나왔다.

"천순뇌격天盾雷擊."

하후봉도의 두 눈이 가늘게 접혔다.

"역시 내 가문에 대해 많은 것을 아는구려. 이제 싸워 볼 마음이 생겼소?"

금철하후가를 대표하는 절기가 바로 천순뇌격단공天盾雷擊段功이었다. 막 입문한 소년이 가장 먼저 접하는 무공도 그것이었고, 모든 수련을 끝낸 대가가 마지막으로 되돌아가는 무공도 그것이었다.

천순뇌격단공은 일 단공부터 오 단공까지 모두 다섯 단계로 구분되는데, 하후봉도는 그중 마지막 단계인 오 단공의 완성을 앞두고 있었다. 금철하후가 사상 최강의 고수로 알려진 북천거령신도 만년에 이르러서야 완성했을 만큼 어려운 것이 바로 이 오 단공이었다. 한데 나이 마흔일곱의 하후봉도가 그 경지에 근접했으니, 강호에 무관한 산인의 삶을 걸어온 것을 감안하면 실로 놀라운 성취라 아니할 수 없었다.

"천순뇌격이라면 분명 싸워 볼 만한 가치가 있군요."

불청객은 별로 생각해 보지도 않고 시원스레 대답했다. 호의는 사라졌다 해도 사내다운 점 하나만큼은 인정해 주지 않을 수 없었다.

"이제 가겠소."

하후봉도는 불청객을 향해 진격해 들어갔다.

화라락!

폭 좁은 마의 소맷자락이 찢어질 듯 펄럭이는 가운데, 한 걸음에 삼 권을 때려 내고 다시 한 걸음에 구 권을 때려 내니, 한 호흡 동안 퍼붓는 공격이 자그마치 십이 권이라. 이름 하여 십이병첩十二屛疊의 수법. 뻗어 나가는 주먹 하나하나가 막강한 경력을 담고 있어 피육을 지닌 인간이라면 감히 상대하기 힘들 터였다.

한데 불청객 또한 만만한 상대는 아니었다. 마치 거센 물결에도 굴하지 않는 싱싱한 물고기처럼, 제자리에 버티고 서서 소나기처럼 쏟아지는 경력들을 맞상대해 나가는 것이었다. 양손을 가슴 앞으로 당겨 삼중선三重線(얼굴, 명치, 배꼽을 잇는 선)을 방호한 자세에서 막고 비끼고 감고 퉁기는 왼손의 움직임은, 권장공부라면 이력이 난 하후봉도조차도 감탄하지 않고선 못 배길 만큼 정교하고 효율적인 것이었다.

십이병첩의 공격이 무위로 돌아간 것과 동시에 불청객의 반격이 시작되었다. 좌측으로 한 걸음 미끄러지며 부드럽게 올려친 좌장이 하후봉도의 가슴팍을 향해 날아들었다. 하후봉도는 천순뇌격에서 천순에 해당하는 좌장을 마주 내밀어 불청객의 장공掌攻을 정면으로 가로막았다.

쩡!

장력이 손바닥에 부딪치며 철판 두드리는 소리가 울려 나왔다.

"음."

하후봉도는 몸 전체를 움찔거리며 얼굴을 찌푸렸다. 선친과의 대련 이후 이런 충격을 받은 적은 없었다. 천순을 구성하는 손바닥은 물론이거니와 손목과 팔꿈치, 심지어 어깨까지 얼얼했던 것이다.

불청객의 장력에는 확실히 놀라운 면이 있었다. 하지만 금성철벽金城鐵壁과도 같은 단단함을 자랑하는 금철하후가의 외가기공을 무너뜨릴 정도는 아니었다. 하후봉도가 얼굴을 찌푸린 이유는 다른 데 있었다.

"오른손은 왜 안 쓰시오?"

하후봉도가 노한 목소리로 물었다. 불청객은 이제껏 한 손만으로 그를 상대하고 있었다. 방어도, 그리고 반격도 오직 왼손 하나만을 사용하고 있었던 것이다. 이는 그가 분노해 마땅할 일. 그도 그럴 것이, 금철하후가의 후예와 권장을 겨루며 감히 한 손만을 쓰다니!

그런데 불청객의 대답은 뜻밖이었다.

"저도 쓰고 싶습니다."

하후봉도의 귀엔 몹시도 괴이하게 들리는 대답이 아닐 수 없었다. 저 말인즉, 쓰고 싶어도 못 쓴다는 뜻이 아니겠는가.

하후봉도가 물었다.

"오른손을 못 쓰시오?"

불청객은 오른손을 내밀어 보였다.

"젓가락이나 간신히 쥐는 정도지요."

하후봉도는 눈을 가늘게 뜨고 불청객의 오른손을 바라보았다. 장애라도 있는 것일까? 달걀을 움켜쥔 듯 둥글게 굳어 있는 손가락들의 모습이 무척이나 부자연스러워 보였다. 젓가락이나 간신히 쥔다는 말이 거짓 같지는 않았다.

하후봉도는 잠시 갈등을 느꼈다. 정상도 아닌 자를 꼭 해치워야만 하나? 생각 같아선 그냥 돌려보내고 싶었다. 하지만 그럴 수 없었다. 값싼 동정심을 베풀기엔 숨어 지내는 자의 숙명이 너무 각박했기 때문이다.

"사람에겐 정이 있지만 주먹에는 정이 없소. 동정은 기대하지 마시오."

하후봉도는 애써 냉정히 말하며 다시금 천순뇌격의 기본자세를 취했다. 바위처럼 묵직한 기세가 다시 한 번 압박해 갔지만, 불청객은 아무런 말 없이 두 눈을 빛낼 뿐이었다.

"합!"

하후봉도는 우렁찬 기합과 함께 왼발을 내딛었다.

쿠—웅!

요란한 발소리에 주변의 소나무들이 우수수 몸을 떨었다. 그러면서 그가 때려 낸 주먹이 도합 구 권. 천순뇌격단공이 이 단계에 이르러야 비로소 시전 가능하다는 구곡격수九曲激水가 바로 이것이었다.

파파파팡!

연주포聯珠砲 터지는 듯한 파공성이 두 사람 사이 다섯 자 남짓한 좁은 공간에서 연속해서 울려 나왔다.

직격 위주인 십이병첩에 비해 구곡격수는 변화가 복잡한 수법이었다. 구불구불 이어진 계곡을 숨 가쁘게 짓쳐 가는 격류처럼, 휘어지고 꺾이며 겹겹이 밀려드는 어지러운 공격 앞엔 제아무리 정교한 방어도 속수무책일 수밖에 없었다. 하물며 제대로 쓸 수 있는 것이 왼손 하나인 바에야.

"음!"

불청객은 서너 걸음 물러서며 답답한 신음을 흘렸다. 구곡격수의 아홉 주먹 중 두 개에 가슴을 적중당한 것이다. 하지만 정작 놀란 것은 하후봉도 쪽이었다. 권심을 통해 되돌아온 반탄력이 흡사 솜뭉치를 때린 듯 허허롭기만 했기 때문이다.

'뭐지, 이 느낌은?'

하후봉도는 자신의 주먹을 잠시 내려다보다가 고개를 번쩍 들고 불청객에게 물었다.

"호신강기護身罡氣를 익혔소?"

불청객은 왼 손바닥으로 가슴을 문지르며 대답했다.

"말씀하신 호신강기란 게 정확히 무엇을 의미하는지는 모르지만, 외부의 타격으로부터 내부를 보호하는 요령은 터득했습니다. 그것이 호신강기라면, 예, 대충은 익힌 것 같군요."

하후봉도의 두 눈에 기이한 광채가 떠올랐다.

호신강기를 익힌 자라니!

마음속 깊숙한 곳으로부터 희열이 솟구쳤다. 그런 기색을 눈치챈 듯, 불청객이 물었다.

"호신강기를 익힌 게 중요한 문제인가요?"

"중요하오, 적어도 내게는."

하후봉도는 두근거리는 마음을 애써 진정시키며 세 번째로 천순뇌격의 자세를 취했다.

이번 자세는 앞서의 두 번과 다른 점이 있었다. 신체의 중심을 하단전에 단단히 고정한 상태에서 양 무릎을 굽히고 어깨와 허리를 둥글게 웅크리니, 거칠 것 없는 진격이 특징이라고 알려진 천순뇌격의 요체와는 거리가 먼 자세로 보였다. 그러나 이것이야말로 천순뇌격의 정수. 애써 진격할 필요가 없었다. 뇌격이라는 말이 의미하듯, 나아가 때리는 것은 벼락만으로 충분했다.

"조심하시오."

하후봉도가 말했다. 그와 동시에 그의 굳건한 어깨선을 따라 기이한 떨림이 일어나기 시작했다.

불청객이 눈을 크게 뜨며 탄성을 터뜨렸다.

"뇌격권? 금철하후가의 정수가 끊어지지 않았다는 그분의 말씀이 옳았구나!"

천순뇌격단공은 단계가 오를수록 한 호흡에 쳐 내는 권격의 수가 줄어드는 특징이 있다.

이 단공이 구 권, 삼 단공이 육 권, 사 단공이 삼 권…….

이렇게 줄어든 권격은 최후의 오 단공에 이르러 오직 일 권으로 귀결된다. 주먹 하나로 만물을 파破한다는 뇌격권의 경지가 바로 이것이다.

하후봉도는 오 단공에 오른 이 년 전부터 뇌격권을 시전할 수 있었다. 그러나 시전하는 것과 완성한 것은 같을 수 없었다. 완성을 자신하기 위해선 그에 걸맞은 시험을 통과해야만 하는데, 아무도 없는 산중에서는 시험에 적당한 대상을 찾기 힘들었다.

찌르면 뚫리고 때리면 부서지는 나무나 바위 따위가 어찌 금철하후가의 수백 년 적공이 담긴 뇌격권의 시금석이 될 수 있으랴!

이는 수수깡으로 명검의 예리함을 시험할 수 없는 것과 같은 이치였다. 그래서 그는 지난 이 년 내내 갈증과도 비슷한 욕망을 느꼈다. 알고 싶다! 시험하고 싶다!

그런데 바로 지금, 하후봉도에게 최적의 시금석이 주어졌다. 파괴의 최고봉인 뇌격권을 시험하는 데 있어 방어의 최고봉인 호신강기를 익힌 자보다 더 좋은 대상이 어디 있겠는가!

후우웅!

하후봉도의 두 발이 지면을 뚫고 조금씩 꺼지며 그의 주위로 기이한 회오리바람이 일기 시작했다. 몸 상태는 최상이었다. 부드럽게 말아 쥔 오른손의 감각은 무서우리만치 예민해져 있었다. 손가락 끝에 닿은 손바닥의 주름살 하나하나까지도 눈에 잡힐 듯 생생히 살아나고 있었다.

'좋군.'

하후봉도의 입가에 만족스러운 미소가 걸렸다. 모든 것이 뜻대로 움직이고 있었다. 어느 순간, 두 사람 사이의 공기가 휘우뚱 이지러지는가 싶더니 어느 한 점을 향해 서서히 모여들었다. 그 점 아래엔 굳은살로 뒤덮인 거무튀튀한 권심拳心이 놓여 있었다.

뇌격권은 단순한 경강공硬剛功의 경지를 넘어, 외기의 흐름을 읽고 내력의 진퇴를 조절하는 능력이 두루 갖춰지기 전에는 연성이 불가능한 희대의 절학이었다. 감각을 둔화시켜 충격에 대항하는 여타의 외공과 달리, 오른손의 감각을 극도로 발달시키는 까닭도 바로 거기에 있었다.

그런데 바로 그때, 하후봉도로선 어처구니없다 할 수밖에 없는 일이 벌어졌다. 마주하고 있던 불청객이 만세라도 부르듯 두 손을 번쩍 치켜든 것이다.

"지금의 저로선 뇌격권을 감당할 자신이 도저히 없군요. 이쯤에서 패배를 인정하겠습니다."

'안 돼!'

하후봉도는 불청객을 반드시 쓰러뜨려야만 했다. 처음엔 각박한 숙명이 시킨 일에 불과했지만, 이제는 그 자체가 열망이 되어 버렸다. 그래서 그는 주먹에 끌어 올린 공력을 풀지 않았다. 어깨선을 따라 일던 진동이 권심에 뭉쳐진 한 점을 향해 빠른 속도로 몰려갔다. 그러면서 그는 마음속으로 외쳤다.

'어서 자세를 잡아! 내 뇌격권을 시험해 줘!'

그러나 불청객은 여전히 대응할 자세를 취하지 않았다.

"운雲 노선생께서 전하라는 편지를 가져왔습니다."

운 노선생?

하후봉도의 두 눈이 휘둥그레진 것과, 그 눈동자 속에 당혹감이 떠오른 것과, 임계점까지 응집된 기파가 권심에서 폭발한 것은 거의 동시에 벌어진 일이었다. 겨자씨에 담긴 수미산이 한순간에 본래의 모습을 드러내듯, 점은 지극히 거대한 힘으로 화하여 공간을 갈랐다.

콰앙!

불청객의 우측 후방에서 엄청난 폭음이 터져 나왔다. 그곳에 서 있던 아름드리 소나무들이 수천수만 개의 목편들로 부서져 사방으로 비산했다. 뇌격권의 위력은 거기서 그치지 않고, 그 뒤를 가로막고 있던 거대한 암벽의 벽면에 깊이 넉 자, 반경 일곱 자에 이르는 구덩이를 만들어 놓았다. 문자 그대로 천번지복天飜地覆의 위력이라 아니할 수 없으니, 고작 주먹 하나가 만들어 낸 결과라고는 믿기 힘든 일이었다.

그 주먹의 주인, 하후봉도는 지금 두 눈을 감고 땅바닥에 정좌한 채 기식氣息을 조절하고 있었다.

한계까지 응집시킨 공력을 풀어 버리기란 그 공력에 피습당하는 것만큼이나 위험했다. 뇌격권처럼 양강의 최고봉에 오른 공력이라면 더욱 그러했다. 때문에 하후봉도는 공력을 풀어 버리는 대신 공격의 진로를 트는 쪽을 선택했다. 하지만 이 또한 쉽진 않은 일인지라, 권심을 통해 되돌아온 드센 여파에 의해 내부가 진동되는 손해를 피할 수 없었던 것이다.

다행히도 하후봉도가 입은 손해는 그리 크지 않았다. 그는 오래지 않아 체내의 탁한 기운을 긴 날숨에 실어 토해 낼 수 있었다. 그는 감고 있던 눈을 천천히 떴다. 불청객이 걱정스러운 표정으로 다가와 있는 것이 보였다.

"괜찮으십니까?"

하후봉도는 대답 대신 씁쓸한 미소를 떠올렸다. 몸 상태만 본다면 아마도 괜찮다고 할 수 있을 것이다. 그러나 마음은 그렇지 못했다. 스스로에 대한 실망감이 그의 마음을 불편하게 만들고 있었다.

만일 뇌격권이 완성되었다면 내식을 흐트러뜨리는 일 따위는 생기지 않았을 것이다. 아니, 끌어 올린 공력 자체를 곧바로 풀어 버릴 수도 있었으리라. 그러나 하후봉도는 감히 시도하지 못했다. 스스로에 대해 자신할 수 없었기 때문이다. 의심이란 곧 장벽. 장벽을 넘어서지 못한 이상 그의 뇌격권은 아직 완성되지 않은 것이다.

'누구 탓도 아닌 것을……. 있는 그대로 받아들이자.'

하후봉도는 고갯짓 한 번으로 불편한 마음을 털어 버린 뒤 불청객을 올려다보았다.

"운 선생이 보낸 분이오?"

불청객은 고개를 끄덕였다.

"왜 진작 밝히지 않았소?"

"처음엔 밝히려 했습니다. 그런데 천순뇌격을 대하자 저도 모르게 그만……. 옹졸한 호승심이 어르신께 큰 화를 끼칠 뻔했군요. 미안합니다."

불청객은 두 손을 모은 뒤 하후봉도를 향해 허리를 숙였다. 예도에 어두운 산인의 눈에도 진실하게 비칠 만큼 정중한 읍례

揖禮였다. 하후봉도의 눈빛이 부드러워졌다.

"호승심을 느낀 것은 나도 마찬가지요. 불상사는 피했으니 피차 다행이겠지. 그 얘긴 그만두기로 하고, 거기 좀 앉으시오. 물어볼 것이 있소."

"안 그래도 뇌격권의 위력에 오금이 저려 더 버티고 서 있기 힘든 참이었습니다."

불청객은 뇌격권에 맞아 폐허로 변해 버린 소나무 숲을 돌아보며 너스레를 떤 뒤, 하후봉도의 앞에 앉았다.

"운 선생께서 보내셨다고?"

하후봉도는 이제까지와 다르게 평어로 물었다. 경계심과 적의를 완전히 풀었다는 증거였다. 불청객이 빙긋 웃으며 대답했다.

"그렇습니다."

"아까 노선생이라고 부른 것으로 기억하는데?"

"이젠 노선생이라는 호칭이 전혀 이상하지 않을 연세지요."

하후봉도는 잠시 생각하다가 고개를 천천히 끄덕였다.

"마지막으로 뵈었을 때에도 백발이 성성하셨거늘, 아직도 이세상에 계신다는 일 자체가 놀라운 일이네."

불청객이 어깨를 으쓱거렸다.

"저도 가끔씩 그 어른의 연세를 깜빡하곤 합니다."

"건강하신가?"

"물론입니다."

이제는 운 노선생이라 불러야 마땅한 운 선생은 하후봉도의 거처를 아는 유일무이한 외인이었다. 하후봉도는 자책감이 들었다. 조금만 더 침착했던들 손을 쓰기에 앞서 운 선생의 존재부터 떠올렸을 터였다. 숨어 사는 자의 조바심이 앞선 나머지 너무 성급하게 사람을 핍박한 것이다.

어쨌거나 그 운 선생이 사람을 보냈다!

그렇다면 저자가 바로 검주劍主일까? 마침내 때가 온 것일까? 나와 내 가문에 씌워진, 기나긴 유형流刑처럼 가혹한 운명의 굴레를 벗어던질 때가 온 것일까?

그러기 위해선 확인할 것이 있었다. 오랜 세월 자신을 속박해 온 뇌옥의 열쇠를 찾는 수형자의 심정으로, 하후봉도는 불청객의 전신을 샅샅이 살펴보았다. 그런 그의 시선에 불청객이 허리에 두른 새카만 금속 띠가 꽂히듯 들어왔다. 신경 써서 보지 않을 적엔 그저 요대이겠거니 여겼는데, 가까운 거리에서 유심히 살펴보니 허리에 두를 만큼 부드러운 검임을 알 수 있었다.

……검이다.

그러나 하후봉도가 기다리던 검은 아니었다.

그 검을 가져오지 않은 이상, 불청객은 검주가 될 수 없었다. 하후봉도의 눈빛이 어두워졌다.

……검주는 오지 않았다.

그러므로 굴레를 벗어던질 때 또한 아직 오지 않은 것이었다.

하후봉도가 불청객에게 물었다.

"편지를 가져왔다고 했는가?"

"그렇습니다."

불청객은 품에서 편지 한 통을 꺼내어 하후봉도에게 건네주었다.

하후봉도는 손에 놓인 편지를 내려다보았다. 날개를 펴고 날아가는 학의 그림이 봉인封印으로 찍혀 있었다. 비천학문飛天鶴文. 선친이 생존해 계실 적에 몇 차례 대한 바 있는 운 선생의 신표였다. 하후봉도는 봉인을 떼었다.

　검주가 아니어서 실망했을 것을 아네. 때가 머지않았으니 조금만
더 기다리게. 편지를 가져간 사람은 비록 검주는 아니지만 검주와 인
연이 깊네. 지금 그에겐 자네 가문의 도움이 절실하니, 번거롭더라도
도와주기 바라네.

　서명이 있을 자리엔 예의 비천학문이 그려져 있었다.
　편지를 다 읽은 하후봉도는 긴 숨을 내쉬었다. 실망감이 모
두 가신 것은 아니지만, 기다림의 끝이 그리 머지않다는 구절에
서 그나마 위안을 얻을 수 있었다.
　'그래, 꼭 지금이 아니어도 괜찮겠지.'
　너무 늦지만 않으면 되는 것이다.
　하후봉도는 편지를 품에 갈무리한 뒤 불청객을 바라보았다.
　"이름도 묻지 않았군. 자네 이름이 뭔가?"
　"석대문이라고 합니다."
　만일 하후봉도가 다만 일 년이라도 강호 활동의 경험이 있다
면, 이 이름이 세상에 얼마나 널리 알려진 것인지 금방 알아차
렸을 것이다. 그러나 그는 강호에 나간 적이 없었다. 가문이 전
몰한 이후 오직 산인으로만 산 것이다.
　"선친과 운 선생의 관계에 대해 운 선생께서 아무 말씀 안 하
시던가?"
　"그렇습니다."
　불청객, 석대문의 대답에 하후봉도는 그럴 줄 알았다는 듯
고개를 끄덕였다.
　"운 선생다우시군. 듣고 싶은가?"

"물론입니다."

석대문은 마치 보고를 기다리는 상관처럼 당당하게 대답했다.

하후봉도의 입가에 미소가 걸렸다. 아까도 느꼈지만 과연 시원한 사내였다.

"두 분께선 과거에 같은 일을 하신 적이 있네. 비록 속한 곳은 다르지만 한 사람을 위해 일하셨으니 같은 일을 하셨다 할 수 있겠지. 그러던 중 선친께서 속한 곳에 한 가지 사건이 벌어졌네. 그 재화災禍가 선친은 물론이거니와 우리 가문 전체에 미친 엄청난 사건이었네. 그때 운 선생께서 선친과 나를 구하셨지. 선친과 나는 운 선생께 구명救命의 은혜를 입은 것이네."

하후봉도는 말을 멈추고 밤하늘을 올려다보았다. 귓전을 생생하게 울리는 목소리 하나가 있었다. 바로 선친의 목소리였다.

ー금철하후가의 후예는 결코 은혜를 잊지 않는다!

하후봉도가 귀에 못이 박히도록 들은 그 말을 선친이 처음으로 꺼낸 것은, 그들 부자가 수많은 관병들로 포위된 공부公府를 탈출하던 날이었다.

운 선생의 능력엔 한계가 있었다. 운 선생의 도움으로 빠져나갈 수 있는 사람은 오직 하나. 선친은 네 아들 중 가장 어린 하후봉도를 배에 동여 묶어 한 사람의 똥보로 위장한 뒤, 운 선생을 따라 포위망을 빠져나갔다.

하후봉도는 두꺼운 광목에 친친 묶여 숨쉬기조차 힘든 상황에서도 선친이 우는 것을 알 수 있었다. 철한으로 알려진 선친이지만 포위망 안에 남겨진, 그리하여 결국 반역죄에 연루되어 참수될 수밖에 없는 가족들을 생각하면 눈물을 흘리지 않을 수 없었던 것이다. 그러나 어쩔 수 없었다. 오직 그 방법만이 가문의 명맥을 보존할 유일한 길이었기 때문이다.

선친은 복수를 꿈꾸지 않았다.

나이 어린 하후봉도는 그런 선친을 이해할 수 없었다. 어머니가 죽었다. 형제자매들이 죽었다. 이백에 가까운 가솔들이 깡그리 죽었다. 그런데 아버지는 왜 복수를 맹세하지 않는가? 비겁하다! 비겁하다!

그러나 한 해 한 해 나이를 먹으며 하후봉도는 선친의 심정을 이해할 수 있게 되었다. 황제, 그리고 제국을 상대로 한 복수란 바위를 향해 날아드는 작은 달걀처럼 아무런 의미도 지닐 수 없다는 사실을, 선친은 이미 알고 있었던 것이다. 그래서 선친은 복수 대신 보은을 말했다. 복수를 되뇌듯 수도 없이 반복해서. 심지어는 눈을 감은 그날까지도.

금철하후가의 후예는 결코 은혜를 잊지 않는다!

석대문이 말했다.

"북천거령신 노선배께서 마지막으로 적을 두신 곳이 양국공부凉國公府라는 사실은 풍문으로 들어 알고 있었습니다. 하지만 운 노선생께서도 비슷한 일을 하셨다는 것은 미처 몰랐군요."

"양국공부라…… 참으로 오랜만에 들어 보는 말이군."

하후봉도가 탄식하듯 말했다.

양국공은 명나라 초기의 충신 명장으로 이름 높은 남옥南玉의 존호尊號였다.

남옥을 추앙한 무리는 비단 관官, 민民에만 국한된 것이 아니어서, 칼날을 딛고 살아가는 강호인들 중에서도 그의 휘하로 들어간 이들이 많았다. 그들 중 대표적인 이가 북천거령신 하후방夏候方과 남천비검南天飛劍 연일심燕一心이었다.

강호에선 남북쌍천南北雙天이란 이름으로 명성을 떨치던 이들 두 사람은, 주군인 남옥에 대한 사모의 정이 지극한 나머지 자신의 몸 하나만 의탁한 것에 그치지 않고 식솔 전부를 이끌고 양국공부에 들어왔으니, 당시 강호에서 양국공부가 차지하는 비중이 구파일방에 못지않던 이유는 바로 여기에 있었던 것이다.

그러나 남옥을 향한 하후씨와 연씨의 단심丹心은 비극으로 끝나고 말았다.

때는 황권 강화라는 절대 명제 앞에 어제의 공신들이 풀뿌리 뽑히듯 죽어 나가던 공포 정치의 시절. 어제는 조씨曹氏의 삼족이 몰락하고 오늘은 이씨李氏의 구족이 구멸俱滅되었다. 망나니는 하루걸러 하루마다 무뎌진 칼을 바꿔야 했고, 도부수의 커다란 도끼에선 검붉은 핏물이 마를 줄 몰랐다. 그 시절, 황제의 눈에 비친 남옥은 장성 밖으로 쫓겨난 몽고족 이상으로 위험한 존재일 수밖에 없었다.

이른바 '남옥의 옥獄'.

이만이 넘는 목숨을 앗아 간 사상 초유의 옥사獄事가 남옥과 그 추종자들의 머리 위로 떨어졌다. 강북 하늘을 주름잡던 하후방의 외문공부도, 강남 하늘을 진동하던 연일심의 절세검학도, 절대자가 휘두른 숙청의 칼날 앞에선 바람 앞의 촛불처럼 스러질 수밖에 없었다.

하후방 이하 가솔 일백칠십구 명 전원 참수.

연일심 이하 가솔 일백이십오 명 전원 참수.

역사는 그렇게 기록하고 있었다. 만일 한 사람의 개입이 없었다면, 그 기록은 아마도 정확했을 것이다.

"운 선생께서 우리 부자에게 베푼 은혜는 거기서 그친 것이
아니네."
하후봉도는 담담한 목소리로 말했다.
"우리 부자를 뒤쫓는 추격자들을 막아 주셨고, 안전하게 숨어
살 만한 은신처를 마련해 주셨으며, 국고로 압수된 가문의 비전
들을 위험을 무릅쓰고 빼돌려, 훗날 가문이 재기할 수 있는 발
판을 마련해 주셨네. 우리 가문은, 그리고 나는 그 어른의 명이
라면 지옥의 유황불 속으로 뛰어들라 해도 거역할 수 없는 입장
이네. 금철하후가의 후예는 결코 은혜를 잊지 않기 때문이지."
억지로 묻어 버린 복수 위에 자리한 보은의 염은 그 어떤 주
술보다도 강력했다. 이미 수십 년도 더 지난 일이지만 하후봉도
는 그 주술로부터 벗어날 수 없었다.
"운 선생께선 자네에게 도움을 주라 하셨네. 내가 무엇을 도
와주면 되겠는가?"
하후봉도가 물었다.
석대문은 하후봉도의 얼굴을 잠시 바라보다가 오른손을 앞으
로 내밀었다. 손가락들이 기괴한 각도로 뒤틀린, 그래서 젓가락
이나 간신히 쥘 수 있다던 바로 그 손이었다.
석대문이 말했다.
"이 손을 예전처럼 쓸 수 있게 해 주십시오."

(3)

"소칠이 안에 있는가?"

밤새 탁자에 올려놓았던 의자를 내리며 영업 시작을 준비하던 하소칠은, 자신을 찾으며 가게 안으로 들어온 한 사람을 바라보고는 고개를 갸웃거렸다. 살다 보니 별일도 다 있네 싶었다. 더위가 물러가기 전엔 못 볼 사람인 줄 알았는데.

"어제 산으로 돌아가신 게 아니었어요?"

하소칠의 물음에 고영감, 하후봉도는 어색한 웃음을 지으며 말했다.

"잊은 게 있어 되돌아왔네."

"저런, 그럼 잠은 어디서 주무시고요?"

"요즘 같은 날씨에 잠자리가 대순가? 별걱정을 다 하는군."

그때 주방의 주렴을 쫙 소리 나게 젖히며 한 여인이 등장했다.

"듣자 하니 몹시 섭섭한 말씀을 하시네요. 저희 가게도 잠자리 장사를 한다는 걸 모르셨나요? 깨끗하지, 값 싸지, 게다가 돗자리도 빌려 드릴 만큼 친절한 저희 가게를 놔두고 다른 집에서 묵으시다니요? 그간 저희가 영감님께 베푼 것을 생각하면 절대 그러실 수 없는 일이죠."

가시 돋친 목소리로 하후봉도에게 면박을 주는 여인은 물론 이 가게의 안주인인 하 씨였다. 그녀의 성정을 잘 아는 하후봉도는 그저 쓴웃음만 지을 뿐인데, 노한 쪽은 오히려 그 남편인 하소칠이었다. 하소칠은 눈두덩에 힘을 주며 아내를 꾸짖었다.

"어허! 그깟 잠자리가 뭐 그리 대수라고 아침부터 큰소리야, 큰소리는!"

하 씨의 표독해 보이는 눈에 쌍심지가 척 돋았다.

"그깟 잠자리라니! 그깟 잠자리라니! 이 말랑말랑한 양반아, 방 하나 나가면 얼마를 버는지 몰라서 하는 소리야? 요 며칠 장사 좀 됐다고 천년만년 그럴 줄 알아?"

"말 잘했다! 요 며칠 장사 좀 된 게 누구 덕분인지 알기나 해? 그게 다 고영감님의 고약 덕분이라고!"

"그게 왜 고약 덕분이야! 이부자리 빨고 방 청소하고 음식 만드느라 눈코 뜰 새 없이 바빴던 사람이 누군데, 그게 왜 고약 덕분이야! 그게 왜 고약 덕분이야!"

"이 여편네가 어디서 바락바락 대들어?"

하소칠은 손바닥을 번쩍 치켜들었다. 하지만 가정을 꾸리지 않은 하후봉도의 눈에도 가장의 권위를 드러내기엔 너무 빈약해 보이는 손이요, 몸집이었다.

"때려 봐! 애 딸린 헌 신랑에게 시집 와 잠 한번 변변히 자 보지 못하고 뼈 빠지게 일해 준 죄밖에 없는 여편네, 어디 네 맘대로 때려 봐! 때려 보란 말이야!"

하 씨는 하소칠의 손바닥 아래로 고개를 들이밀며 고래고래 악을 써 댔다.

"이, 이놈의 여편네가……."

그러나 순하기로 말하자면 새끼 양보다 더한 하소칠이었다. 때리란다고 때릴 사람 같으면 화냥질에 이력이 난 전처부터 패 죽였을 것이다.

이들 부부의 승강이를 보다 못한 하후봉도가 나섰다.

"아는 가게 놔두고 다른 가게 장사 시켜 준 내 잘못이네. 내가 생각이 짧았어."

눈 한번 붙이지 못하고 밤을 도와 산을 오르내린 하후봉도였다. 장사 시켜 줄 다른 가게가 있을 턱이 없건만, 화제를 돌리기 위해선 어쩔 수 없었다.

"그래서 자네 부부 돈 좀 벌게 해 주려고 이렇게 아침 일찍 찾아온 거라네. 그러니 진정들 하고 내 얘기를 좀 들어 보게."

이 말이 사랑의 묘약처럼 효과를 발휘했다. 하 씨는 여태껏 도끼눈을 치뜨고 바락바락 대들던 사람이라곤 믿기지 않을 만큼 달콤한 미소를 지으며 하후봉도를 돌아보았다.

"어머, 돈이라고요? 무슨 일인데요?"

하후봉도는 재차 나오려는 쓴웃음을 억지로 참으며 부부에게 말했다.

"갑자기 필요한 약재들이 꽤 많이 생겼네. 한데 시세에 어두운 내가 그것들을 구하려니 여간 막막한 게 아니어야지."

"아무렴요. 산에서만 사시는 영감님이니 당연히 시세엔 어두우실 수밖에요. 자칫 못된 놈에게 걸리기라도 하는 날엔 바가지만 옴팡 쓰실 걸요."

하 씨는 못된 놈과 가장 거리가 먼 표정을 지으며 말했다.

"그래서 이렇게 찾아온 걸세. 평소 자네 부부에게 신세진 것도 있고 해서 말이지."

하후봉도는 품에서 종이 한 장을 꺼내 하소칠에게 내밀었다. 하 씨의 눈길이 그 종이에 찹쌀떡처럼 달라붙은 것은 물론이었다.

"거기 적힌 물건들을 오늘 내로 구해 주게. 시세보다 높이 쳐줌은 물론 수고비도 섭섭잖게 주겠네."

하 씨의 입가가 절로 벌어졌다. 그럴 만도 했다. 얼핏 보기에도 목록대로 전부 구하려면 은자로 사십 냥은 들 것 같았다. 요리조리 남겨먹을 차액에 수고비까지 합치면 한 달 가게 수입은 족히 떨어지는 장사인 것이다.

"한데 이걸 어쩌나. 저희에겐 당장 그런 거금을 돌릴 여력이 없는데……."

행여 일을 물리자고 할까, 목록이 적힌 종이의 한 귀퉁이를 꼭 움켜쥔 하 씨가 애처로운 눈길로 하후봉도를 바라보며 말했다.

"걱정 마시게. 그럴 줄 알고 준비해 온 게 있으니까."

하후봉도는 이렇게 말하며 전표 몇 장을 탁자에 올려놓았다. 전표를 대한 하 씨의 두 눈이 생기로 반짝거렸다.

"육십 냥일세. 이 중 열 냥은 수고비로 쓰게."

"영감님, 제가 보기엔 액수가 너무……."

전표와 하후봉도를 번갈아 보던 하소칠이 민망하다는 얼굴로 여기까지 말한 순간, 전표는 벌써 하 씨의 손 안으로 들어가 있었다.

"수고비 빼고 오십 냥이면 조금 빠듯한 감이 있지만, 알고 지내는 처지에 야박하게 굴 수도 없는 일 아니겠어요? 제가 어떻게든 구해 보도록 할게요."

하후봉도는 그녀를 향해 친근한 미소를 지었다.

"그래 주면 고맙고."

"아이고, 여보! 차라도 내 드리지 않고 뭐해요? 저는 약방 문 열었나 보고 올 테니까 영감님 심심하지 않으시게 말동무라도 해 드리고 계세요."

하 씨는 총총히 가게를 떠났다. 아내에게 협상권 일체를 빼앗긴 채 꿔다 놓은 보릿자루처럼 우두커니 서 있던 하소칠이 그제야 말문을 열었다.

"그런데 무슨 약재를 이렇게 많이 구하세요?"

"고약 장수가 약재로 무얼 하겠나? 당연히 약을 달이는 데 쓰려는 거지."

"그 많은 약을 달여 어디에 쓰시게요? 아하, 이제 본격적으로 가게를 내시려는 거군요?"

하후봉도는 픽 웃으며 고개를 저었다.

"가게를 내려면 진즉 냈지, 이 나이 먹고 무슨……. 쓸데가 있어서 그러니 자세히 알려고 하지 말게."

하소칠은 할 말이 남은 양 머뭇거리다가 하후봉도를 향해 갑자기 고개를 꾸벅 숙였다. 하후봉도의 눈이 커졌다.

"갑자기 인사는 왜?"

"인사가 아니라 미안해서 사과드리는 거예요."

"사과?"

"마누라 대신해서 사과드릴게요. 없이 자라 재물에 집착하는 면이 있어서 그렇지, 속까지 못된 여자는 아닙니다. 영감님께서 이해해 주세요."

하후봉도는 푸근한 웃음을 지었다.

"산다는 게 어디 쉬운 일이던가? 자네 안사람이 재물에 집착하는 것도 모두 나중에 사람답게 살아 보기 위해서가 아니겠는가. 사는 게 그런 걸세. 그렇게 사는 게 좋아. 그러니 안사람에게 잘해 주게. 가끔 손도 좀 잡아 주고."

"에이, 남세스럽게 무슨 그런 말씀을."

하소칠은 뒤통수를 긁적이며 얼굴을 붉혔다. 하후봉도는 자리에서 일어서며 물었다.

"빈방 있는가? 자네들이 약재 구해 오는 동안 눈 좀 붙였으면 하는데."

하소칠은 반색을 했다.

"있다마다요. 장사가 좀 되는 것도 영감님께서 내려오실 때까지뿐이거든요. 어제부로 방들이 텅텅 비었으니 조용해서 눈 붙이시기엔 그만일 겁니다. 절 따라오세요."

객실이 있는 뒷마당 쪽으로 걸어가는 하소칠의 뒷모습을 바라보며, 하후봉도는 조금 전 자신이 했던 말을 떠올렸다.

그렇게 사는 게 좋았다.

이악스럽게 구는 마누라가 밉기도 하고 남 보기 부끄럽기도 하지만, 결국에 가서는 은근슬쩍 잡은 손길 한 번에서 살가운 정을 새삼 느끼게 되는 삶. 사람 냄새 물씬 풍기는 그런 삶의 진정한 가치는 그 삶을 사는 도중엔 좀처럼 알지 못한다. 공기를 호흡하는 동안엔 공기의 소중함을 알지 못하는 것과 같은 이치였다.

'나도 그런 삶을 누려 볼 수 있을까?'

긴 기다림에 지쳐 미래라는 단어 자체를 망각한 하후봉도에겐 참으로 오랜만에 떠올려 보는 소망이었다. 하지만 어쩌면 가능할 것 같기도 했다. 너무 늦기 전에 검주가 와 준다면 말이다.

그러기 전에 우선 할 일이 있었다. 검주와 인연이 깊다는 그 유쾌한 사내를 도와주는 일 말이다.

하후봉도는 사내가 내밀어 보인 오른손을, 손가락들이 기괴하게 구부러진 채로 굳어 버린 그 손을 떠올렸다. 검주는 아니지만 검객인 것만은 분명한 그 사내는 검객으로서 가장 중요한 요소를 파괴당한 상태였다.

'그 손을 고쳐야 한다 이거지.'

그러려면 준비해야 할 것이 한두 가지가 아니었다. 하소칠 내외에게 부탁한 약재들은 그 시작 단계에 불과했다. 하후봉도와 그 사내 모두에게 인내심이 필요한 작업…….

하지만 불가능할 것 같진 않았다.

선물膳物

(1)

꿰이익!

어딘가에서 들려온 고약한 소리에 요자귀耀子貴는 감고 있던 눈을 떴다. 눈을 떴다 해도 달라진 것은 없었다. 그를 둘러싼 어둠은 눈까풀 안쪽의 시계만큼이나 짙고 두꺼웠다.

요자귀는 버림받은 아이처럼 어둠 속에 웅크린 채 방금 들려온 소리에 대해 생각하려고 애썼다. 아마도 문이 열리는 소리 같았다. 돌쩌귀가 멀쩡하다면 저런 소리가 날 리 없을 터. 기름 먹일 때를 이미 오래전에 넘겼음은 안 봐도 뻔했다. 그래서 그는 몸을 잔뜩 웅크린 채로도 눈살을 찌푸렸다. 천표선, 그중에서도 그가 관장하는 운선당運船堂에서라면 상상조차 할 수 없는 일이었다. 강바람 바닷바람에 쉬 녹스는 배에선 쇠붙이 대하기를 삼대독자 불알 대하듯 해야 하는 법. 운선당 밥을 먹어 본 뱃사람이라면 기본 중의 기본이었다.

'어느 놈이 책임자인진 몰라도 짠물에 절여 버리고 싶군.'

그러다 요자귀는 픽 웃었다. 굵은 가죽끈에 온몸이 결박당한 것도 모자라 빛 한 점 안 들어오는 지하 뇌옥에 갇힌 주제에 남의 집 돌쩌귀 걱정이나 하고 있다니. 정말 웃기는 일이었다.

저벅저벅.

발소리가 점차 다가오고 있었다. 그러더니 매우 가까운 곳, 짐작건대 요자귀가 갇힌 감방 앞쯤에서 멈췄다. 이를 증명하듯 감방 문의 네모진 윤곽이 그 너머의 불빛을 끼며 허옇게 살아났다. 요자귀는 조그만 소리로 투덜거렸다.

"젠장, 때가 되었나."

때란 곧 죽을 때였다.

요자귀의 나이 올해로 마흔여섯. 한창 나이라고는 할 수 없지만 그래도 여한이 없다면 거짓일 터였다. 이대로 죽는다고 생각하니 하고 싶은 일들이 너무 많이 떠올랐다. 먹고 싶은 음식들이 너무 많이 떠올랐다. 심지어는 평소 업보처럼 여기던 가족, 오늘 하루도 어떤 놈팡이와 놀아날까 궁리하고 있을 게 뻔한 화냥기 많은 마누라와 효심이라곤 약에 쓰려도 찾아볼 수 없는 되바라진 두 아들놈까지도 애달파지려는 듯했다. 그러나 그가 무엇보다 바라는 것은, 그가 무엇보다 그리워하는 것은…….

꿰이익!

신경을 거슬리게 하는 돌쩌귀 소리와 함께 감방 안으로 빛이 쏟아져 들어왔다. 그 시리고 아린 느낌에 요자귀는 자신도 모르게 두 눈을 질끈 감았다.

"흠, 바로 이자요?"

누군가 물었다. 북쪽 바닷가 모래처럼 깔깔한 목소리. 남부의 억양이 강하지만 그래도 유창한 한어였다.

"그렇소이다."

다른 누군가 대답했다. 제대로 된 관화官話였지만 어딘지 모르게 귀에 거슬리는 한어였다.

"네가 미풍객昧風客이냐?"

처음의 사람이 물었다. 이번엔 요자귀를 향해서였다.

요자귀는 시리고 아린 느낌을 참아 내며 눈을 떴다. 열병을 앓을 때처럼 하얗게 들뜬 시야 속으로 두 사람이 서 있는 것이 보였다. 하나는 길쭉하고 하나는 땅딸한데, 그중 땅딸한 사람이 그를 향해 다시 묻고 있었다.

"염병할 놈, 귓구멍이 틀어막혔냐? 네가 미풍객이란 놈이 맞느냐고 묻지 않느냐?"

주둥이가 건 놈이군.

요자귀는 바닥에 웅크려 누인 몸을 일으키려 버둥거렸다. 오랜 시간 결박당한 육신이 고통을 호소했지만 그는 이를 악물고 어깨와 엉덩이를 바닥에 비볐다.

미풍객.

그것은 드넓은 대양에서 바닷바람을 맞고, 읽고, 맛보며 선박의 왕 천표선을 제 몸처럼 부려 온 해신海神의 후예, 요자귀에게 붙은 자랑스러운 이름이었다. 무릇 자랑스러운 이름을 입에 담기 위해선 그에 어울리는 높이가 필요했다. 최소한 벌레처럼 누워서는 안 되었다.

"내가 미풍객이다."

가까스로 일어나 앉은 요자귀가 허리와 목을 꼿꼿하게 세우며 대답했다. 그에게 허락된 가장 당당한 높이였다.

이 기백이 의외였는지 땅딸보가 기묘한 표정을 지었다. 오십 대 중반이나 되었을까? 머리엔 때 묻은 잿빛 두건을 둘렀는데, 양 볼따구니에 새겨진 몇 줄 칼금들이 횃불의 음영 아래 도드라져 보였다. 주둥이뿐만 아니라 성질도 만만찮아 보이는 얼굴이었다.

땅딸보가 다시 질문을 던졌다.

"사해마웅 마태상은 뒈졌다. 아느냐?"

요자귀는 대답 대신 얼굴을 일그러뜨렸다. 포구에 정박해 있던 천표선으로 적도들이 난입한 순간부터 짐작한 일이었다. 그러나 막상 자신의 귀로 직접 듣고 나니 마음 한구석이 아려 왔다. 세상 사람들로부터 악랄하고 무도하다 손가락질당하는 마태상이지만 그래도 천표선의 뱃사람들에겐 하늘같은 고용주였고, 요자귀 개인으로선 십 년 넘게 모셔 온 주군이었다.

그리고 요자귀로 말할 것 같으면 고용주와 주군의 부음을 듣고도 담담함을 유지할 만큼 모질지 못했다.

"천표선은 우리 것이 되었다. 아느냐?"

요자귀는 또 한 번 얼굴을 일그러뜨렸다. 그랬다. 웬만한 성곽보다 높은 선체 외벽을 평지 딛듯 달려 오르는 막강한 적도들 앞에 전투 인원 대부분이 자리를 비운 천표선의 저항은 부질없기만 했다. 개중 뼈다귀가 단단하다는 모씨毛氏 삼형제조차도 칼 몇 번 휘둘러 보지 못하고 죽어 나자빠지는 판국에, 무공보다는 운선술運船術에 장기가 있는 요자귀가 어찌 버틸 수 있겠는가. 자신보다 한참 어려 보이는 적수공권의 청년과 붙어 단세 합 만에 병기를 뺏긴 그는 장렬히 전사할 기회조차 얻지 못하고 이처럼 비참한 포로 신세가 되고 말았다.

땅딸보는 요자귀의 일그러진 얼굴을 재미있다는 듯이 바라보다가 세 번째 질문을 던졌다.

"주인 잃고 배도 잃은 비루한 놈이 뭘 잘했다고 고개를 빳빳이 치켜세우는 거냐?"

이 잔인한 질문이 요자귀의 두 눈에 핏발을 돋게 만들었다. 그는 눈을 부릅뜨고 땅딸보를 노려보았다. 그러나 그 경직된 눈가는 이내 힘없이 풀리고 말았다.

땅딸보의 말은 틀리지 않았다. 주인 잃고 배도 잃었으니 뱃사람으로서는 이야말로 끈 떨어진 인형 신세. 무슨 자격으로 고개를 세우고 무슨 자격으로 자존심을 논한단 말인가. 파들파들 경련을 일으키던 요자귀의 얼굴이 이내 바닥을 향해 툭 떨어지고 말았다.

"이제야 자신의 처지를 깨달은 모양이군."

땅딸보의 말이 끝남과 동시에 요자귀의 사지를 결박하던 가죽끈이 후드득 잘려 나갔다. 그러나 요자귀는 그조차 의식하지 못한 채 망연히 바닥만 바라볼 따름이었다. 그런 그의 눈길 속으로 낯익은 물건 하나가 툭 떨어졌다. 뱃일을 할 때 흔히 쓰는, 물고기 껍질로 손잡이를 감싼 투박한 어도漁刀였다.

"아랫것 된 몸으로 섬기던 주인을 잃었으니 이는 곧 불충不忠이요, 뱃놈을 자처하던 몸으로 부리던 배를 잃었으니 이는 곧 불성不誠이라. 불충불성한 놈이 제 목숨 하나 건져 무엇할까?"

땅딸보의 싸늘한 목소리가 요자귀의 뒤통수에 실렸다.

요자귀는 눈앞에 떨어진 어도를 한동안 바라보다가 픽 웃었다. 불충불성……. 주둥이 걸고 성질도 더럽지만 말 하나는 우라지게 잘 들어맞는 놈 아닌가! 그는 손을 내밀어 어도의 손잡이를 움켜잡았다.

칼날의 섬뜩한 질감을 목젖 아래로 느끼며 요자귀는 죽음을 받아들일 준비를 끝냈다. 힘 한번 주어 그으면 모든 것이 끝난다. 마흔여섯 해 삶의 기억들, 성공과 실패, 행복과 고통, 모든 바람 그리고 그리움까지도 존재 너머 영원 속으로 사라지고 마는 것이다.

하지만 그게 뭐 어때서? 누구나 한 번은 죽는 게 인생이 아니던가. 마지막으로 떠나는 마당에 주둥이 걸고 성질 더러운 적에게 구차한 모습을 보이고 싶진 않았다.

"이익!"

그런데, 그런데 말이다. 요자귀는 차마 칼날을 끌어당길 수 없었다. 생의 끝자락에 마지막까지 눌어붙은 한 가닥 바람이, 한 줄기 그리움이 그의 손을 붙들고 있었다. 그것은 기억이란 것이 새겨지기 이전부터 존재하던 원초의 기록이었다. 감정이란 것이 스며들기 이전부터 자리 잡은 본능의 유혹이었다.

바다!

눈 감아도 보이는 수평선과 심장의 박동처럼 친숙해져 버린 파도 소리! 지친 몸과 외로운 영혼을 무한의 자유로 달래 주던 그 광막함이여!

바다를 보고 싶었다. 바다를 듣고 싶었다. 미치도록 바다를 만나고 싶었다.

어도를 목에 겨눈 채 손을 와들거리기만 하는 요자귀에게 땅딸보가 비웃듯이 물었다.

"왜? 막상 죽을 생각을 하니 무서워지기라도 한 건가?"

요자귀의 고개가 땅딸보를 향해 휙 돌아갔다. 그는 위아래 이빨을 따닥따닥 부딪치면서도 발악하듯 외쳤다.

"이렇게 죽고 싶지 않아! 난 뱃사람이야! 뱃사람은 바다에서 죽어야 해! 이런 좁아터진 토굴에서 두더지처럼 죽을 순 없어!

나는, 난 바다로 가고 싶어!"

땅딸보는 요자귀의 얼굴을 똑바로 바라보았다. 비틀린 입술
이 몇 차례 실룩거리는가 싶더니 이내 웃음으로 바뀌었다. 성질
있어 보이는 얼굴에 어울리지 않는 시원한 웃음이었다.

"근래 들은 중에 최고로 좋은 말이군. 계집애처럼 질질 짜는
놈이 했다고는 믿기지 않을 만큼."

땅딸보의 말에 요자귀는 소스라치게 놀랐다. 언제부턴가 그
의 두 눈에선 굵은 눈물이 흘러내리고 있었다. 그가 소맷자락으
로 황급히 눈물을 훔치는데, 땅딸보가 그의 앞에 쭈그려 앉
았다.

"바다로 가는 게 소원이라면 그렇게 해 주지. 대신 너는 내게
무엇을 줄 수 있나?"

대답은 생각을 앞질러 튀어나왔다.

"무엇이든 주겠어!"

"무엇이든?"

"무엇이든!"

"좋아."

땅딸보는 두 무릎을 튕기듯이 펴며 벌떡 일어섰다. 감방 안
의 칙칙한 분위기를 단박에 바꿔 버리는 활기찬 몸놀림이었다.
요자귀가 쥐고 있던 어도는 어느새 그의 수중으로 들어가 있
었다.

"따라와라. 솜씨가 소문대로 쓸 만한지 확인해 봐야겠다."

땅딸보는 요자귀를 향해 어도를 까딱거린 뒤 몸을 돌렸다.
요자귀는 뭔가에 홀린 사람처럼 멍청히 앉아 있다가 다급히 물
었다.

"소, 솜씨라니, 무슨……?"

땅딸보는 돌아보지도 않고 대답했다.

"배 부리는 솜씨 말이다. 충고하건대 죽을힘을 다하는 게 좋을 거다. 내 풍백쾌주는 아무나 태우지 않으니까."

요자귀의 두 눈이 커졌다. 뱃사람들이 모이는 포구 술집에서 가장 쉽게 들을 수 있는 배의 이름이자, 천표선과는 전혀 다른 의미에서 이미 전설이 된 배의 이름이 바로 풍백쾌주였다.

왜인들이 신풍이라 칭송하는 남동해의 무시무시한 폭풍을 거침없이 헤치고 다닌다는 풍백風伯의 전령, 풍백쾌주!

그 풍백쾌주를 감히 내 것이라 말할 수 있는 사람은 천하에서 오직 하나뿐이었다. 그 사람은 모든 뱃사람들의 영웅이자 우상이기도 했다.

"이, 이자심?"

감방을 막 나가려던 땅딸보가 걸음을 멈추고 요자귀를 돌아보았다.

"새 선주의 함자를 함부로 불러 젖히다니 버르장머리 없는 놈이군. 솜씨가 시원찮으면 그 자리에서 바다에 던져 버릴 테니 단단히 각오해라."

(2)

불로장생을 찾던 진시황이 즐겨 먹었다는 전복은 자양강장에 효능이 탁월하여 바다의 웅담이라고도 불린다.

날로 먹으면 꼬들꼬들 씹히는 맛이 일품이며 불에 익히거나 햇볕에 말리면 단맛이 강해진다. 내장은 부패가 빨라 날로 먹기 어렵지만 기름에 볶아서 죽을 끓이거나 소금에 절여 젓갈을 담그면 그 독특한 감칠맛이 천하 미식가들의 입맛을 유혹한다. 영

양가가 풍부하여 병후病後 회복에 좋고, 한방에서 석결명石決明
이라 불리는 껍데기는 눈이 침침한 사람들에게 특효가 있다.

맛 좋고 몸에 좋고 어느 한 군데 버릴 것 없는 자연의 소중한
선물 전복.

그래서 전복이 수북이 담긴 대나무 소쿠리를 바라보는 마석
산은 행복할 수밖에 없었다. 어제저녁 승전 잔치에서 한번 맛보
고 반한 나머지 주방까지 찾아가 선사받은 일종의 전리품이
었다. 물론 그의 침략적인 방문을 받은 주방 사람들의 입장에선
'선사'라는 표현이 말도 안 된다고 여기겠지만.

"어디 보자, 요놈은 생긴 게 예쁘장하니 푹 쪄서 통으로 먹으
면 딱이고, 요놈은 껍데기가 얇으니 소금에 구워 먹으면 딱이고,
요놈은 살이 통통하고 야무지니…… 에라, 지금 먹어 치우자!"

소쿠리 속 전복들을 하나하나 집어 살피던 마석산은 불현듯
회가 동하는지 탁자에 기대 세워 둔 길쭉한 물건을 집어 들
었다. 그러고는 손잡이를 잡고 뽑는데, 그리 좁지 않은 선실 안
으로 으스스한 황동 빛 광채가 물결처럼 번져 나갔다. 그러나
그 광채의 쓰임새는 조금도 으스스하지 않았다.

"나는야 솜씨 좋은 요리사, 전복을 요리하지. 명필은 붓을 가
리지 않는 법. 솜씨 좋은 요리사는 칼을 가리지 않는다네."

껍데기에서 빼낸 큼직한 전복 살을 먹기 좋은 크기로 잘라 가
는 마석산의 입에선 노랫가락이 절로 흘러나왔다. 노랫말이 아
주 엉터리는 아닌 것이 긴 검을 놀려 회를 뜨는 일이 그리 수월
한 것은 아니기 때문이다.

칼질을 마친 마석산은 예쁘게 썰린 전복 살과 들고 있던 검을
번갈아 바라보고는 아까보다 조금 더 행복해졌다.

"고놈 참 잘 드네. 비싸게 팔 수 있겠어."

잘 드는 게 당연하고 비쌀 게 당연했다. 사해마웅 마태상이 일등 보물로 여기던 참홍함선검이었다. 잘 들지 않으면 이상한 일이요, 비싸지 않으면 이상한 일. 이상한 쪽은 무가지보無價之寶 신병이기를 회칼로 쓴 것도 모자라 돈 받고 팔아먹으려는 무인 같지 않은 무인 놈의 머리통이리라.

그러나 마석산으로선 조금도 이상할 게 없는 일이었다. 이날 이때까지 오로지 사지육신의 강건함만으로 강호를 살아온 그로선 명검이든 보검이든 그저 날 선 쇠붙이에 지나지 않았다. 날 선 쇠붙이가 비싸게 팔린다면 그것으로 만족. 요즘처럼 궁한 때엔 더욱 그러했다.

"이 섬에 보물이 없다기에 얼마나 걱정했던지……. 그러고 보면 그 고자 놈이 바로 귀인貴人이라니까. 이렇게 비싼 물건들을 수두룩하니 남기고 뒈졌잖아? 덕분에 이 어르신 팔자가 펴지게 됐지 뭐야. 고맙다, 고자 놈아."

마석산이 타고 앉은 건 의자가 아니었다. 잘 구겨 넣으면 어른 하나는 능히 들어갈 만큼 큼직한 궤짝 하나가 의자 대신 그의 엉덩이를 받치고 있었다. 그 궤짝은 천표선의 선장실을 화려하게 장식해 주던, 이름만 대면 누구나 탄성을 터뜨릴 명장대가名匠大家의 숨결이 어린 진귀한 골동품들로 차곡차곡 채워져 있었다. 자신의 상속자가 무양문의 무쇠소라는 사실을 사전에 알았다면, 그 고자 놈은 조금 더 열심히 싸우지 않았을까?

"전복으로 축난 몸을 보하고 저것들을 팔아 한밑천 잡으면 봉가 놈에게 설욕할 수 있는 만반의 준비가 끝난다 이 말씀이야. 나쁜 새끼, 기필코 알거지로 만들어 버릴 테다."

마석산은 이번 출정의 직접적인 원인을 제공한 무양문의 도박 귀신 투패탈명공자 봉장평을 향한 복수의 의지를 다시 한 번

불태운 뒤, 탁자 가장자리에 쩍 벌린 입을 가져다 붙이고는 썰린 전복 살들을 손바닥으로 주르륵 쓸어 넣었다. 당초에 이럴 생각이면 썰기는 왜 썰었는지.

양 볼따구니에 가득한 전복을 몇 번 씹지도 않고 꿀꺽 삼켜 버린 마석산은 왼팔을 씩씩하게 치켜들어 알통을 만들어 보았다. 곧바로 눈이 동그래지고 입이 헤 벌어지는 품이 대단한 영약이라도 먹은 사람 같았다.

이렇게 자락自樂하기를 얼마일까? 마석산의 균형 안 맞는 눈썹이 슬쩍 짜부라졌다. 뭔가 해결하지 않은 일이 남았음을 깨달았기 때문인데, 그러고도 한동안을 더 궁리하고서야 그 일이 무엇인지를 기억해 내는 데 성공했다.

"맞아, 형규刑規! 형규가 남았구나!"

─형규에 의하면, 작전 중 죄를 지은 자는 그 죄를 소상히 기록해 두었다가 작전이 종결된 뒤 처벌한다고 나와 있습니다.

섬에 상륙한 직후, 물고를 내리던 호연육을 가로채듯 압송해 가며 강평이란 놈이 한 말이었다. 강평의 직책이 집법기주라니 틀리진 않은 말일 게다.

"가만있자, 이제 작전이 종결된 거 맞지?"

마석산의 기준에서 작전이란 죽일 놈을 죽이는 일이었다. 이 섬에 있던 죽일 놈들은 거의 다 죽인 것 같으니, 그의 기준으로 볼 때 작전은 종결된 게 맞았다. 그렇다면 바야흐로 형규를 논할 시기가 온 것이다.

"불쌍한 감은 있지만 조직의 기강을 바로세우기 위해선 어쩔 수 없는 일이지. 암, 어쩔 수 없는 일이야."

말은 이렇게 하면서도 입가엔 즐거운 기색이 역력한 걸 보면 조직의 기강보다는 대장의 위엄을 뽐낼 일이 못내 기대되는 모양이었다.

　"위기에 처한 대장을 두고 달아났으니 그 벌이 결코 가볍진 않겠지. 아! 오늘 저녁은 맛있겠군."

　희희낙락해하며 문을 나선 마석산은 잠시 후, 헐레벌떡 선실로 되돌아와 전복이 담긴 소쿠리며 참홍함선검 그리고 궤짝을 챙겨 나갔다.

　호연육이 당한 부상은 결코 가볍다 할 수 없었다. 두 뼘 가까이 벌어진 자상도 그렇거니와, 요사한 검기에 침습당한 장기는 사람의 생명을 능히 위협할 만큼 심각했다. 만일 동료들의 신속한 응급처치와 전문가 뺨치는 당노인의 의술, 거기에 무양문주 서문숭이 이번 출정을 위해 특별히 하사한 성약聖藥의 도움이 없었더라면, 그의 미래는 지극히 암울했으리라.

　"으음……."

　검게 죽은 호연육의 입술 사이로 나직한 신음이 새어 나왔다. 창가를 초조하게 서성이던 강평이 침상 가로 황급히 달려왔다.

　"형님!"

　호연육의 두 눈까풀이 힘겹게 올라갔다. 초점 없는 눈동자가 천천히 움직이더니 자신을 내려다보는 강평의 얼굴에 어렵사리 고정되었다. 그 속에 떠오른 겨자씨만 한 생기가 강평의 마음을 왈칵 반갑게 만들었다.

　"이제야 살아나나 보구려! 이 아우가 그간 얼마나 걱정했는지 아시오?"

호연육의 눈동자가 탁한 흰자위 안을 데구루루 굴렀다.

"여, 여기가…… 어딘가?"

"어디긴 어디겠소. 형님을 그 꼴로 만든 마가 놈의 배지."

호연육의 표정이 모호해졌다. 만 하루가 넘는 혼몽 속에서 깨어난 머리로는 이 말을 해석하기가 버거웠던 모양이다.

눈치 빠른 강평은 얼른 덧붙였다.

"천표선이라오. 좌 군장님께서 형님의 회복을 위해 좋은 방 하나를 내주셨지요."

"싸움은……? 싸움은 어찌 되었나?"

"이겼소. 그것도 대승이지요. 형님도 하여튼 재수하고는 담 쌓은 양반이오. 이기는 싸움에서 이 꼴이 뭐란 말이오?"

"이겼다고? 아아…… 잘됐군."

신음 같은 탄성을 흘린 호연육은 힘이 달리는지 눈을 감고 숨을 골랐다. 잠시 후 다시 드러난 그의 눈동자는 아까보다 조금 더 또렷해져 있었다. 그는 오만상을 찡그리며 중얼거렸다.

"근데 배가 너무 아파."

강평이 혀를 찼다.

"배가 갈라져 죽다 살아났는데, 안 아프면 오히려 이상한 일 아니오."

"갈라져? 내 배가? 얼마나?"

강평은 양 손바닥을 한 자가량 벌려 보였다.

호연육은 자신의 배를 바라보려 상체를 일으키다가 입을 딱 벌리며 뒤통수를 베개로 떨어뜨렸다. 상처가 벌어지기라도 한 모양이었다. 강평이 급히 그를 부축하며 말했다.

"당 선생이 예쁘게 꿰매 주었으니까 볼 필요 없소."

호연육은 가쁜 숨을 두어 번 몰아쉰 뒤 오만상을 찌푸리며 투덜거렸다.

"젠장, 마누라에게 한 소리 듣겠군. 실하지도 못한 몸뚱이에 또 실밥 자국 남겼다고."

"흐흐, 과부가 되는 것보단 백배 나은 일 아니오? 형수님께선 언제고 당 선생과 좌 군장님을 초대해 거하게 한상 차려 내셔야 할 게요. 두 분 아니었으면 사랑하는 낭군님 얼굴을 두 번 다시 못 보시게 되었을 테니까."

"당 선생은 그렇다 쳐도 좌 군장님은 왜?"

강평이 표정을 공근히 하며 대답했다.

"당 선생이 그럽디다. 그 어른께서 주신 정락신단淨落神丹이 아니었다면 어찌 손써 보지도 못했을 거라고."

정락신단은 무양문에 전해 내려오는 삼대성약 중 하나로 장기에 침습한 사기邪氣를 몰아내는 데 커다란 공능이 있는 영약이었다.

호연육은 두 손을 배로 힘겹게 끌어 올려 불꽃 모양의 수결手結을 만들었다. 그리고 감격에 겨운 얼굴로 중얼거리는데…….

"개돼지처럼 미천한 중생이 과분한 은복을 입었구나. 미륵하생, 명왕출세……."

그 모습을 바라보던 강평은 덩달아 뭉클한 심정이 되어 버렸다. 주문 암송을 마친 호연육이 수결을 풀고 물었다.

"좌 군장님은 지금 어디 계시는가?"

그러면서 몸을 일으키려 하니 강평이 깜짝 놀라 그를 제지했다.

"지금 뭐 하시는 거요?"

"은혜를 입은 몸으로 이리 누워만 있을 수 있겠는가. 정신이 들었으니 찾아가 인사라도 드리는 게 도리겠지."

"이 몸으로 인사는 무슨 인사! 그리고 지금 좌 군장님께선 이 배에 안 계시오."

"그럼 어디에……?"

"이번 일을 계기로 본 문과 뇌문은 동맹을 체결하기로 했소. 좌 군장님께선 지금 그 일로 화왕성에 올라가셨으니, 이따가 돌아오시면 내가 형님 대신 감사하다고 전해 드리리다."

호연육은 그제야 몸을 침대에 뉘었다.

"여러 가지로 아우님 신세를 지는군. 고마워. 너무 고마워서 뭐라고 얘기해야 할지 모르겠어."

"어이구! 님 자 소리까지 붙이는 걸 보니 살아난 게 좋긴 좋은 모양이오. 나중에 다 낫거든 술이나 한잔 사시구려."

"사지, 사고말고."

생사의 기로를 지나온 인간은 부쩍 성숙하는 걸까? 선선히 대답하는 호연육에게선 수양 깊은 고승과 비슷한 달관의 냄새가 풍겼다. 이를 보며 흐뭇해하던 강평이 문득 떠오르는 생각이 있어 호연육에게 말했다.

"그나저나 내 그렇게 안 봤는데, 우리 군장님도 꽤나 괜찮은 양반이더이다."

그러나 이 말을 내뱉은 순간 강평은 깨달았다. 최소한 그가 속한 십군 내에서 '우리 군장님' 소리를 듣고도 달관할 수 있을 만큼 수양 깊은 사람은 없다는 사실을.

"그, 그 어른이 어쨌기에……?"

엄부 슬하의 아들놈처럼 더듬거리는 호연육은 어느새 부상당하기 이전의 감정 상태로 돌아온 것처럼 보였다. 괜히 꺼냈나 싶어 입맛이 썼지만 이왕 시작한 얘기였다.

"형님이 마가 놈에게 당했다는 얘기를 듣자 눈알이 진짜 미친 소처럼 돌아가 버립디다. 한번 패기 시작하면 골로 보내기 전엔 손 떼는 법이 없는 양반이 패던 놈들 모두 팽개치고 마가 놈한테 달려들며 외치던 말이 뭔지 아시오?"

"뭔데?"

강평은 마석산처럼 얼굴 근육을 실룩이며 외쳤다.

"'개 같은 후레자식아! 네가 뭔데 나도 안 때리는 우리 애를 때려! 네가 뭔데!'"

"나도 안 때리는? 흐……."

마석산에게 맞은 기억이 셀 수도 없이 많은 십군 소속이라면 누구나 이처럼 헛웃음을 흘릴 수밖에 없을 것이다. 하지만 호연육의 헛웃음은 그 끝이 조금 달랐으니, 그래도 이번 계기를 통해 쌓은 수양이 아주 없진 않나 보다.

"고마운 어른이군. 나를 위해 그리 싸워 주다니."

호연육이 숙연한 표정으로 말했다. 입에 발린 말로 생각하기엔 너무 진실하게 들리는지라 강평은 또 한 번 뭉클한 마음이 되었다.

"난폭하고 종잡을 수 없긴 해도 사람 하나만큼은 진국인 어른이오, 의리도 많고. 하긴 그 맛에 우리가 그 어른 밑을 떠나지 못하는지도 모르지요."

호연육은 푸근한 웃음을 지으며 선창 너머로 눈길을 돌렸다. 탁 트인 선창 너머론 아찔할 만큼 파란 하늘이 펼쳐져 있었다. 홀린 듯한 눈빛으로 하늘을 바라보던 호연육이 지나가는 투로 물었다.

"중원으론 언제 돌아가는가?"

강평은 짐짓 짓궂은 표정을 지으며 대답했다.

"왜, 자리보전하고 지내자니 형수님 생각이라도 나시는 게

요? 하지만 싸움이 끝났다고 해서 금방 떠날 순 없을 게요. 이
것저것 잔일들도 남았고, 또 이 선주가 이 배에 익숙해지는 것
도 오늘내일 새 해결될 문제가 아닐 테고……. 아마 수삼 일은
더 있어야 되지 않을까 싶소. 그동안 이 아우가 잘 돌봐 드릴
테니 형수님 생각이 나더라도 좀 참으시구려."

호연육은 픽 웃었다.

"실없는 사람 같으니라고. 마누라 때문에 이러는 게 아니네."

"그럼 누구 때문에 그러시오?"

"우리 군장님 때문이네."

강평 또한 분명 십군 소속인지라 아까 호연육이 그랬듯 반사
적으로 말을 더듬을 수밖에 없었다.

"우, 우리 군장님이 왜요?"

"괜찮을까?"

호연육은 고개를 조금 들어 뭔가를 게우는 시늉을 해 보
였다. 그 동작으로부터 강평은 마석산이 풍백쾌주에서 보여 준
무지막지한 뱃멀미를 기억해 낼 수 있었다.

"아! 그 일 말이구려. 뭐, 교에서 가져온 뱃멀미 약이야 출항
전에 모두 써 버렸으니 힘들더라도 그냥 견디실 수밖에요."

강평은 사해포를 떠나기 전 제 약을 팽개치며 호기를 부리던
마석산의 모습을 떠올리곤 고소하다는 듯이 말했다.

"자네도 알잖아, 뭘 견디는 것과는 거리가 먼 어른이란 걸."

"물론 알지요. 하지만 형님도 알잖소, 적응력 하나는 끝내주
는 어른이란 걸. 어제오늘만 해도 이 배를 숫제 휩쓸고 다니십
디다. 비록 정박 중이긴 해도 흔들림이 아주 없지는 않았을 텐
데 말이오. 그러니 너무 걱정 마시구려."

"휩쓸고 다녀?"

"대충 그런 게 있소."

설명하자면 길어질 얘기라서 강풍은 말을 얼버무렸다. 그러자 호연육이 말했다.

"그 어른 적응력이야 내 모르는 바 아니지. 하지만 그때 토하시던 모습을 생각하니 걱정이 가시질 않는구먼. 풍백쾌주의 선원에게서 들은 얘긴데, 잘 불린 쌀을 한 줌 가지고 있다가 뱃멀미가 심할 때 입에 넣고 씹으면 견딜 만해진다고 하더군. 그 어른을 뵈면 내 대신 좀 일러 드리게."

강평의 눈이 동그래졌다.

"언제 그런 걸 다 알아봤소?"

"오는 길에 너무 고생하시는 것이 보기 안돼서 그랬지."

강평이 딱하다는 표정으로 호연육을 바라보았다.

"형님도 참 속 좋은 양반이오. 상륙하던 때의 일은 벌써 잊으신 게요? 살아난 걸 알면 당장 치도곤을 내자고 덤빌지도 모르는 어른인데 그 배 속 걱정까지 하고 있단 말이오?"

"치도곤은 무슨……. 몇 대 패고 끝내시겠지. 그 어른께 맞고 산 게 어디 한두 해 일인가? 그쯤은 아무것도 아니네. 암, 아무것도 아니고말고. 후! 후우!"

죽다 살아난 몸으로 너무 많은 말을 한 탓인지, 호연육은 힘겨운 숨을 몰아쉬고는 눈을 감았다. 그 모습을 내려다보던 강평이 돌연 제 이마를 짝 소리 나게 때리며 말했다.

"아차! 내 정신 좀 보게. 당 선생이 형님 깨어나면 곧장 알려 달라고 했는데. 잠시만 기다리고 계시오. 내 당장 다녀오리다."

강평은 잰걸음으로 문가로 다가가 손잡이를 잡으려다가 동작을 멈추고 낯빛을 굳혔다. 방문 밖에서 누군가 후다닥 달아나는 소리를 들었기 때문이다.

"누구냐!"

문을 벌컥 열어젖힌 강평은 복도 양쪽을 빠르게 둘러보았다. 그러나 복도엔 하오의 햇살만 그득할 뿐 아무도 보이지 않았다. 그는 고개를 갸웃거렸다.

'내가 잘못 들었나?'

강평이 굳은 안색을 풀며 문을 나서는데, 발끝에 툭 걸리는 물건 하나가 있었다. 시선을 내려 보니 둥글고 거무튀튀한 물건 하나가 문 맞은편 벽 굽도리까지 굴러 있었다.

강평은 허리를 숙여 그 물건을 주웠다.

비록 어린아이 손바닥보다도 조그맣긴 하지만, 그것은 환자의 회복에 특히 좋다는 전복이었다.

(3)

천하 내공의 최고봉이라고 할 수 있는 천선기의 효험은 참으로 무궁무진하여, 일정 단계에 오른 뒤부터는 다른 내공들이 지니지 못한 여러 가지 일들을 가능케 해 주었다. 운공 중 외부와의 통교를 임의로 조절할 수 있다는 것도 그러한 일들 중 하나인데, 이는 천선기 안에 담긴 도가분심공道家分心功의 묘용 덕분이었다. 원한다면 코앞에 벼락이 떨어져도 알아차리지 못하는 몰아지경에 들 수 있지만, 원한다면 운공에 든 상태에서도 나무문 하나를 격하고 울린 한로의 카랑카랑한 목소리 정도는 충분히 들을 수 있는 것이다.

바로 지금처럼 말이다.

"소주께선 지금 운공에 드셨으니 나중에 찾아오시오."

누군가 찾아왔나 보다. 한로는 석대원이 익숙히 들어 본 바 있는 성마른 말투로 축객령을 읊고 있었다.

'그냥 내버려 둘까?'

진기의 흐름은 곱고 순조로웠다. 이처럼 기분 좋은 흐름은 철교왕과 함께 독단을 먹은 뒤로 처음이었다. 내공을 수련한 자라면 누구나 알 것이다. 지금의 이런 느낌이 얼마나 반갑고 소중한가를. 그래서 외부 세상에 내걸어 둔 몇 오라기 감각의 끈까지 남김없이 거두려던 참이었다. 이 반갑고도 소중한 느낌이 가져다줄 영육의 열락에 본격적으로 빠져 보고자 하던 참이었다. 그러니 약속하지 않은 손님의 내방이 어찌 반갑겠는가.

석대원이 어찌할까 망설이고 있는데, 문밖에서 한로가 아닌 다른 사람의 목소리가 들렸다.

"언제쯤 운공을 마치겠소이까?"

귀에 익은 목소리였다. 친숙하다곤 할 수 없지만 누군지 아는 데는 별문제 없었다.

"낸들 알겠소? 그거야 소주 마음이겠지."

상대가 누구든 오직 통명스럽기만 한 한로의 대꾸를 들으며, 석대원은 경맥을 따라 도도히 흐르던 천선기를 배꼽 아래 하단전으로 갈무리하기 시작했다. 찾아온 손님이 그 사람이라면 아쉬워도 어쩔 수 없는 일. 이번 운공에서 만난 기분 좋은 흐름도 기실 그 사람 덕택이라고 할 수 있었다. 어제 오늘 이틀간 그 사람이 제공해 준 헌신적인 치료가 없었던들, 석대원의 내부는 아직껏 독상과 내상의 후유에서 벗어나지 못했을 것이다.

깊고도 긴 날숨으로 운공을 마무리한 석대원은 자세를 풀며 문 쪽을 향해 소리쳤다.

"한로, 들어오시게 하세요."

문밖에선 잠시 아무 말도 없었다. 그러더니 다시 한로의 목소리가 울리는데, 석대원을 향한 것은 아니었다.

"그거 보시오. 임자가 자꾸 소란을 부리는 바람에 우리 소주의 운공이 깨지지 않았소."

"난 그저 언제 운공을 마치나 궁금해서……."

"듣기 싫소! 간만에 운공다운 운공을 하나 싶었는데, 이 사단을 어찌 책임질 거요?"

그냥 놔뒀다간 무슨 소리가 나올지 모르는 상황이라 석대원은 조금 엄한 목소리로 문을 향해 외쳤다.

"한로, 말도 안 되는 타박일랑 그만두고 어서 들여보내세요!"

그러자 "에잉!" 하고 못마땅한 헛소리가 들리더니, 문이 열리고 한 사람이 방 안으로 들어왔다. 석대원이 지금 머무는 방과 그 방을 담은 전각과 그 전각을 감싼 성의 주인이기도 한 사람, 바로 뇌문의 문주 민파대릉이었다.

"제 노복이 요사이 조금 예민해진 모양입니다. 언짢으셨다면 용서해 주십시오."

석대원이 한로의 무례를 사과했다.

"상전이 아프면 아랫사람이 예민해지는 게 당연한 이치. 용서하고 말고 할 게 무엇 있겠소?"

민파대릉은 오히려 너그럽게 넘어가는데 그 뒤로 보이는 한로는 콧방귀를 뀌며 고개를 팩 돌리니, 예민해졌다기보다는 천성 탓이라 해야 옳을 것이다.

"운공을 마칠 때까지 밖에서 기다리려 했는데, 때마침 운공이 끝난 모양이구려."

천선기의 묘용에 대해 알 리 없는 민파대릉이 말했다.

"그렇습니다. 하마터면 집주인을 밖에 세워 놓는 결례를 범할 뻔했군요. 자, 이쪽으로 앉으시지요."

"집주인이라…… 당연한 말인데도 지금은 어째 조금 우습게 들리는구려."

민파대릉은 석대원이 권하는 자리에 앉으며 입술을 슬쩍 비틀었다. 석대원은 그의 자조自嘲를 이해할 수 있었다. 그것은 처참히 짓밟힌 가장의 비애이기도 했다. 광장을 피로 물들인 그날 밤의 전투는 이 사내의 마음에 씻을 수 없는 상처를 새겨 놓았다. 토끼처럼 충혈된 눈, 이마에 파인 깊은 주름, 거기에 환자의 것처럼 누렇게 뜬 안색도 모두 그 상처의 표증表症일 것이다.

"몸은 좀 어떻소?"

민파대릉이 물었다. 위문해야 할 쪽이 오히려 위문을 받고 있으니 이 또한 민망한 일인데, 밝게 답해 주는 것이 그나마 민망함을 더는 길일 것 같았다.

"저녁 무렵까지만 해도 조금 거북한 기운이 남아 있었는데, 이젠 완전히 회복된 것 같습니다."

석대원이 웃으며 말하자 민파대릉의 얼굴에 감탄의 기색이 얼핏 스쳐 갔다.

"천하의 절독이라는 반와합궁액에 중독된 몸으로도 그런 신위를 보이질 않나, 보름은 요양하라는 진단을 받고도 불과 이틀 만에 회복되질 않나, 도무지 내 상식으론 이해할 수 없는 사람이구려."

석대원은 당치 않다는 듯 손을 내저었다.

"그저 부리나케 도망만 다닌 걸 갖고 신위라뇨? 게다가 회복이 빠른 거야 순전히 문주님께서 보내 주신 명의 분들과 영약 덕분이 아닙니까?"

지난 이틀간 뇌문은 석대원의 회복을 위해 세 명의 솜씨 좋은 의원과 열일곱 종의 진귀한 약을 제공해 주었다. 거기에 천선기의 효능까지 더해졌으니 회복 속도가 상궤를 벗어난 것도 이상한 일은 아니었다. 아니, 내공 방면으로는 오히려 약간의 진보마저 이룬 것 같았다.

"우리 부족을 위해 싸우다 얻은 부상이니 그 정도는 당연히 제공해야겠지요. 어쨌거나 몸이 회복되었다니 기쁘오."

민파대룽이 말했다.

그러나 석대원은 단 한 번도 자신이 뇌문을 위해 싸웠다고는 생각하지 않았다. 물론 무양문을 위해서도 아니었다. 그의 싸움은 온전히 그만을 위한 것. 그러니 민파대룽의 치사致謝는 그저 부담스러울 따름이었다.

"그나저나 야심한 시각인데 어쩐 일로 찾아오셨습니까?"

석대원이 슬쩍 화제를 돌렸다.

민파대룽은 잠시 아무 말 없이 석대원의 얼굴을 바라보다가 뭔가를 결심한 듯, 입술을 질끈 깨물며 자리에서 일어섰다. 석대원이 의아해하는 눈초리로 그를 바라보는데,

"귀하와 단둘이 있을 자리를 마련하지 못해 말할 기회가 없었소. 목숨을 구해 준 점, 진심으로 고맙소."

민파대룽은 왼쪽 무릎을 바닥에 꿇은 뒤, 왼팔을 직각으로 구부려 그 주먹을 세운 무릎의 끝에 가져다 대었다.

'이런!'

석대원은 저 예법을 한 번 본 적이 있었다. 섬에 도착한 첫날, 뇌문의 대장로 음뢰격이, 손님들이 모인 빈청에 들어와 자신의 주군인 민파대룽을 향해 올린 예법이 바로 저것이었다. 말하자면 뇌족에게 있어서 극존의 예법이라는 뜻이었다.

석대원은 자리에서 황급히 일어나 바닥에 한쪽 무릎을 꿇은

민파대릉을 부축해 일으키려 했다.

"지시대로 움직인 몸에 불과합니다. 대사를 주재한 분이 따로 계시는데 일개 하수인인 소생에게 어찌 이런 과분한 예를 취하십니까?"

그러나 민파대릉은 석대원의 손길을 따르려 하지 않았다. 대신 손을 내밀어 자신의 어깨를 부축한 석대원의 손을 꾹 움켜잡았다.

"내 비록 가족도 지키지 못한 무능한 위인일지언정 정황이 어찌 돌아가는지 파악할 만한 눈과 귀는 달려 있소. 나는 무양문의 의도와 귀하의 행동이 완전히 일치하진 않았으리라 보고 있소. 그러니 이 목숨은 오직 귀하 혼자서 구한 셈이오. 내 말이 틀렸소?"

석대원은 순간적으로 말문이 막혀 버렸다.

무양문의 의도는 민파대릉을 구하려는 데 있지 않았다. 민파대릉이 제거된 연후에 반란을 진압, 뇌문의 어린 후계자를 입맛대로 조종하려는 것이 바로 무양문의 의도였다. 그러한 의도를 민파대릉이 간파하고 있다는 사실은 무양문의 입장에서 결코 반가운 소식이 될 수 없었다.

'이 사실을 그 머리 좋은 노인네가 안다면…….'

한숨이 절로 나왔다.

비록 막판에 의도가 바뀌어 민파대릉까지 제거한다는 작전의 한 줄기를 망가트리긴 했지만, 그래도 무양문에 협조할 마음까지 버리지는 않은 석대원이었다. 자신의 돌발적인 행동으로 인해 무양문에 피해가 가는 것은 원치 않는데, 민파대릉의 말을 들어 보니 그리될 공산이 높아 보였다.

석대원이 난처한 표정으로 대답을 못 하자, 민파대릉이 바닥에 꿇은 무릎을 펴며 말했다.

"걱정 마시오. 무양문에서 온 친구들 앞에선 이런 얘기를 절대로 꺼내지 않을 테니까."

네 고충쯤 다 헤아리고 있다는 뜻이니, 저 민파대릉은 곤충을 닮은 생김새와 달리 머리가 명석할 뿐만 아니라 남을 배려해 줄 줄 아는 마음마저 갖춘 모양이었다. 졸지에 배려받는 입장이 되어 버린 석대원은 쓴웃음을 짓고 말았다.

두 사람이 다시 자리에 앉은 뒤, 석대원이 고개를 절레절레 흔들며 말했다.

"솔직히 문주님을 다시 보게 되었습니다."

"다시 보다니요?"

"문주님의 눈치가 이처럼 빠를 줄 몰랐기에 드리는 말씀입니다."

"귀하의 눈엔 내가 미욱하게 비쳤던 모양이구려. 하하!"

그러나 이 웃음은 길게 이어지지 못했다. 민파대릉의 얼굴은 곧 침울하게 가라앉았다.

"아니, 미욱한 게 맞을 거요. 집안이 이 꼴이 되도록 그저 바라보고만 있던 놈이오. 어찌 미욱하다 아니하겠소? 그러니 귀하가 정확히 본 거요."

모든 이야기가 자조, 나아가 자책으로 귀결되었다. 이 또한 마음의 상처가 깊은 탓이리라.

"적들의 행사가 그만큼 치밀했기 때문입니다. 남은 사람들을 생각해서라도 힘을 내셔야지요."

석대원의 위로에 민파대릉은 숙이고 있던 고개를 들었다.

"그렇소. 내겐 아직 남은 사람들이 있소. 모두 귀하 덕분이지. 귀하가 아니었다면 그들마저도 잃었을 테니까."

석대원은 난색을 지었다.

"소생의 얼굴은 별로 두껍지 않습니다. 면전에서 계속 그리 말씀하시니 몸 둘 바를 모르겠군요."

"사실을 말하는데 얼굴 두께는 왜 따지오? 어쨌거나 은혜를 입고도 보답하지 않는다면 장부가 아니겠지. 혹시 내게 원하는 것이 있으면 말해 보시오. 무엇이든 들어 드리리다."

민파대릉의 목소리에선 은혜를 갚으려는 자의 진실한 마음이 엿보였다.

"그간 내려 주신 명의와 영약만으로도 충분합니다. 달리 무엇을 원하겠습니까?"

석대원이 사양했지만 민파대릉은 고개를 저었다.

"앞서도 말했거니와 그것은 보답이 아니라 당연히 해야 할 도리에 불과하오. 나를 뻔뻔한 사람으로 만들지 말고 원하는 바를 말해 보시오."

석대원은 잠시 주저하다가 말을 꺼냈다.

"원하는 것이 있긴 있습니다."

"그게 뭐요?"

"지난 싸움에서 생포한 포로들을 이 성의 뇌옥에 수감시켜 둔 걸로 알고 있습니다."

"그렇소만……."

"그중 진금영이란 여인을 제게 넘겨주십시오."

이 말을 하는 석대원의 마음은 조마조마할 수밖에 없었다.

진금영은 반란의 수괴 중 유일한 생존자였다. 민파대릉과 뇌문의 입장에선 천참만륙을 내도 시원찮은 원수나 마찬가지인 것이다. 물론 석대원의 입장에선 그녀가 천참만륙 나도록 내버려 둘 수 없었다. 아니, 어둡고 더러운 뇌옥에 단 하루도 머물게 하고 싶지 않았다. 그럼에도 불구하고 이제껏 그녀의 신병을 방기한 까닭은 자칫 뒤따를지도 모르는 뇌문의 반발을 염려한 때문이었다.

그래서 석대원 나름대로는 무양문 측과 논의를 거쳐 여타 포로들과 더불어 공식적으로 다루겠노라 생각하던 참이었는데, 공교롭게도 민파대릉이 먼저 찾아와 기회를 마련해 준 것이다. 고소원固所願이라는 심정으로 털어놓긴 했지만, 결과에 대해서는 장담할 수 없었다.

한데 어렵사리 꺼낸 이 요구에 대해 민파대릉으로부터 돌아온 대답은 너무도 간단한 것이었다.

"벌써 넘겼소."

석대원의 눈이 커졌다.

"예?"

"벌써 넘겼다고 했소."

석대원으로선 어안이 벙벙할 따름이었다. 그 표정을 본 민파대릉이 설명을 덧붙였다.

"포로 문제에 관해선 이미 오늘 낮에 무양문의 좌 군장과 얘기를 나눴소. 그는 천표선 선원 중 몇 사람과 그 여자를 내 달라고 요구하더구려. 다른 건 몰라도 그 여자 문제만큼은 받아들이기 힘들었소. 난 새로운 제사장을 뽑는 대로 이번 반란에서 죽어 간 희생자들을 위해 위령제를 올릴 계획이오. 그 여자는 그때 뇌신께 바칠 제물이었지. 그래서 이유를 물었소. 그 여자를 어디에 쓰려고 내 달라는 거냐고. 그랬더니 좌 군장이 대답하더구려. 그건 귀하와 상의해서 처리할 문제라고."

민파대릉은 말을 멈추고 석대원을 똑바로 바라보았다.

"그 말을 들은 순간, 나는 그 여자가 귀하와 관련 있는 사람임을 알 수 있었소. 그래서 그 여자를 내준 거요. 만일 그게 아니라면 난 목에 칼이 들어왔어도 그 여자를 내주지 않았을 거요."

"고맙습니다."

석대원은 민파대릉에게 고개를 숙였다. 진심이 담긴 인사였다. 이 인사가 위안이 된 듯, 민파대릉은 이 방에 들어온 뒤처음으로 개운한 얼굴이 되었다.

"더 바라는 건 없소?"

"문주님께선 제가 가장 바라는 것을 주셨습니다."

석대원이 황송하다는 표정으로 말했지만, 민파대릉은 동의하지 않았다.

"그러나 나는 귀하에게 줄 것이 아직 남아 있소."

"예?"

"바라지 않는 사람에게 뭔가를 준다면 결코 달가운 선물이되지 못하겠지. 하지만 나를 위해, 그리고 뇌문을 위해 그대가반드시 받아 줘야 하는 물건이 있소."

민파대릉은 품에서 자그마한 물건 하나를 꺼내어 석대원에게내밀었다. 그 물건을 바라보는 석대원의 두 눈에 이채가 어렸다.

청동빛이 감도는 열쇠 하나.

용도는 정확히 모르나 본 적은 있었다. 원숭이를 닮은 뇌문장로 하나가 아리수의 시신에서 훔쳐 내려 했던 물건이 바로 저열쇠였다. 듣기로 배신을 밥 먹듯 저지르던 교활한 늙은이였다는데, 그런 늙은이가 위험을 무릅쓰면서까지 얻으려 했던 물건인 만큼 뭔가 심상치 않은 내력이 담겼음은 자명했다.

석대원은 열쇠를 선뜻 받으려 하지 않고 민파대릉에게 물었다.

"이게 무슨 열쇠입니까?"

민파대릉은 석대원의 두 눈을 똑바로 바라보았다.

"뇌문 사상 최강의 화기를 깨울 수 있는 열쇠요. 이것을 귀하에게 주겠소."

석대원의 얼굴이 경직되었다. 뇌문은 천하제일의 화문火門이었다. 뇌문 최강의 화기란 곧 천하 최강의 화기인 것이다.

"그런 물건을 왜 제게 주시겠다는 겁니까?"

민파대릉이 말했다.

"나는 귀하를 잘 모르오. 그러나 귀하가 비각을 적대하고 있다는 것쯤은 직감적으로 알 수 있소. 귀하와 비각의 싸움은 귀하가 이 섬을 떠난 뒤로도 계속 이어질 것이오. 둘 중 어느 한쪽이 철저히 파멸되기 전까지는 말이오. 그리고 비각은……."

이 대목에서부터 민파대릉의 두 눈이 조금씩 붉어지기 시작했다.

"……그들은 내게서 너무도 소중한 것들을 앗아 갔소. 그들은 내 믿음을 저버렸소. 내 집을 침탈하고, 내 동족을 선동했으며, 내 가족으로 하여금 서로를 배신하고 죽이도록 만들었소. 그들로 인해 나는, 나는……!"

민파대릉은 말을 멈추고 고개를 숙였다. 그의 넓은 어깨가 가늘게 들썩거리고 있었다. 격앙된 심경을 가라앉히려 애쓰는 듯.

잠시 후 다시 치켜든 민파대릉의 얼굴은 믿을 수 없을 만치 창백해져 있었다. 그리고 석대원은 그 창백한 얼굴 저편에 핏자국처럼 검붉게 응고된 증오심과 적개심을 읽어 낼 수 있었다.

"귀하는 강하오. 반와합궁액에 중독된 몸으로도 그런 신력과 용맹을 발휘할 수 있을 만큼. 그러나 비각은 일개인의 강함만으론 상대할 수 없는 집단이오. 귀하는 분명 어려운 싸움을 하게 될 것이오.”

　민파대릉은 숨을 한번 몰아쉰 뒤 결연한 목소리로 말했다.

　“나와 뇌문이 귀하의 싸움을 돕겠소. 뇌문 최강의 화기 천장포를 드릴 테니 비각을 부수는 데 써 주시오.”

협상協商

(1)

　천표선의 선장실은 불과 며칠 사이에 메뚜기 떼가 휩쓸고 간 들판처럼 황폐해져 있었다. 이전의 선장실을, 골동품과 보물 수집에 병적으로 집착하던 주인 마태상의 성정이 잘 드러난 그 화려한 공간을 똑똑히 기억하는 석대원으로선 이 극단적인 퇴락이 놀라움을 넘어 황당하게 여겨지기까지 했다.

　그런 심경이 얼굴이 드러난 것일까? 황폐해진 선장실 중앙, 커다란 원탁을 앞두고 앉아 있던 좌응이 석대원을 향해 말했다.

　"논공행상을 밝히는 위인이 하나 있소. 말리지 못한 내 심정을 이해하기 바라오."

　그 위인이 누군지 생각해 내는 데엔 그리 긴 시간이 필요치 않았다.

"이해합니다."

석대원은 짤막하게 동의를 표한 뒤 좌응의 맞은편 자리에 앉았다. 앉은 뒤 살펴보니 원탁의 상태 또한 말이 아니었다. 좌석이 놓일 위치에 맞춰 박혀 있던 커다란 묘안석貓眼石이며 가장자리를 따라 빙 둘렸던 황금 장식 등은 모조리 뜯겨 나간 뒤였다. 그 모습이 마치 피부병을 앓는 개처럼 애처로워 보였다. 모두 논공행상을 밝힌다는 그 위인의 짓이리라.

"차도는 어떻소?"

좌응이 물었다. 요 며칠 석대원이 오나가나 듣는 소리였다.

"이젠 괜찮습니다."

석대원이 대답하자 좌응이 다시 물었다.

"정말이오?"

"당장 무위관에 들어가도 좋을 정도입니다."

무위관은 무양문주 서문숭의 기벽이 만들어 낸 연무장이었다. 무양문도들에겐 발톱 하나만 상해도 들어가고 싶은 마음이 절대 일지 않는 끔찍한 곳으로 인식되어 있었다.

좌응이 작게 한숨을 쉰 뒤 말했다.

"석 공자는 모를 게요, 지금 내가 얼마나 기뻐하고 있는지를."

좌응은 웬만해선 심중의 감정을 겉으로 내비치지 않는 사람이었다. 그런 좌응이 괜찮다는 석대원의 한마디에 마치 가위에서 깨어난 사람처럼 안도하고 있었다. 좌응과의 교분이 그 정도로까지 깊지는 않다고 여겨 온 석대원으로선 의외로운 일이 아닐 수 없었다.

"내가 이러는 게 이상해 보이오?"

좌응이 석대원에게 물었다.

"솔직히 그렇습니다. 무양문도도 아닌 저를 그토록 염려해 주셨다니……."

석대원의 대답에 좌응은 고개를 흔들었다.

"내가 염려한 건 석 공자가 아니라 무양문도요."

"예?"

"석 공자에게 무슨 탈이라도 났다면 무양문도 중 몇 사람은 한 노인의 시달림에 제 명에 죽지 못할 테니까."

"하하, 설마……."

석대원은 그럴 리가 있겠느냐는 식으로 웃었지만 조금도 웃지 않는 좌응을 보고는 충분히 그럴 수 있겠다고 생각했다.

한로는 석대원을 고육계의 도구로 이용한 이번 금부도 작전을 시종일관 못마땅하게 여겼다. 만일 석대원에게 중독의 후유라도 남겨졌다면 무양문에 적을 둔 모든 사람들, 특히 작전을 입안한 군사 육건과 독을 공급한 칠낭선생 천용, 거기에 현장 책임자인 좌응은 그 가없는 원망을 고스란히 감당해야 할 터였다.

"여러모로 심려가 크셨겠습니다."

석대원이 고소를 삼키며 말했다.

"심려랄 것까지야 있겠소? 기왕 오셨으니 차나 한 잔 대접하리다."

좌응은 자리에서 일어서서 침대 머리맡에 서 있는 서랍장 쪽으로 걸어갔다. 서랍장의 맨 아래 칸을 연 그는 고개를 돌리지 않은 채로 물었다.

"어떤 차를 즐기시오?"

"편식하지 않고 아무거나 잘 먹습니다."

"편식?"

그 말이 이상히 들렸는지 좌응은 고개를 살짝 갸웃거리더니 몇 가지 다구茶具와 주먹만 한 크기의 도자기 단지 하나를 꺼내 원탁으로 돌아왔다.

"저 서랍엔 중원 각지의 온갖 명차들이 쌓여 있소. 포악하다고만 알려진 마태상에게 이런 고상한 취미가 있다니 놀라울 따름이오."

'그렇게 봐준다면 아마 저승에서도 고마워할 겁니다. 그렇게 보이고 싶어서 모았을 테니까요.'

이렇게 대답해야 옳겠지만 입 밖으로 꺼내진 않았다. 마태상은 이미 죽었고, 그가 애지중지하던 수집품들은 모두 적들의 손에 넘어갔다. 고상하다는 칭찬 한마디 정도는 저승길 지전紙錢 삼아 보태 줄 수도 있는 것이다.

"논공행상을 밝히는 그분이 웬일로 차는 그냥 지나치셨군요."

석대원이 반짝거리는 도자기 단지를 바라보며 신기하다는 투로 말하자 좌응의 입가에 미소 비슷한 것이 걸렸다.

"세상엔 차와 풀을 구분하지 못하는 종자들이 간혹 있소. 그 친구가 바로 그런 종자요."

아쉽지만 석대원 역시 그런 종자였다. 물론 그 말 또한 입 밖으로 꺼내진 않았다.

"석 공자가 차를 가리지 않는다니 내 취향대로 골라 봤소. 요즘 들어 신맛이 싫지 않은 걸 보니 나도 이젠 늙었나 보오."

좌응은 이렇게 말하며 벌건 숯덩이들이 담긴 작은 도자기 풍로를 탁자에 올려놓았다. 그러고는 그 위에 맑은 물이 담긴 찻주전자를 올려놓는데, 물이 끓으려면 제법 시간이 걸릴 것 같았다.

석대원은 그 시간을 이용해 자신이 찾아온 용건을 밝히기로
마음먹었다.

"뇌문주로부터 들은 얘기가 있어 이렇게 찾아왔습니다."

뭔가 반응을 기대했지만 좌응은 아무 말 없이 찻주전자 안을
들여다보기만 했다.

"포로 문제에 대한 얘기였습니다."

좌응의 시선이 그제야 석대원에게로 옮아왔다.

"포로 문제에 대해 관심이 있소?"

이 물음이 석대원을 조금 곤혹스럽게 만들었다. 어젯밤 민파
대룡으로부터 들은 바에 의하면, 좌응은 그와 상의하여 처리하
겠다며 진금영의 신병을 뇌문으로부터 넘겨받았다고 했다. 그
말이 사실이라면, 물론 사실이겠지만, 좌응이 저렇게 말해선 안
되는 것이다.

"물론 관심 있습니다."

석대원이 대답하자 좌응은 잠시 뜸을 들이다가 말했다.

"포로들의 처리는 본 문과 뇌문 사이에 동맹을 체결하는 과
정에서 다뤄진 공적인 사안 중 하나요. 관심을 갖는 거야 자유
겠지만 개입할 수 있는 문제는 아니리라고 보는데, 석 공자의
생각은 어떻소?"

짜증이 날 법한 상황임에도 석대원은 짜증에 앞서 의혹을 느
꼈다. 그가 아는 좌응은 무양문 내의 누구보다도 진중한 사람이
었다. 세 치 혀를 놀려 상대를 희롱할 위인은 아닌 것이다. 그
런 좌응이 지금은 대체 왜 저러는 것일까?

"제가 개입하고 싶은 건 오직 한 사람의 포로입니다."

석대원은 한 자 한 자 힘주어 말했다. 그러나 좌응의 시선은
이미 찻주전자 안으로 옮아 간 뒤였다. 그 모습이 흡사 석대원

의 얘기보다는 찻주전자 안에서 끓는 물이 더 중요하다고 말하는 듯했다.

'흥분하지 말자.'

석대원은 스스로에게 다짐하며 말을 이어 나갔다.

"그 포로의 신병을 뇌문으로부터 인수받으셨다고 들었습니다."

찻주전자 안의 물을 살피던 좌응의 시선이 천천히 석대원에게로 돌아왔다. 다행히 그는 그 포로가 누군지 되묻는 능청까지는 부리지 않았다.

"그렇소. 그녀는 지금 이 배에 있소."

흥분하지 않겠노라 다짐했지만 심장박동이 빨라지고 입안이 말라붙는 것은 어쩔 수 없었다. 석대원은 숨을 한 번 몰아쉰 뒤 물었다.

"그녀를 어떻게 처리하실 생각입니까?"

좌응은 선뜻 대답하려 들지 않았다. 커다란 선창船窓 너머로 흘러든 햇살이 원탁을 가로지르는 가운데, 두 사람 사이로 침묵이 내리깔렸다. 석대원으로선 부담스러울 수밖에 없는 침묵이었다.

그런 시간이 얼마나 흘렀을까? 침묵을 허물어뜨린 쪽은 좌응이었다.

"물이 끓는구려. 온도를 놓치면 차 맛이 떨어지니 지금 준비하겠소."

잔뜩 긴장한 채 좌응의 입만 바라보고 있던 석대원은 맥이 탁 풀리고 말았다.

그런 석대원은 아랑곳하지 않겠다는 양, 좌응은 소매를 슬쩍 끌어 올리고는 차를 우리기 시작했다.

소문에 의하면 좌응은 검도뿐 아니라 다도 방면으로도 조예가 깊다고 했다. 혹자는 그를 일러 강호인 중 다인茶人 칭호를 받을 수 있는 유일무이한 사람이라고까지 했다. 그래서인지 다구를 다뤄 차를 우려내는 좌응의 손길은 큰 강물처럼 유유했다. 물론 마음이 콩밭에 가 있는 석대원의 눈엔 그저 터무니없이 더딘 손길로 비칠 따름이었지만.

"자, 드시오."

기다림에 지친 석대원은 좌응이 채워 준 찻잔을 단숨에 비워 버렸다. 입천장을 델 듯한 뜨거움 따위는 신경 쓰지 않았다. 그가 원하는 건 이런 냄새나는 물이 아니었다.

탁!

석대원은 빈 찻잔을 원탁에 소리 나게 내려놓으며 '이제 됐소?'라는 표정으로 좌응을 바라보았다. 그러나 좌응은 고개를 천천히 저었다.

"그렇게 마시면 차의 참맛을 모르게 되오. 한 잔 더 드리리다."

좌응은 다시 한 잔의 차를 따라 주었다.

'날 약 올리려는 걸까?'

석대원의 눈썹이 꿈틀거렸다. 그는 앞서와 마찬가지로 찻잔을 단숨에 비워 버린 뒤 팽개치듯 탁자에 내려놓았다. 그런 그를 바라보던 좌응은 또다시 고개를 저었다.

"석 공자도 나이를 먹으면 알게 되겠지만 말로 전달하는 것만이 대화의 전부는 아니라오. 한 잔 더 받아 보시오."

좌응은 세 번째로 석대원의 찻잔을 채워 주었다. 그러고는 석대원이 찻잔을 입으로 가져가려 할 때 말했다.

"이번엔 조금씩, 천천히 마셔 보시오."

석대원은 찻잔을 든 손을 멈추고 좌응을 바라보았다. 좌응의 표정은 시종일관 차분하기만 했다. 그를 약 올리기 위해 저러는 것 같지는 않았다.

"알겠습니다."

석대원은 좌응의 말대로 찻물을 조금씩 입에 머금어 보았다. 그러자 앞서 마신 잔들과는 다른 기분이 느껴졌다. 우선 입안에 안개처럼 퍼지는 은은한 향이 찾아왔고, 다음으로 혀를 톡 쏘듯 자극하는 상쾌한 산미가 느껴졌다.

"어떻소?"

좌응이 물었다.

석대원은 입을 벌려 차 맛에 대해 평하려 했다. 바로 그 순간, 석대원의 뇌리를 스치고 지나가는 생각 하나가 있었다. 좌응의 차, 그리고 좌응의 화법話法.

'그것이었나?'

석대원은 움츠리고 있던 허리를 쭉 폈다. 그리고는 한결 느긋해진 목소리로 말했다.

"한 잔 더 청해도 될까요?"

좌응은 입가에 다시 한 번 미소 비슷한 것이 걸렸다.

"물론이오."

좌응이 다시 차를 우려내는 동안 석대원은 방금 떠오른 생각에 대해 정리해 보았다.

방금 좌응이 내준 차와 지금껏 좌응이 구사한 화법 사이엔 서로 닮은 점이 있었다. 안개처럼 은은한 향 뒤에 강렬한 산미를 감춘 차 맛처럼, 모호하리만치 담담하게 이어지는 좌응의 말 속엔 어떠한 목적이 숨어 있었던 것이다. 석대원은 좌응에게 바라는 것이 있었다. 그래서 좌응을 찾아왔다. 그런데 바라는 것이 있는 쪽은 석대원만이 아니었다. 좌응의 차, 좌응의 화법이 그 증거였다.

쌍방이 각기 다른 것을 바랄 때 대화는 곧 협상이 된다. 협상에서 반드시 피해야 할 첫 번째 요소가 있다면, 그것은 바로 조급함이 아닐까? 좌응은 자신의 차를 통해, 그리고 화법을 통해 석대원에게 알려 주고 있는 것이다. 조급해하지 말고 조금씩, 천천히 합일점을 찾아보자고.

두 사람 사이에 대화가 재개된 것은 끽다의 시간이 끝나고 원탁의 다구까지 말끔히 치워진 뒤였다. 깨끗한 마포로 손을 닦은 좌응이 석대원을 향해 운을 떼었다.

"석 공자에게 해 주고 싶은 이야기가 있소. 혹 지루하더라도 참고 들어 주기 바라오."

석대원은 앉은 자세를 바로 했다.

"경청하겠습니다."

좌응은 눈을 가늘게 뜨고 특유의 담담한 목소리로 이야기를 꺼냈다.

"본 교는 오랜 세월에 걸쳐 나라로부터 박해를 받아 왔소. 조군趙君의 송조와 몽고의 원대, 거기에 주씨朱氏의 이번 왕조까지……. 그들은 본 교를 박해함에 있어 대상을 가리지 않았소. 노인과 여자 그리고 어린아이에게까지 잔인한 칼날을 휘둘렀소. 피하기도 했고 저항해 보기도 했지만 나라의 힘 앞에는 부질없는 짓. 그 과정에서 숱한 교도들이 목숨을 잃었소. 지금의 남패 무양문은 그들이 흘린 핏물 위에 세워졌다고 해도 과언이 아닐 게요."

바라는 바와는 거리가 먼 이야기였지만 석대원은 조급해하지 않았다. 협상은 이제 막 시작되었고, 지금은 좌응의 시간이었다.

"너무나도 많은 희생이 있었기에 본 문은 교도 하나하나의 생명을 명존에 대한 신심信心만큼이나 중요시하게 되었소. 독해지지 않고선, 잔인해지지 않고선 살아남을 수 없는 게 우리의 현실이었소. 한 목숨에 대한 혈채는 열 목숨으로 받아 낸다는 일채십수一債十受의 원칙도 모두 그런 이유로 생겨난 것이오. 이 일채십수의 원칙엔 어떠한 예외도 있을 수 없었소. 있다면 오직 하나, 그 대상이 나라일 경우에만 해당되오."

나라와는 싸울 수 없다.

이는 핍박과 고난의 역사를 통해 여산백련교가 불가피하게 체득할 수밖에 없었던 슬픈 생존법이었다. 나라엔 모든 것을 말살시킬 수 있는 절대적인 힘이 있었다. 명존의 가르침을 좇아 광명 세상을 이루는 것도 목숨이 붙어 있어야 가능한 일. 그들은 스스로를 지키기 위해, 그리고 교단을 지키기 위해 현실과 일정 부분 타협할 수밖에 없었다. 나라와는 싸울 수 없다. 비록 그 나라가 모든 죄악, 모든 부조리의 근원일지라도 말이다.

"다행이랄까, 본 문은 개파 이후 나라와 큰 문제없이 불가근 불가원不可近不可遠의 관계를 유지할 수 있었소. 나라에서도 물론 알 거요, 우리가 여산백련교의 적통嫡統이라는 사실을. 그러나 과거와는 달리 그들은 우리를 건드리지 않고 있소. 영락제가 수차례에 걸친 북벌로 국력을 소진한 뒤, 나라의 정책은 내치 위주로 돌아섰소. 그런 마당에 수십만 교도를 거느린, 거기에 강호에서 가장 강성한 무력을 지닌 우리를 들쑤시는 짓 따위는 그리 현명한 일이 아니라 판단했기 때문이오."

잠시 말을 멈춘 좌응의 눈동자 속으로 칼날처럼 서늘한 기운이 스쳐 지나갔다.

"그런데 지난여름, 비각이 우리를 건드렸소. 그것도 모든 형제들이 피눈물을 흘렸을 만큼 지독하게."

무양문은 작년 여름 형산에서 개파 이래 가장 큰 패배를 겪었다. 용봉단을 토벌할 목적으로 출병한 삼군과 오군의 정예들이 목적을 이루기는커녕 전멸에 가까운 피해를 입은 것이다. 그 전투를 통해 호교십군의 일인인 대적용과 서문숭의 둘째 제자 왕삼보까지 잃은 무양문이니만큼 받아야 할 혈채가 결코 적다고는 할 수 없을 텐데, 그 대상엔 그러한 결과를 암중에서 조장한 비각도 포함되어 있었다.

"용봉단이 비록 백도의 제 문파들로부터 비호를 받고 있다고는 하나 그래 봤자 강호의 무리. 혈채를 받아 내기란 그리 어려운 일이 아니오. 그러나 상대가 비각이라면 얘기가 달라지오. 비각은 어디까지나 나라에 속한 기관이고, 본 문은 아직 나라의 눈치를 살필 수밖에 없기 때문이오. 지금 단계에서 본 문이 비각을 상대로 취할 수 있는 징계라고는 이번과 같은 소규모 작전이 전부일지도 모르오. 놈들의 간계에 희생된 대 아우와 왕 공자를 생각하면 원통하기 그지없지만, 당장이라도 전 문도를 이끌고 놈들의 본거지로 쳐들어가 쑥대밭을 만들고 싶은 마음이 간절하지만, 그럴 수 없는 것이 우리의 현실이오."

수양 깊기로 유명한 좌웅이지만 희생자들을 언급하는 대목에 이르러선 목소리가 가늘게 떨려 나오는 것을 막을 수 없었나 보다.

"더욱이 비각은 이름만큼이나 비밀스러운 집단이오. 본 문이 비각을 상대함에 있어 절대적으로 부족한 게 있다면 그것은 바로 정보가 아닐까 생각하오. 이번 건만 해도 그렇소. 비각에서

포섭하려 한 인물이 전비가 아니었던들, 본 문이 할 수 있는 일은 아무것도 없었을 것이오. 그런데…….”

스스로 지나치게 격앙되었다고 느낀 듯 좌웅은 말을 끊고 긴 숨을 내쉬었다. 잠시 후 그의 말이 이어졌다.

“그런데 바로 지금, 우리는 비각에 관한 정보를 캐낼 수 있는 사람을 포로로 확보했소. 비각 내에서도 서열 십 위 안에 드는 고위층에 속하는 사람이오. 자, 이제 석 공자에게 묻겠소. 이번 작전의 책임자로서 내가 그 사람을 어떻게 처리하면 좋겠소?”

석대원의 표정이 무거워졌다. 비각을 상대함에 있어서 가장 부족한 것이 정보라는 사실은 그도 공감하는 바였다. 모용풍과 연벽제로부터 적잖은 사항들을 전해 받은 그조차도 정작 중요한 정보, 비각이 현재 무엇을 계획하고 있으며 그것을 이루기 위해 어떻게 움직이고 있는가를 알아낼 도리는 없었다. 만일 그런 고급 정보를 지닌 사람이 눈앞에 있다면, 백 가지 고문을 베풀어서라도 반드시 캐내고 싶은 것이 그의 솔직한 심정이었다.

문제는 그 사람이 바로 진금영이라는 데 있었다. 명확한 이유는 설명하기 힘들지만, 그는 그녀를 어떤 식으로든 강제할 수 없었다. 그리고 다른 사람이 그녀를 강제하는 것을 그냥 두고 볼 수만도 없었다.

“군장님의 말씀이 옳은 줄은 압니다. 그러나…….”

석대원이 뒷말을 잇지 못하자 좌웅이 조금 부드러워진 목소리로 말했다.

“나는 그 사람을 인수받으며 뇌문주에게 약속했소. 그 사람의 처리를 석 공자와 의논하기로 말이오. 무슨 의견이든 좋으니

기탄없이 말씀해 보시오."

석대원은 입술을 질끈 깨문 뒤 자신의 마음을 있는 그대로 털어놓았다.

"저는 그녀를 무양문에 넘길 수 없습니다."

좌응은 석대원의 얼굴을 물끄러미 바라보았다. 석대원의 말은 차라리 선언이라 해야 옳을 만큼 단호했지만, 좌응의 표정은 여일했다.

"그것이 석 공자의 뜻이오?"

"그렇습니다."

"조금 일방적이라는 생각이 드는구려. 그녀를 본 문에 넘길 수 없는 이유를 설명해 줄 수 있겠소?"

남에게 설명할 수 있는 이유란 게 과연 있을까? 그녀와의 관계는 석대원 자신에게조차 납득시키기 어려운 모순투성이, 감정적이고 돌발적인 순간의 연속이었을진대.

석대원이 대답하지 못하자 좌응이 말했다.

"내가 뇌문주에게 그런 약속을 한 까닭은 그 사람을 생포하는 데 석 공자의 공이 가장 크다는 사실을 인정하기 때문이오. 작전에 있어서 공은 곧 권리와도 같소. 만일 석 공자가 본 문의 문도라면 내가 그 권리를 대행할 수도 있겠지만, 아쉽게도 석 공자는 본 문의 문도가 아니니 석 공자의 공은 석 공자의 것. 권리도 마찬가지일 것이오. 하지만 아무리 그렇다고는 해도 석 공자가 본 문의 입장은 전혀 고려하지 않고 지금처럼 자신의 권리만 일방적으로 주장하겠다면, 이번 작전의 주장으로서 섭섭한 마음을 금치 못하겠구려."

권리를 주장하기 위함은 아니지만 좌응의 말을 듣고 보니 그런 셈이 되어 버렸다.

"미안합니다."

석대원의 말에 좌응은 고개를 저었다.

"사과는 받지 않겠소. 석 공자에게 가장 큰 권리가 있다는 것은 인정하지만, 미안하다는 한마디로 포기하기엔 너무나도 중요한 포로이기 때문이오."

석대원의 눈이 반짝 빛났다. 미안하다는 한마디로 포기할 수 없다? 이 말은 곧 그에 합당한 대가를 지불하라는 뜻이 아니고 무엇이겠는가.

"제게 무엇을 원하십니까?"

석대원은 단도직입적으로 물었다.

이 질문에 이제껏 차분히 가라앉아 있던 좌응의 눈동자가 잠깐 흔들리는 듯했다. 마치 결말을 드러내 보인 이야기꾼이 그러하듯.

석대원은 기회를 놓치지 않고 재차 물었다.

"원하신 게 있다면 말씀하십시오."

좌응은 잠시 주저하다가 말했다.

"석 공자가 아는지 모르겠지만, 어제와 오늘 이틀에 걸쳐 뇌문주와 공식적인 자리를 가졌소."

이 또한 바라는 바와는 거리가 먼 이야기였지만, 석대원은 다시 한 번 인내심을 발휘했다. 지루하던 협상의 시간이 이제 시나브로 끝나 가고 있음을 느꼈기 때문이다.

"본 문의 입장에선 뇌문이 지니고 있는 높은 화기술이 탐나고 뇌문의 입장에선 문파의 재건을 위한 후원자가 절실한지라, 양쪽의 요철이 그런대로 잘 들어맞았다고나 할까……. 회담은 순조롭게 진행되었소. 그 결과 본 문은 왕 대인의 북경상행北京商行을 통해 뇌문이 필요로 하는 물품을 공급해 주는 대신, 뇌문에서 생산되는 화기를 과거 비각에 준하는 조건으로 제공받기로 했소. 그리고 장기적으론 뇌문이 중원에 정착할 수 있는 발판을 마련하는 데 협조하기로 합의했소."

"동맹이 순조롭게 체결되었다니 큰일을 이루셨군요."

"바람이 순조로우니 배가 나가는 건 당연한 결과 아니겠소. 내가 한 일이라곤 때에 맞춰 닻을 거두고 돛을 올린 정도밖에는 없을 것이오. 어쨌거나, 모든 합의가 끝난 뒤에 우리는 문서를 작성하여 결맹의 증표로 남기기로 했소. 뇌문 측의 요구 사항이 예상보다 세세했던 탓에 그 작업도 간단한 것은 아니었소. 한데 문서가 거의 완성될 즈음 뇌문주가 뜻밖의 말을, 음, 나로서는 한 번도 예상치 못한 말을 꺼내더구려."

좌옹은 가늘게 접은 눈으로 탁자에 깍지를 낀 자신의 손을 내려다보다가 시선을 석대원에게 얹더니 천천히, 그리고 또박또박하게 덧붙였다.

"자신이 어젯밤 석 공자에게 선물 하나를 주었다는 말을."

석대원은 자신도 모르게 어깨를 움찔거렸다. 그것을 못 보았을 리 없을 텐데도 좌옹의 표정에는 아무런 변화가 없었다. 좌옹이 말을 이었다.

"처음에는 대수롭지 않게 여겼소. 그저 뇌문주가 개인적으로 석 공자에게 고마운 마음이 있어 그랬나 보다 싶었소. 그런데 다음 말이 더욱 심상치 않았소. 그 선물은 오직 석 공자 개인의 소유이니 나더러 무양문을 대표하여 이를 보장해 달라고 하지 않겠소? 동맹을 체결하는 자리에서 이런 요구까지 꺼낼 정도면 범상한 물건이 아니겠구나 하는 생각이 들었소. 그래서 그에게 물어보았소. 그런 선물이라면 남들 모르게 슬쩍 주면 될 일이지 왜 굳이 말을 꺼내어 알리는 거냐고. 그랬더니 그가 대답하더구려. 슬쩍 주기엔 너무 커다란 선물이라고. 그래서 얼마나 크냐고 물었더니, 이 배가 아니면 운반할 수 없을 만큼 크다고 하더구려. 허허, 이 배가 아니면 가져갈 수 없는 크기의 선물이라니, 나로선 감이 잡히지 않는데 석 공자는 어떻소?"

감이 잡히지 않기는 석대원도 마찬가지였다, 단지 어마어마하게 크리라는 정도 외에는.

"이야기가 이쯤 되자 슬슬 수상한 생각이 들기 시작했소. 천표선이 아니면 운반할 수 없을 만큼 큰 동시에 본 문이 결코 관여해서는 안 되는 선물이라. 그래서 뇌문주에게 한번 떠보았소. 만일 내가 보장하지 못하겠다면 어쩔 거냐고. 그러자 그가 정색을 하고 대답하더구려. 그렇다면 그 선물은 이만 관貫(1관은 약 3.75킬로그램)짜리 고철로 변할 거라고."

좌응은 여기서 말을 멈추고 석대원을 물끄러미 바라보았다. 그의 눈빛은 그 선물이 무엇인지 말해 줄 수 있느냐고 묻고 있었다.

석대원은 잠시 망설였지만 감춰 봐야 소용없다는 생각이 들었다. 세상엔 절대로 감출 수 없을 만큼 큰 물건도 있는 것이다.

"정확히는 모릅니다만 뇌문주는 그 선물을 일러 뇌문 사상 최강의 화기라고 하더군요."

어느 정도 예상하고 있었던 것일까? 뇌문의 수준 높은 화기술을 아는 사람이라면 입을 딱 벌릴 만한 대답이 분명함에도 좌응은 그리 놀라지 않는 듯했다. 다만 어두운 표정으로 이렇게 말할 뿐이었다.

"민파대릉을 가벼이 여기지 말라던 군사의 말씀이 옳았구려. 그는 자신을 희생시키려던 본 문의 의도를 간파하고 있었던 게요. 그게 아니라면 동맹까지 체결하는 마당에 유독 석 공자 한 사람을 지목하여 그 화기를 넘겨주진 않았겠지."

석대원으로선 남들, 특히 무양문 사람들은 몰라주었으면 싶은 일이었다. 그러나 좌응은 사려 깊은 사람. 하나의 결과로부터 전체를 유추해 내는 데 그리 큰 수고가 필요치 않았으리라.

"지시를 어기고 그를 구하고자 했던 것은 사실이나 그가 이번 작전의 속내까지 눈치챌 줄은 몰랐습니다."

석대원이 변명하듯 말했지만 별 효과는 없는 듯했다.

"그렇다고 해서 그를 구한 일을 후회하진 않으리라고 보는데, 안 그렇소?"

언중유골이라, 좌응의 말에는 그리 편치 못한 심기가 그대로 묻어나고 있었다. 그럴 만도 한 것이, 이번 작전의 주체는 어디까지나 무양문이었다. 작전 성공에 따른 전리품이 있다면 마땅히 무양문의 것이어야 했고, 설혹 석대원의 몫이 있더라도 그 분배의 권한은 무양문에 주어져야 했다. 그런데 결과는 그렇지 않았다. 석대원이 민파대릉의 목숨을 살려 준 덕분에 무양문은 은인의 자리에서 내려와야만 했고, 그 자리는 오직 석대원 한 사람에게만 돌아가게 되었다. 작전의 가장 큰 투자자가 졸지에 재주만 넘은 곰 신세가 되어 버린 것이다. 그러니 미안한 마음이 어찌 들지 않을까마는…… 그것과 후회는 별개의 문제였다.

"뇌문주는 좋은 가장이자 훌륭한 주군입니다. 그런 사람의 목숨을 구한 것이 후회할 일이라고는 생각하지 않습니다."

조용하지만 확신이 담긴 이 대답에 좌응은 한숨을 내쉬었다.

"솔직히 말해 나라고 이번 작전이 마음에 든 것은 아니오. 아비가 죽길 바란 자들이 어찌 그 아들에게 은인 행세를 할 수 있겠소? 명령을 받드는 몸만 아니라면 나도 석 공자처럼 행동했을지도 모르지. 당시 석 공자의 심정, 이해 못 하는 바는 아니오."

"그렇게 말씀해 주시니 고마울 따름입니다."

"고마워하긴 이르오."

이렇게 말하는 좌응의 목소리는 조금 차가워져 있었다.

"앞서도 밝혔거니와 석 공자는 본 문의 문도가 아니오. 비록 내가 지금 상황에서 본 문을 대표하고 있다고는 하지만, 그런 막강한 화기가 본 문과 무관한 한 개인의 소유로 돌아가는 것을 보장해 줄 권한은 없소. 설령 그것이 덩치만 큰 쓰레기로 변할지라도 말이오. 내 말이 무슨 뜻인지 알겠소?"

친구의 손에 섣불리 보검을 쥐여 주지 말라. 오늘의 친구가 내일의 적이 되지 말라는 법은 없으니, 오늘 그대가 쥐여 준 그 보검이 내일 그대의 가슴에 꽂힐지도 모른다.

이것이 강호의 교정交情이요, 인간의 교정이었다.

"무슨 뜻인지 압니다."

석대원이 선선히 수긍하자, 좌응은 꼿꼿하게 세우고 있던 허리를 좌석의 등받이에 깊이 묻었다. 그러고는 이제까지와 다른, 힘든 짐을 내려놓은 사람이 지을 법한 느긋하고 여유로운 표정으로 석대원에게 말했다.

"해서 나는 이 문제와 포로 문제를 연계하여 석 공자에게 한 가지 제안을 하려고 하오."

석대원은 느긋해지고 여유로워진 좌응의 얼굴을 한동안 바라보다가 쓴웃음을 짓고 말았다. 이제야 비로소 등장한 저 '제안'이란 것이 좌응이 준비한 진짜 본론임을 알아차렸기 때문이다.

'이 사람은 검법보다 이 방면에 더 능할지도 모르겠군.'

좌응은 솜씨 좋은 낚시꾼처럼 협상을 주도해 나갔다. 미끼를 선택하는 안목도 탁월하거니와, 낚싯줄을 당길 시기와 풀어 줄 시기를 조절하는 능력도 일품이었다. 제안이라고? 빌어먹을, 그녀와 관련된 제안을 석대원이 어떻게 거절할 수 있을까? 미끼를 뱉어 낼 수 없는 물고기에게 남은 것이라곤 만사 체념하고 뭍으로 끌려 올라가는 일뿐이었다.

"말씀만 하십시오."

석대원은 양 손바닥을 활짝 펼쳐 보임으로써 이번 협상에서 완패했음을 시인했다.

(2)

속되다는 자책감이 들어도 좋았다. 석대원과의 일전에서 압승을 거둔 그날 밤, 좌응은 이번 작전이 시작된 이래 최초로 느껴 본 흐뭇함을 이기지 못한 나머지 자신이 가장 신임하는 수하 황사년을 청해 조촐한 축하연을 열기로 마음먹었다.

상하 관계라는 게 부부 관계와 비슷한 면이 있어 오래 묵으면 묵을수록 서로 닮는 법인가 보다. 칠 년이란 세월 동안 좌응을 모셔 온 황사년은 이 근엄하기로 소문난 직속상관이 꿈꾸는 하룻밤 일탈에 기꺼운 마음으로 협조했고, 그 결과 석대원을 고꾸라뜨린 전장이기도 한 커다란 원탁엔 향기로운 소흥주 蘇興酒 한 단지와 먹음직스러운 해물 안주 다섯 가지가 차려지게 되었다.

좌응은 호주가가 아니었다. 소흥주는 향기만큼이나 순했고 술잔이 비는 속도도 그리 빠르지 않았지만, 좌응의 얼굴이 불그레하게 달아오르는 데엔 그리 오랜 시간이 필요치 않았다. 물론 내공을 일으켜 취기를 몰아내는 짓 따위는 하지 않았다. 내공이란 기분 좋으라고 먹는 술에다 쓰려고 수련한 것이 아니다.

"그래도 석 공자가 아주 먹통은 아닌 모양입니다. 향차香茶 세 잔에 군장님의 의중을 읽었으니 말입니다."

황사년이 좌응의 잔을 채우며 말했다. 좌응은 말도 안 된다는 듯이 눈썹을 찡긋거렸다.

"먹통은커녕 오히려 여우에 가깝지. 머리 좋고 눈치 빠르기론 팔군장에 뒤지지 않을 걸세."

황사년은 속으로 '설마?'라고 생각했다. 팔군장이라면 무양문과 금의위에 함께 적을 둔 양진삼을 가리키는데, 그가 아는 양진삼은 쾌찬快燦이라는 별호를 안겨 준 손발보다 머리 회전이 더 빠른 여우 중의 여우였던 것이다.

황사년은 손가락으로 콧등을 긁다가 말을 슬쩍 돌렸다.

"어쨌거나 그런 석 공자를 꼼짝 못 하게 만들었으니 군장님의 수단도 보통이 아니신 거죠."

"수단이라……. 허허."

잠깐 웃은 좌응은 술잔을 반쯤 비운 뒤 황사년에게 물었다.

"자네도 알겠지만 내가 약점을 잡아 누군가를 핍박하는 사람이던가?"

"아니죠."

"게다가 여자를 인질 삼아 젊은 남자를 협박하는 그런 파렴치한이던가?"

황사년이 얼굴을 도리도리 흔들었다.

"절대로 아닙니다."

좌응은 나직이 한숨을 내쉬었다.

"차라리 검을 뽑아 베어 버릴지언정 그런 짓은 못 하지. 절대로 못 해. 그런데 말일세, 그 석대원이란 친구에게만큼은 예외일 수밖에 없었네. 작전을 무시하고 멋대로 나선 과실이 있으니 어떻게든 한번 혼을 내 줘야겠는데, 그게 쉽지 않더라 이 말일세.”

황사년은 젓가락을 안주로 가져가며 고개를 끄덕였다.

“하긴 교주님과 일군장님께서 피붙이처럼 아끼는 손님이니 혼내 주기도 쉬운 일이 아니지요.”

“그 이유만이 아니야.”

좌응이 조금은 맥 풀린 미소를 지으며 덧붙였다.

“난 그와 검을 섞고 싶지 않네.”

접시 위를 맴돌던 황사년의 젓가락이 우뚝 멈췄다. 이 세상엔 자칭이건 타칭이건 수많은 검객들이 존재하지만 그중 진짜 검객이라고 할 만한 사람은 그리 많지 않았다. 황사년이 아는 좌응은 바로 진짜 검객이었다. 아니, 진짜 검객들 중에서도 다섯 손가락 안에 꼽힐 자격이 충분한 강자였던 것이다. 한데 그런 좌응의 입에서 저런 말이 나오다니?

“진심이십니까?”

좌응은 선선히 인정했다.

“진심이네.”

황사년의 두 눈이 동그래졌다. 그 모습을 본 좌응이 말했다.

“믿지 못하는 눈치군. 물론 처음엔 나도 이렇게 생각하지 않았네. 석대원이 작년 겨울 문에 들어와 교주님과 비무를 할 때만 해도 나는 그와 겨뤄 보고 싶다는 충동을 억누르지 못했지. 그럴 수밖에 없었어. 열두 살에 처음으로 검로劍路에 발을 들인 뒤 사십 년이 넘는 세월을 검 한 자루만을 벗 삼아 살아온 나라네. 고금제일 마검이라 알려진 혈랑검법은 어떠한 희생이 따르더라도 꼭 오르고픈 전설 속의 봉우리나 마찬가지였지.”

좌응은 말을 멈추고 슬며시 눈을 감았다. 마치 그날 관전한 두 사람의 비무를 떠올리기라도 하는 듯이.

잠시 후 눈을 뜬 좌응이 말했다.

“혈랑검법은 명불허전이었고 혈랑검법의 전인은 나이를 초월할 만큼 강했네. 그러나 공력이 이미 천의무봉의 경지에 이른 교주님의 상대는 될 수 없었지. 교주님께서 무애도를 펼치시자 승부의 추는 금방 기울어졌네. 비록 모양새는 불승불패不勝不敗의 화국和局으로 끝나긴 했어도, 마지막 순간에 교주님께서 전의를 거두지 않았던들 그는 오래 버티지 못했을 걸세.”

무애도는 백련교의 뿌리 깊은 저력과 서문숭의 초절한 공력이 탄생시킨 천외천의 절학이었다. 황사년은 현세에 그것을 능가하는 무공이 존재할 리 없다고 철석같이 믿고 있었다.

“저도 그렇게 생각합니다.”

황사년이 동의하자 좌응은 또 한 번 맥 풀린 미소를 지었다.

“한데 그게 전부가 아니었어. 그로부터 며칠이 지난 뒤 난 일군장을 찾아갔네. 석대원과의 비무를 주선해 달라고 부탁하기 위함이었지. 그때 일군장이 웃으며 말하더군. 웬만하면 권하고 싶지 않으니 다시 생각해 보는 게 어떠냐고.”

황사년의 안색이 조금 굳어졌다. 하늘처럼 받드는 직속상관이 무시당한 듯한 기분이 들었기 때문이다. 그의 얼굴을 슬쩍 넘겨다본 좌응이 말을 이었다.

“그 이야기를 들으니 과히 유쾌하지 않더군. 그래서 정색을 하고 일군장에게 물었네. 내가 혈랑검법에 패할까 봐 그러는 거냐고. 그런데 일군장의 대답은 내 예상과 딴판인 것이었네.”

“뭐라 하시던가요?”

좌웅은 잠시 뜸을 들이다가 말했다.

"석대원이 교주님과의 비무에서 펼친 혈랑검법은 진정한 혈랑검법이 아니라고 하더군."

황사년은 들고 있던 젓가락을 떨어뜨릴 만큼 놀랐다.

"설마! 그렇다면 석 공자가 실력을 감추었단 말입니까? 감히 교주님을 상대로?"

"나도 지금 자네만큼이나 놀랐네. 실력을 모두 드러내지 않고서도 교주님을 상대할 수 있다는 말이 도저히 믿기지 않았기 때문이네. 그런데 그건 아니었어. 일군장이 그러더군. 혈랑곡주의 무공은 시전자의 살기가 극대화되어 인성의 밑바닥마저 깡그리 사라졌을 때에야 비로소 진정한 위력을 발휘하는 마공이라고 말일세. 석대원은 실력을 감춘 게 아니었어. 나름대로 최선을 다했지만 비무로는 그런 살기를 끌어 올릴 수 없을 테니, 그로서도 어쩔 수 없었던 게지."

좌웅은 남은 잔을 마저 비운 뒤 덧붙였다.

"물론 그것만으로도 모자라지 않았네. 강호를 통틀어 그 나이에 그런 성취를 이룬 검객은 찾을 수 없을 테니까."

모자라지 않다.

이것이 당시 석대원의 검법에 대한 좌웅의 평이었다. 그러나 고금제일의 마검에 대한 평으로선 모자라다 아니할 수 없었다. 이렇게 생각한 황사년은 고개를 끄덕이며 말했다.

"석 공자와 검을 섞고 싶지 않다는 군장님의 말씀이 이제야 이해가 되는군요. 군장님께서 겨루고자 하시는 건 진정한 혈랑검법일 테니까요."

"진정한 혈랑검법이라……."

좌웅은 혼잣말처럼 뇌까리다가 고개를 천천히 저었다.

"자네의 말은 반만 맞았네."

"예?"

"난 지금의 석대원이 펼치는 진정한 혈랑검법을 상대하고 싶지 않네."

황사년은 마치 머리에 뿔 난 토끼를 보았다는 말을 들은 것 같은 얼굴로 좌응을 바라보았다. 그런 그를 향해 좌응이 물었다.

"왜? 명색이 검객이 되어 가지고 이따위 약한 소리나 하고 앉았으니 실망스럽다 이건가?"

"그런 건 아닙니다만……."

좌응은 한숨을 쉰 뒤 말했다.

"그때 일군장이 한 말은 그것만이 아니었네."

"무슨 말씀이 또 있었습니까?"

"그가 말하더군. 자신은 석대원이 펼치는 진정한 혈랑검법을 똑똑히 보았다고."

좌응은 뭔가에 찔린 사람처럼 미간을 한번 찡그린 뒤 말을 이어 나갔다.

"그가 말했네. '그것은 검법이 아니었소. 우리가 알고 있는, 인간의 바람으로 만들어져 인간의 노력을 통해 숙련되고 인간의 육신을 빌어 드러나는 그런 종류의 검법이 결코 아니었소. 그것은 인간이 가진 최소한의 무엇조차 기대할 수 없는, 오직 파괴와 살육의 광기만으로 이루어진 사악한 마력魔力이었소. 그때 나는 생각했소. 인간이라면 누구든 저런 마력과 싸우는 짓 따위는 해선 안 된다고 말이오.' 믿을 수 있겠나? 이 말이 일군장의 입에서 나왔다는 사실을?"

황사년은 말문이 턱 막혔다. 일군장 제갈휘로 말할 것 같으면 검왕 연벽제와 더불어 천하 검도의 양대 산맥을 이루는 대검호大劍豪였다. 그런 그가 스스로 투지를 꺾었다고? 고검 제갈휘가?

"그 말을 들으니 겨뤄 보고픈 마음이 싹 가시더군. 남들이 알면 비웃을지도 모르지만 그래도 상관없네. 검객으로서 내 마음가짐도 일군장과 별반 다르지 않아. 내가 겨루고자 하는 건 검객이지 귀신이 아니라네."

잠시 침묵이 흘렀다.

황사년은 자신의 앞자리에 놓인 잔을 물끄러미 바라보다가 고개를 들어 좌응에게 물었다.

"이해가 되지 않는 부분이 있습니다."

"뭔가?"

"일 대 혈랑곡주 말입니다. 속하는 일전에 교주님께서 내리신 말씀을 기억합니다. 과거 곤륜지회 때의 혈랑곡주는 마인이라기보다는 대종사의 풍모를 갖추었다는 말씀 말입니다. 인성을 버린 자가 어찌 대종사의 풍모를 갖추겠습니까? 하면, 당시 그가 펼친 검법은 진정한 혈랑검법이 아니었을까요? 그러면서도 천하오대고수의 반열에 오른다는 게 과연 가능한 일일까요?"

이 문제에 대해 미리 생각해 둔 듯, 좌응은 즉시 고개를 저었다.

"곤륜지회에 참석한 면면을 감안하면 그럴 리 없겠지. 내가 짐작건대 일 대 혈랑곡주에겐 인성을 버리지 않고서도 자신의 절학들, 혈랑검법과 혈옥수를 자유자재로 시전할 능력이 있었을 걸세. 그리고 아마도 그것들은 석대원이 일군장 앞에서 펼친 혈랑검법, 혈옥수와 다른 종류였겠지."

"다른 종류라고요?"

황사년은 일 대 혈랑곡주와 이 대 혈랑곡주의 무공이 다른 종류일 거라는 좌응의 말이 얼른 이해되지 않았다.

"마공이 일정 경지에 도달하면 불가에서 말하는 마장魔障과 같은 벽에 부딪치게 되는데, 위력이 강한 마공일수록 그 벽은 완강하고 위험한 법이지. 그래서 마공을 수련한 이들 대부분은 그 마장 앞에서 멈춰 선다네. 마장을 뚫어내는 일이 위험하기도 하거니와, 바라는 힘을 이미 얻었는데 굳이 그런 위험을 감수할 필요가 없다고 여기기 때문이네. 하지만 참으로 드물게도, 그들 중에도 진실로 용 같은 이가 있어 선천의 자질과 후천의 노력으로 호말毫末처럼 작은 구멍을 헤치고 마장을 극복하는 데 성공하기도 하지. 나는 혈랑곡주를 바로 그런 인중룡人中龍으로 보네. 마장을 극복한 마공을 더 이상 마공이라고 부를 수 있을까? 당시 혈랑곡주가 도달한 경지는 이미 마공의 굴레를 벗어나 있었던 걸세. 그러나 석대원은 아직 그 경지에 이르지 못한 것 같네. 그러니 사부와 제자의 무공이 다를 수밖에."

긴 설명에도 불구하고 황사년은 여전히 알 것 같기도 하고 모를 것 같기도 한 기분을 떨칠 수 없었다. 그럴 수밖에 없는 것이, 방금 좌응의 설명은 차원 높은 무리武理에 해당되는 것이었다. 피상적으로는 누구나 말할 수 있고 누구나 들을 수 있지만, 그 깊은 이치는 말함으로써 전할 수 없고 들음으로써 깨우칠 수 없는 현묘한 것이었다. 오직 닦은 만큼만 받아들일 뿐.

황사년은 솔직한 사람이라서 자신의 부족함을 감추려 하지 않았다.

"속하에겐 그저 구름 속의 이야기처럼만 들리는군요. 송구스럽습니다."

좌응은 담담히 웃기만 할 따름이었다.

황사년이 다시 말했다.

"한 가지 더 여쭙고 싶은 게 있습니다."

"뭔가?"

"아까 속하의 말이 반만 맞았다고 하셨는데, 그 의미는 무엇인지?"

좌응은 탁자에 올려놓은 두 손을 천천히 깍지 꼈다.

"나는 석대원 또한 용이라 불릴 만한 인재이길 바라네. 내 바람이 어긋나지 않는다면 그가 언젠가 보여 주겠지. 마공의 굴레를 벗어던진 또 다른 의미의 진정한 혈랑검법을. 나는 그날을 기다리네. 그날 부끄러워지지 않도록 내 스스로를 하루하루 채찍질해 가며 말일세."

좌응의 눈동자는 빛나고 있었다. 용기와 도전 정신으로 충만한 청년의 그것만큼이나. 그것이 황사년의 마음을 기껍게 만들었다.

'그럼 그렇지, 우리 군장님이 어떤 분인데.'

좌응은 깍지 낀 손을 풀며 빙긋 웃었다.

"이야기가 이상한 쪽으로 흘러간 모양이군. 이따위 넋두리나 늘어놓으려고 자네를 청한 건 아니었는데."

황사년도 눈치 있는 사람인지라 분위기를 바꾸고자 하는 상관의 뜻을 알아차렸다.

"이런, 안주가 모두 식었군요. 특히 이 새우탕은 뜨거워야 제맛인데……. 제가 얼른 데워 오라고 시키겠습니다."

황사년은 호들갑을 떤 뒤, 선장실 밖에 대기시켜 둔 수하를 부르려고 했다.

그러나 두 사람은 분위기를 바꾸기 위해 특별히 애를 쓸 필요가 없었다. 그것은 금방 밝혀졌다.

꽝!

선장실 문이 부서질 것처럼 안으로 열린 것과 동시에, 누군가 무서운 속도로 뛰어들어 왔다. 목표는 문으로부터 그리 멀지 않은 곳에 앉아 있던 좌응이었다.

"헛!"

황사년은 반사적으로 자리를 박차며 몸을 날려 좌응과 문 사이를 가로막았다. 잠자리에 들기 전에는 결코 몸에서 떼어 놓지 않는 양 팔뚝의 무쇠 토시를 끌어 모아 전방을 철통처럼 방호한 것 또한 그런 반사 행동의 연장이었다.

콱!

황사년이 얼굴 앞으로 당겨 모은 무쇠 토시 사이에 뭔가가 끼었다. 수박에 먹칠을 해 놓은 것 같은 물건인데, 그 물건은 그가 이제껏 무쇠 토시로 막아 낸 어떤 흉기보다도 불길한 느낌을 안겨 주었다.

푸흠!

그 물건이 뿜어낸 세찬 콧김이 황사년의 뒷덜미에 식은땀을 배 나오게 만들었다.

"너 지금 뭐 하니?"

콧김의 주인 마석산이 말했다. 머리털이 한 오라기도 없어 더욱 동글동글해 보이는 그의 머리통은 여전히 황사년의 무쇠 토시 사이에 끼워져 있었다.

'힉!'

황사년은 양팔을 벌리며 황급히 뒤로 물러섰다. 그런 그의 코앞으로 바람 소리가 붕, 지나갔다. 콧등이 아릴 만큼 세찬 바람이었다.

"어쭈? 피해?"

여기까지가 반사 행동이라면, 마석산의 입에서 터져 나온 노성을 들으면서 황사년의 두뇌는 비로소 사고란 걸 시작했다. 피하는 것은 사태를 수습하는 데 아무런 도움도 되지 못한다는 사실을 깨달은 시점은 바로 다음 순간이었다.

뻥!

황사년은 마석산이 내지른 두 번째 주먹을 한편으론 막고 한편으론 흘리며, 힘이 쏠리는 방향으로 몸을 날렸다. 원탁의 가장자리를 따라 주르륵 미끄러진 그의 몸뚱이는 의자 두 개를 와당탕 넘어뜨리며 바닥에 나뒹굴었다.

"으윽!"

짐짓 고통스러운 신음을 흘리며 원탁을 짚고 일어서는 황사년의 눈에, 제 주먹을 들여다보며 고개를 갸우뚱거리는 마석산의 모습이 잡혔다. 머리는 나빠도 몸뚱이의 감각만큼은 기가막히게 발달된 위인인지라, 주먹을 통해 전달된 느낌이 뭔가 미심쩍다는 것을 눈치챈 모양이었다. 이에 황사년은 감히 몸을 마저 일으키지 못하고 그 자리에 철퍼덕 엎어질 수밖에 없었다. 그제야 만족한 듯, 마석산의 의기양양한 목소리가 선실을 울렸다.

"자식이, 감히 어른 존안에 쇠붙이를 들이대? 확 창자를 뽑아버릴까 보다!"

이 엄포로 끝낼 눈치긴 하지만, 그래도 마음이 놓이지 않은 황사년은 당분간 엎어져 있기로 마음먹었다.

좌응은 담백한 사람답게 처음 쾅 소리가 울린 순간 오늘 술자리에 대한 미련을 접었다. 바닥에 배를 깔고 길게 엎드린 황사년을 바라보자 자책하는 마음도 일었다. 아마도 한 시진 가까이 누린 오붓한 분위기 때문이리라. 황사년의 반사적인 행동을 적시에 제지해 주지 못한 까닭 말이다.

군장과 부군장의 고하란 게 정말로 한 끗발 차이인지라 저리 함부로 대해선 안 된다는 점, 물론 잘 알고 있었다. 소속이 다르다면 더욱 그러할 터. 그래도 좌응은 마석산의 무도함을 질책하지 않았다. 쇠귀에 경을 읽는 것보다 더 보람 없는 짓은 무쇠 소 귀에다 경을 읽는 것이었다. 황사년도 무양문도인 바에야 자신을 위해 나서 주지 않는 상관을 탓하지는 않을 것 같았다.

좌응은 긴 한숨으로 모든 상념을 지운 뒤 마석산에게 물었다.

"이 밤중에 어인 일인가?"

마석산은 조금 전까지 황사년이 앉았던 자리에 엉덩이를 털썩 얹더니 다짜고짜 푸념부터 늘어놓기 시작했다.

"형님이 내게 이럴 순 없는 거유!"

"내가 뭘 어쨌는데?"

"내가 누구유? 요번 작전에 있어선 두 번째 대장이자, 형님하고는 콩 한 쪽도 나눠 먹는 의형제 아니우?"

아무리 생각해도 마석산으로부턴 콩 반 쪽 받은 기억이 없는 좌응이지만 뭐라 토를 달지는 않았다.

"그런데?"

"그런데 그런 날 젖히고 석가 꼬마 놈에게 떡하니 신방을 차려 준단 말이우?"

저 소리가 나올 줄은 알고 있었다. 그래도 날이나 밝은 연후에 들을 줄 알았다.

좌응이 한숨만 쉴 뿐 아무 말이 없자, 마석산은 더욱 기가 살아 침까지 튀기며 따져 왔다.

"내가 점잖은 사람이라 말을 하지 않아서 그렇지, 요번 작전 내내 얼마나 참은 줄 아시우? 오죽했으면 마누라라도 옆에 있길 바랐을까?"

좌응은 또 한 번 한숨을 쉬었다. 치마 두른 족속 중엔 마누라가 제일 마지막 순번인 모양이었다. 문득 복주에 있는 제수씨가 불쌍하다는 생각이 들었다.

"그래도 내가 공사를 가릴 줄 아는 사람이라 싸움이 끝날 때까진 참고 기다려 줬수. 한데 싸움이 끝나자 형님이 뭐랬수? 뇌문 애들하고는 동맹을 맺기로 했으니 함부로 계집질하면 불알을 까 버린다고 으름장을 놓지 않았수? 내 그 소릴 듣고 맥이 탁 풀렸지만, 그래도 형님 말에 따랐수. 형님이 일등이고 내가 이등이니, 이등이 모범을 보여야지 싶어서 말이우. 그래, 쌍! 다 좋다 이거야! 까짓것 정 못 참겠으면 용두질 몇 번 치면 될 일이지, 나도 굳이 하지 말라는 짓까진 안 할 생각이었수. 그런데 이게 무슨 개 같은 경우유? 멀쩡한 아우는 팔자에도 없는 중노릇하게 만들어 놓고, 새까만 꼬마 놈에겐 계집을 붙여 준단 말이우? 그것도 신방까지 내주면서? 형님이 내게 이러면 안 되지. 이럴 순 없는 거라구."

일장 하소연이 이어지는 동안 자신의 코끝만을 내려다보던 좌응이 비로소 마석산에게 물었다.

"부러운가?"

"뭐 부러울 것까진 없지만, 그래도 고 계집이 야리야리하게 생긴 것이 제법…… 흠! 흠!"

마석산은 말꼬리를 흐리며 얄망스러운 표정을 지었다. 굳이 머리통을 열어 보지 않아도 무슨 상상을 하는지 짐작이 갔다.

좌응은 슬슬 짜증이 치밀기 시작했다.

"부러우면 가서 뺏게."

마석산의 눈이 휘둥그레졌다.

"저, 정말 그래도 되우?"

"단, 양물이 잘릴 각오는 해야 할 걸세."

인상만큼이나 우락부락하게 생겨 먹은 양물을 일생일대의 자랑거리로 삼고 살아온 마석산이었다. 반응은 당장 돌아왔다.

"어떤 개잡놈이 감히 내 물건을 잘라? 석가 꼬마가? 내가 이 새끼를 당장……!"

용수철처럼 솟구쳐 올라 문가로 뛰어가는 마석산을 향해 좌응이 조용히 말했다.

"굳이 그가 할 필요도 없지. 문령門令에 의해 집법원에서 집행할 테니까."

천하의 무쇠소에게도 켕기는 게 아주 없지는 않았나 보다. 문가에서 멈춰 선 마석산은 좌응을 돌아보며 볼멘소리를 내뱉었다.

"쳇! 계집 한번 찍어 누르는데 문령까지 들먹이기우?"

"난 사실대로 얘기했을 뿐이네."

"형님도 물건 멀쩡히 단 채로 둘째 형수님을 보시지 않았수. 누구 물건은 구멍에 끼워도 괜찮고 누구 물건은 구멍에 끼우면 자르나? 세상에 그따위 문령이 어딨어?"

그 구멍이 분명 귓구멍은 아닐진대, 귓구멍을 씻고 싶은 충동이 드는 것은 무슨 까닭일까? 좌응은 이 상황에서도 계속 이야기할 수밖에 없는 스스로가 한심해지기 시작했다. 그래도 어쩔 수 없었다. 시작한 이상 끝을 볼 수밖에.

좌응이 점잖게 말했다.

"난 문도의 여자를 강탈하여 첩실로 들이진 않았네."

"킹! 그거야 그렇지만, 석가 꼬마는 우리 문도가 아니지 않수."

"오늘부로 문도가 되었네."

마석산은 눈을 끔뻑이다가 다시 물었다.

"정말이우?"

"그렇다네. 비록 객원문도客員門徒이긴 하지만 순찰통령巡察統領이라는 직위까지 얻었지."

한 문파에 있어서, 객원은 손님이요, 문도는 주인이었다. 이질적인 두 단어가 합쳐져 하나를 이루었으니 뭔가 이상하다는 생각도 가질 법한데, 아는 것 없는 마석산의 관심은 다른 데 있었다.

"개, 객원…… 그게 높수, 내가 높수?"

좌응은 대답 대신 반문했다.

"순찰당주가 높나, 자네가 높나?"

"아무래도 내가 조금 더 높지 않겠…….."

좌응은 마석산의 말을 끝까지 기다려 주지 않았다.

"양원兩院, 삼당三堂과 호교십군은 직제상 독립적으로 구분되네. 하지만 자네는 호교십군 중에서도 말석이니, 굳이 비교하자면 순찰당주 쪽이 반 등급 높은 셈이지."

마석산은 오만상을 찌푸리며 버럭 소리쳤다.

"아니, 그랬단 말이우? 제기랄! 그래서 순찰당주네 집이 우리 집보다 잘살았구나!"

물론 말도 되지 않는 소리였다. 경신술의 달인으로 알려진 무양문의 순찰당주 답풍조운踏風操雲 엽뇌동葉雷動은 그리 성실한 가장은 못 되었지만, 조강지처의 쌈짓돈까지 쓸어다 도박장에 꼬나 박는 인간 망종은 아니기 때문이다.

좌응은 말도 되지 않는 소리에 일일이 대꾸하는 대신 하던 말을 마무리했다.

"순찰통령은 순찰당주의 바로 아래 직급인 부당주와 동급으로 정해졌네. 그러니 자네와는 별 차이 없다고 할 수 있네. 더구나 그 명을 오직 교주님께만 받게 되어 있으니, 설령 일군장이나 나라 해도 함부로 대할 수 없는 위치인 게지. 자, 그런 사람의 여자를 자네가 한번 어떻게 해 보겠다 이건가?"

마석산은 눈알을 뒤룩뒤룩 굴리다가 슬그머니 꼬리를 내렸다.

"내가 언제 어떻게 해 보겠다고 그랬수? 괜히 형님 혼자 북 치고 장구 치고 한 거지. 사실 나랑 석가 꼬마 사이도 그리 나쁜 건 아니우. 아니, 나쁜 게 아닌 정도가 아니라 형님 다음으로 친한 사이인지도 모르지."

만일 그 석가 꼬마가 듣는다면 기분 좋을 소리는 아닐 것 같았다. 좌응은 실소를 참으며 물었다.

"아직도 내게 서운한 게 남았는가?"

마석산은 조그만 목소리로 투덜거렸다.

"그래도 기왕 남는 게 있으면 내게 줄 것이지……."

"뭐라고 했나?"

"아, 아무 말도 안 했수. 으흠! 저녁이 부실했나, 왜 이리 배가 고프지? 난 밤참이나 먹으러 갈 테니 형님은 저놈 데리고 얘기나 계속 나누시우."

마석산은 산책 나왔다 돌아가는 영감처럼 두 팔을 휘적휘적 저으며 선장실을 떠났다.

경첩이 어긋난 문이 삐걱거리며 닫히자, 이제껏 바닥에 엎어져 있던 황사년이 슬그머니 몸을 일으켰다. 허리를 엉거주춤 굽힌 채로 주위를 두리번거리던 그는 곧 좌옹에게 고개를 숙였다.

"못난 꼴을 보여 드려 송구스럽습니다."

좌옹은 쓴웃음을 지었다. 사과해야 할 쪽은 상관으로서 도리를 다하지 못한 자신이라는 생각이 들었기 때문이었다. 그는 이 순해 빠진 수하에게, 이제 무양문도라면 너 나 할 것 없이 익숙해진 위로를 건넸다.

"욕봤네."

귀환 歸還

(1)

여름 바다 위론 하오의 햇살이 쏟아진다. 햇살은 잔잔히 일 렁이는 수면에서 새하얀 파편으로 부서진다. 그 위로는 몇 마리 갈매기들이 먹이를 찾아 배회하고, 더 위로는 새털구름이 한가 로이 흘러간다. 모든 풍경들이 놀랍도록 평화롭고, 심지어는 따 분해 보이기까지 하다.

"아─함."

젖힌 허리를 상갑판 난간에 기댄 채 바다를 바라보던 마석산 은 턱 아래 근육에서 와드득 소리가 울릴 만큼 요란하게 하품을 했다. 그 바람에 맺힌 눈물을 손가락으로 찍어 낸 그는 몸을 돌 려 난간 아래를 내려다보았다.

난간 아래, 하갑판엔 사람들이 가득했다. 대부분 옷통을 벗은 그들은 웬만한 집채만큼이나 커다한 쇳덩어리에 매달려 구슬땀을 흘리고 있었다.

"어어? 조심해!"

"그쪽을 밀면 어떻게 해!"

"이보게들! 얼마 안 남았으니 모두 힘 좀 내 보자고!"

뜨거운 숨결에 섞여 내뱉어진 힘겨운 노동의 외침들은, 그러나 마석산에겐 여름 바다의 풍경만큼이나 따분하기만 할 따름이었다.

"이봐, 부군장."

난간에 버텨 세운 왼팔 하박 끝 손바닥에다 턱을 괸 채 하갑판을 내려다보던 마석산으로부터 졸음기 밴 목소리가 흘러나왔다. 그의 뒷전, 반걸음쯤 떨어진 곳에 서 있던 십군의 부군장 추임은 받쳐 든 일산日傘이 흔들리지 않도록 주의하며 대답했다.

"말씀하십시오."

"저게 이름이 뭐라고 했지?"

"천장포라고 했습니다."

"맞아, 천장포. 요즘 건망증이 생겼는지 들어도 들어도 자꾸 잊어버린단 말이야."

마석산은 턱을 괸 왼손의 네 손가락으로 볼따구니를 북북 긁은 뒤 다시 물었다.

"근데 무엇에 쓰는 물건이라고 했더라?"

추임은 한숨을 쉬고 싶은 듯한 얼굴로 대답했다.

"화포입니다. 화포란 화약의 폭발력을 이용해 탄환을 발사하는 기계로……."

"인마, 화포가 뭔지는 나도 알아."

추임은 입을 다물었다.

마석산이 다시 물었다.

"근데 하나가 아니었던가? 벌써 여러 개 실은 걸 봤는데."

"아침부터 선적한 하나하나가 모두 화포가 아니고요, 하나로 합쳐야 한 정의 화포가 되는 겁니다."

"그래?"

"저만한 게 벌써 여덟 개나 올라왔으니 합치면 정말 굉장하겠지요. 이 천표선이 없었다면 중원으로 가져갈 생각 따윈 꿈도 꾸지 못했을 겁니다."

"그렇군."

추임은 정성으로 말했지만 마석산으로부터 돌아온 대꾸는 심드렁하기만 했다.

"이 위에서 바라보니 저기 달라붙어 낑낑거리는 게 꼭 죽은 매미에 달라붙은 개미 새끼들처럼 보이는군. 어릴 때 그런 개미 새끼들을 보면 꼭 오줌을 싸 줬는데. 그래서 그런가? 아, 오줌 마렵다."

땡볕 밑에서 한나절 내내 수고하는 사람들의 심정을 한 번이라도 생각해 봤다면 절대로 할 수 없는 소리였다. 아주 잠깐에 불과하지만, 추임은 들고 있던 일산으로 마석산의 뒤통수를 내려치고픈 충동을 느꼈다.

마석산이 다시 물었다.

"저게 다 석가 꼬마 거라며?"

"그렇습니다."

"새끼, 좋겠다."

"……"

"얼마나 좋으면 신방에 틀어박혀 코빼기도 안 비칠까? 의리 없는 새끼 같으니라고."

대체 저 천장포와 신방이 무슨 상관일까? 하지만 추임은 그것을 캐물어 번거로움을 자초할 만큼 어리석지 않았다.

"어라?"

난간에 방만한 자세로 몸을 기대고 있던 마석산이 갑자기 고개를 학처럼 쑥 뽑아 올렸다.

"저놈 낯이 익는데, 우리 앤가?"

"누구 말씀이신지?"

"저놈, 저놈, 방금 갑판에 올라온 두 놈 중에서 왼쪽에 있는 놈 말이야."

마석산이 손가락질을 하며 채근했다.

추임은 마석산의 손가락을 좇아 시선을 옮겼다. 주인만큼이나 무식해 보이는 그 뭉툭한 손가락이 가리킨 갑판 가장자리엔 이제 막 배에 오른 듯한 사내 둘이 서 있었다. 제법 부피가 나가는 철궤 하나를 맞들고 있는 그들은 추임이 한눈에 보기에도 '우리 애'일 수 없었다. 왼쪽이고 오른쪽이고 간에 말이다.

"우리 애는 아닙니다."

추임은 대답하면서도 서글퍼졌다. 십군 소속 오백 명의 얼굴을 기억해 주기를 바란 것은 아니다. 이번 작전에 동원된 오십 명의 얼굴이라도 기억해 주기를 바란 것도 아니다. 그래도 최소한 제 수하 중에서 변발을 한 이족이 하나도 없다는 것쯤은 기억하고 있어야 하지 않을까? 명색이 군장이라면 말이다.

"이상하네. 우리 애도 아닌데 왜 낯이 익을까?"

마석산이 자꾸 고개를 갸웃거리자, 추임은 갑판에 오른 두 이족 중 왼쪽의 사내, 부리부리한 눈에 다부진 체격을 지닌 사내를 유심히 살펴보았다. 특이하게도 그 사내는 수레바퀴 반만한 음양원앙월 한 쌍을 등에 짊어지고 있었다. 그리고 그 특이한 병기가 추임으로 하여금 그 사내의 정체를 알게 해 주었다.

전투가 벌어진 그날 밤, 화왕성으로 오르던 무양문도들은 수구산 칠 부 능선에 설치된 관문 하나를 돌파한 적이 있었다. 저 사내가 바로 그 관문을 지키던 수장이었다. 이후 통성명하여 이름도 알았다. 바로 오란차. 뇌문 내에서 담력이 가장 좋은 사내라는데, 담력은 몰라도 운이 가장 좋은 사내임에는 분명했다. 마석산의 머리통을 두드리고도 사지 멀쩡히 돌아다닐 수 있는 인간은 세상에 몇 안 될 테니 말이다.

추임은 마석산의 머리통을 힐끔 돌아보았다. 워낙 단단하고 회복력 좋은 머리통인지라, 그날 오란차의 음양원앙월에 얻어맞은 정수리는 껍질 벗긴 삶은 달걀처럼 매끈거리기만 했다. 물론 흔적이 지워졌다고 앙심까지 지운다면 마석산이 아닐 터. 자신의 한마디면 그 앙심을 풀기 위해 주저 없이 난간을 뛰어넘을 것이 분명했다.

오란차를 위해, 아니 오늘 하루를 평화롭게 마감하고픈 스스로를 위해 추임은 골치 아픈 기억을 덮어 두기로 마음먹었다.

"승전연勝戰宴에서 만나셨겠지요. 그날 제법 취하지 않으셨습니까. 정확히 기억 못 하시는 것도 무리는 아니지요."

마석산이 고개를 홱 돌리며 눈을 부라렸다.

"취하긴 누가 취했다고!"

추임은 깍듯이 고개를 숙였다. 그러면서도 일산이 흔들려 마석산의 얼굴이 볕에 노출되는 일이 생기지 않도록 유의하면서.

"죄송합니다."

"네가 지금껏 마신 물보다 내가 마신 술이 훨씬 더 많다는 거, 몰라?"

"속하가 잠시 잊었습니다. 용서를……."

"자식이 말이야, 대장을 어떻게 보고 헛소리야. 앞으로 조심해!"

한 번의 호통으로 위신을 세운 마석산은 시선을 다시 하갑판으로 돌렸다.

"잉? 그새 사라졌네. 그놈들 참 재주도 좋네."

그러나 추임은 오란차 일행이 부린 재주가 그리 특별하지 않음을, 그리고 배에서 내리지도 않았음을 알고 있었다. 마석산이 시선을 그에게 돌린 사이 난간 아래쪽, 마석산과 그에게는 사각死角이 되는 위치로 뚜벅뚜벅 걸어 들어간 것을 보았기 때문이다. 아마 그곳에 있는 입구를 통해 배 내부로 들어간 모양이었다.

"쳇, 아는 놈이면 인사나 붙여 보려고 했는데 재미없게 됐군."

마석산이 재미있으면 다른 모든 사람들이 재미없게 된다. 추임에게 있어서 이쯤은 상식이었다.

"아—함!"

마석산은 들러붙어 있던 난간에서 몸을 떼어 내며 늘어지게 기지개를 켠 뒤, 오줌 누러 가겠다며 걸음을 옮겼다. 추임은 그제야 비로소 안도의 숨을 내쉬었다.

"인마! 얼굴 타게시리, 빨리 안 따라와?"

"예, 갑니다!"

저만치서 들린 마석산의 호통에 추임은 일산을 받쳐 들고 뛰어야만 했다.

(2)

오란차라는 이름으로 소개받은 사내는 한어를 알지 못하는 것 같았다. 그래서 석대원이 상대한 사람은 오란차와 함께 온 호리호리한 체격의 장년인이었다. 사십 대 초반쯤 되었을까? 얼굴 군데군데에 난 흉측한 화상 자국과는 어울리지 않게 차분하고 이지적인 눈매를 지닌 장년인이었다. 자신을 힐바兌巴라고 소개한 장년인은 민파대롱에 버금갈 만큼 유창한 한어를 구사하고 있었다.

"문주님의 명으로 찾아왔습니다. 문주님께선 이 철궤를 석 공자님께 드리라고 말씀하셨습니다."

석대원은 두 사람이 맞들고 있는 철궤를 바라보았다.

"그 안에 든 것이 바로……?"

"축융입니다."

석대원은 자신도 모르게 마른침을 삼켰다. 힐바의 대답은 무척이나 간단했지만, 그 의미만큼은 결코 간단하지 않았다.

시대를 뛰어넘는 가공할 파괴력을 지닌 사상 최강의 화기 천장포!

그 천장포의 핵심을 이루는 부품이 바로 축융인 것이다.

민파대롱의 설명에 의하면, 축융을 제작하는 데엔 총 열여덟 가지의 각기 다른 금속과 세 가지의 희귀한 중화제가 소비되었다고 했다. 그러나 그러한 재료들이 모두 갖추어졌다 하여 축융을 만들 수 있는 것은 아니다. 화기에 관한 한 전문가 중의 전문가라 할 수 있는 뇌문의 제화사들이 수년간 고심 끝에 발견해 낸 배합비를 알지 못한다면 재료는 그저 재료로 끝나고 마는 것이다.

아쉽게도, 혹은 다행스럽게도, 그 배합비는 제화사들의 우두머리인 포포아투의 죽음과 더불어 영영 사라져 버렸다. 그러므로 축융은 이제 유일무이할 수밖에 없는 것이다. 만일 저 축융이 사라진다면 천장포는 어떻게 될까?

ㅡ이만 관짜리 고철로 변할 거라 하더구려.

좌응으로부터 전해 들은 말을 떠올리며 석대원은 갑자기 어깨가 뻐근해지는 것을 느꼈다. 민파대릉이 준 선물은 결코 가볍지 않았다. 아니, 부담을 느끼지 않고선 못 배길 만큼 무거웠다.

그런 기분 탓일까? 철궤를 든 두 사람이 힘들겠구나 하는 생각이 들었다.

"무겁겠습니다. 여기 올려놓으십시오."

석대원이 곁에 있는 탁자를 가리키며 말했다. 힐바와 오란차는 서로의 얼굴을 돌아본 뒤 석대원이 가리킨 탁자에 철궤를 올려놓았다. 하지만 그렇다고 해서 철궤의 옆에서 떨어진 것은 아니었다. 마치 아교 칠이라도 해 놓은 듯 두 명의 사람과 한 개의 철궤는 한 덩이로 달라붙어 있었다.

'그만큼 중요하다는 뜻이겠지.'

이때까지만 해도 석대원은 이렇게 해석했다.

힐바가 물었다.

"열쇠를 가지고 계십니까?"

석대원은 힐바가 말한 열쇠가 무엇인지 알고 있었다. 그는 품에서 민파대릉으로부터 받은 청동빛 열쇠를 꺼냈다. 열쇠를 바라보는 힐바의 눈이 반짝 빛났다.

"철궤는 오직 그 열쇠로만 열 수 있습니다."

석대원은 고개를 갸웃거렸다.

"그런가요? 귀 문의 문주께서는 이 섬의 지하에 있는 어떤 무덤을 여는 열쇠라고 말씀하셨습니다만?"

"정확히 말하면 유골을 보관하는 사당입니다. 그 사당을 여는 열쇠가 분명합니다만, 지금은 이 철궤도 열 수 있습니다. 반란이 진압된 직후, 문주님께선 어떤 제화사에게 그 열쇠를 주시며 명하셨습니다. 열두 시진 내로 그 열쇠가 아니면 절대로 열수 없는 철궤를 만들라고요."

말을 마친 힐바의 얼굴 위로 은은한 자부심이 배어 나왔다. 석대원은 그제야 저 철궤를 제작한 제화사가 힐바 본인이라는 사실을 알 수 있었다.

"물건을 확인해 보시겠습니까?"

"솔직히 궁금하던 참이었습니다."

석대원은 힐바에게 열쇠를 내밀었다. 그러나 힐바는 고개를 가로저었다.

"그 열쇠를 만질 수 있는 사람은 오직 석 공자 한 분뿐입니다."

"그것도 문주님의 명입니까?"

힐바는 당연한 걸 묻는다는 듯이 대답했다.

"그렇습니다."

번거롭다는 생각이 들었지만 별수 없었다. 석대원은 허리를 숙여 열쇠를 철궤의 구멍에 끼운 뒤 천천히 돌렸다. 철컹, 하는 묵직한 쇳소리가 연달아 네 차례 울리더니 꽉 맞물려 있던 뚜껑과 본체의 틈새가 조금 헐거워지는 듯했다.

석대원은 힐바를 돌아보았다.

"뚜껑을 열 수 있는 사람도 나뿐인가요?"

"그렇습니다."

음색 하나 변하지 않은 같은 대답이 돌아왔다. 석대원은 쓰게 웃은 뒤 철궤의 뚜껑을 들어 올렸다.

축융의 첫인상은 석대원이 기대한 것만큼 특별해 보이지 않았다. 그의 눈에 비친 축융은 속이 빈 육각형의 철통을 종으로 쪼개어 여러 장 포개 놓은 것에 지나지 않았다. 특이한 점이라면 각 장의 끝단을 이루고 있는 복잡한 요철 정도랄까? 각 장의 두께가 한 치 남짓이라 무게도 그리 나갈 것 같지 않으니, 이물건 없이는 이만 관짜리 고철에 불과하다는 천장포에 대한 신뢰마저 흔들리는 듯했다.

범상치 않아 보이는 쪽은 오히려 힐바가 만든 철궤였다. 석대원으로선 도무지 용도를 짐작할 수 없는 여러 가지 장치들이 철궤의 내부 곳곳에 설치되어 있었기 때문이다.

"운반의 편리를 위해 축융은 분해해 놓은 상태입니다. 조립을 마쳐야 비로소 제 모습이 드러나니 단조로워 보인다고 실망하지 마시길 바랍니다."

힐바의 말이었다.

속내를 들켜 머쓱해진 석대원은 철궤 내부의 장치들을 가리키며 물었다.

"이것들은 모두 무엇에 쓰이는 장치들인가요?"

힐바는 대답 대신 다른 요구를 했다.

"확인이 끝나셨으면 우선 철궤를 봉해 주십시오."

열쇠를 만지거나 철궤를 여는 것뿐만 아니라, 축융을 볼 수 있는 것조차도 극히 제한된 모양이었다. 이 또한 번거롭다는 생각이 들었지만, 석대원은 순순히 철궤의 뚜껑을 닫고 열쇠로 잠갔다. 열 때와 마찬가지로 네 차례의 쇳소리가 연달아 울려 나왔다.

힐바는 석대원이 열쇠를 갈무리하기를 기다려 설명을 시작했다.

"이 철궤에는 두 가지 안전장치가 베풀어져 있습니다. 만일 누군가 열쇠를 사용하지 않고 강제로 철궤를 열려 하면 강력한 부식액腐蝕液이 뿜어져 축융의 표면을 마모시킬 것입니다. 축융을 이루는 부품 하나하나는 마치 정교한 열쇠와 같아서, 표면이 상하면 조립이 불가능하지요. 그것이 첫 번째 안전장치입니다."

석대원은 고개를 끄덕이며 물었다.

"두 번째 안전장치는 뭡니까?"

"두 번째 안전장치는 바로 저희입니다."

힐바는 이렇게 말하며 철궤의 측면에 딱 붙이고 있던 왼손을 들어 보였다.

"음?"

석대원의 눈이 커졌다. 힐바의 왼쪽 손목과 철궤의 손잡이 사이에 굵은 쇠사슬이 연결되어 있는 것을 발견했기 때문이었다. 아연해진 석대원은 철궤의 반대쪽 측면도 바라보았다. 과연 오란차의 오른쪽 손목과 철궤의 손잡이 사이에도 힐바의 것과 동일한 굵기의 쇠사슬이 연결되어 있었다.

"이게 무슨……?"

"저희 스스로 한 일입니다. 오늘 아침 열쇠구멍에 쇳물을 부어 굳혔지요. 이제 이 철궤와 저희는 한 몸이나 마찬가지입니다."

석대원은 두 명의 사람과 한 개의 철궤가 한 덩이로 달라붙어 있었던, 아니 달라붙어 있을 수밖에 없었던 정확한 이유를 이제야 알게 되었다. 떨어지고 싶어도 떨어질 수가 없는 것이었다.

"하면 두 분께서도 중원으로 가신다는 겁니까?"

힐바가 차분하지만 단호하게 대답했다.

"철궤가 가면 저희도 가고, 철궤가 남으면 저희도 남습니다."

어찌나 어처구니없었는지 실소가 절로 나왔다.

"잠자리는? 또 용변을 볼 때엔 어쩔 작정이십니까?"

그러나 너무도 진지한 힐바의 대답이 석대원의 실소를 멈추게 만들었다.

"그런 것들은 중요하지 않습니다. 중요한 것은 문주님께서 내리신 명령입니다. 잠을 자고 똥오줌을 싸는 일 따위는 그것과 비교하면 아무것도 아닙니다."

맘 편히 웃을 수도 없는 이 상황이 석대원을 불편하게 만들었다. 부담을 느끼는 것은 천장포만으로도 충분했다. 이만 관이나 나가는 그 무게에 생면부지인 두 사람의 목숨까지 얹고 싶진 않았다.

"만일 내가 두 분을 데려가지 않겠다면 어쩌시겠습니까?"

석대원이 조금 차가운 목소리로 물었다.

힐바는 대답 대신 차분한 눈길로 석대원의 얼굴을 바라보았다.

석대원이 조금 더 차가운 목소리로 물었다.

"만일 내가 이 자리에서 쇠사슬을 끊고 두 분을 돌려보낸다면 어쩌시겠습니까?"

힐바는 조금 더 석대원의 얼굴을 바라보다가 차분히 반문했다.

"열여섯 장으로 나눠진 축융과 아홉 덩이로 나눠진 천장포를 조립할 줄 아십니까?"

석대원은 대답하지 못했다.

"천장포에 축융을 설치할 줄 아십니까?"

역시 대답할 수 없었다.

"천장포를 쏠 줄 아십니까?"

검을 제외하고 다룰 줄 아는 도구라곤 젓가락 정도가 전부인 석대원에겐 대단히 무리스러운 질문들이 아닐 수 없었다.

힐바가 말했다.

"문주님께선 번거로움을 좋아하시는 분이 아니십니다. 그런 분께서 한 번도 아니고 몇 번씩이나 명령하신 데엔 그만한 까닭이 있습니다. 인재가 많기로 유명한 무양문이니 천장포를 다룰 만한 사람이 아주 없진 않겠지요. 그러나 모든 물건은 쓰는 사람의 소유가 되기 마련입니다. 무양문이 쓰면 무양문의 것이 되겠지요. 문주님께선 결코 그렇게 되길 바라시지 않을 겁니다."

이 말을 듣는 동안, 석대원은 무양문에서 본 어떤 광경을 떠올렸다. 무인 집단에 어울리지 않는 백면서생 여럿이서 화창 한 자루를 앞에 두고 뜻 모를 소리들을 지껄이던 광경 말이다.

기물을 연구하는 데 환장한 그들, 별수재라면 시간이 걸리더라도 천장포의 조작법을 밝혀낼 수 있을 터였다. 그러나 힐바의 말대로, 그것은 민파대릉의 바람이 아니었다. 민파대릉의 바람은, 저 축융을 장착한 천장포가 석대원 한 사람만의 소유로 국한되는 것이었으므로.

'번거로움을 좋아하지 않는다고?'

석대원은 쓴웃음을 지었다. 말로는 뇌문의 은인입네, 그래서 보답을 하겠네, 한껏 띄워 올리면서도, 그 은인의 어깨에 온갖 번거로운 짐들은 다 올려놓으려는 걸 보면, 민파대릉의 수단도 보통은 아닌 것이 분명했다.

힐바는 쇠사슬이 채워진 왼손을 슬쩍 들어 보이며 말했다.

"저희들은 이 쇠사슬에 목숨을 걸었습니다. 이 쇠사슬을 자르시는 것은 저희들의 목을 자르시는 것과 마찬가지입니다. 자, 어떻게 하시겠습니까?"

석대원은 힐바의 얼굴을, 그다음 오란차의 얼굴을 바라보았다. 어디 한 군데 닮은 구석이 없는 얼굴들이건만 그 위에 어린 기색만큼은 틀로 찍어 낸 것처럼 똑같았다. 어처구니없을 만큼 결연한 비장함. 그런 얼굴로, '자, 어떻게 하시겠습니까?'라고? 오도 가도 못하는 막다른 골목에 몰아세워 놓고서, '자, 어떻게 하시겠습니까?'라고?

그런데 이 기분이 낯설지만은 않았다. 이틀 전 진금영의 신병을 놓고서 벌인 좌응과의 협상에서도 이와 비슷한 기분을 느낀 것 같았다. 애당초 이길 수 없는 싸움판에 끌려 나가 이리저리 얻어맞다가 결국 패배를 인정할 수밖에 없는 상황에 몰렸을 때의 기분. 그때 내가 어떻게 했더라?

석대원은 한숨을 쉰 뒤, 두 사람을 향해 양 손바닥을 펼쳐 보였다.

"뜻대로 하십시오."

이런 종류의 싸움에서 패배를 인정하기란, 처음이 어렵지 그다음은 쉬운 것이다.

신선 神仙

(1)

'신선이 정말 있다면 필시 저렇게 생겼을 거야.'

건평현健坪縣 북쪽 조그만 시장에서 만두를 팔아 생계를 꾸려 나가는 과부 오 씨吳氏가 그 노인을 처음 본 순간 떠오른 생각은 그러했다.

눈부신 노인이었다. 함박눈을 맞은 듯한 머리카락이 눈부시고, 명장이 만든 큰 붓처럼 탐스럽고 가지런히 드리운 수염이 눈부시며, 대나무처럼 곧게 편 일신을 휘감은 학창의鶴氅衣가 눈부셨다.

고귀한 노인이었다. 머리카락을 단정히 고정한 벽옥 동곳이 고귀하고, 수염이 흔들릴 때마다 언뜻언뜻 드러나는 물고기 비늘 문양의 가슴 깁이 고귀하며, 학창의의 허리에 두른 금장요대

金裝腰帶가 고귀했다.

　게다가 아름답기까지 한 노인이었다. 편편한 이마를 가로지른 희미한 주름이 아름답고, 갓난아이의 것인 양 발그레한 살색이 아름다우며, 세상 모든 고통을 어루만지는 듯한 자애로운 미소가 아름다웠다.

　그러나 노인을 정작 신선처럼 보이게 만드는 요소는 따로 있었다.

　누구도 흉내 낼 수 없는 노인의 신안神眼!

　뇌전 같은 금광이 어린 오른쪽 눈과 신비로운 청광이 감도는 왼쪽 눈이 드러내는 신령스러운 위엄!

　아무리 금수 같은 인간일지라도, 설령 아비어미도 몰라본다는 북상촌北桑村의 구가도표 놈일지라도, 저 위엄 앞에선 감히 패악을 부리지 못할 것 같았다.

　오 과부는 자신도 모르게 두 손을 모았다. 그리고 마음속으로 빌고 또 빌었다. 뭘 빌었냐고? 날이면 날마다 아이고, 소리를 달고 살게 만드는 이 지긋지긋한 관절통을 제발 좀 낫게 해 달라고 빌었다.

　그 간절함이 통한 것일까? 머문 듯 흐르는 듯 유유히 이어지던 노인의 발길이 오 과부의 좌판 앞에서 멎었다. 오십 평생 한 번도 들은 적 없는 따뜻한 목소리가 그녀의 귓전에 부드럽게 울렸다.

　"만두가 먹음직스러워 보이는구려."

　오 과부는 고개를 들었다. 황홀한 금광과 청광이 그녀를 내려다보고 있었다.

　"앉아도 되겠소?"

　"예? 예! 되고말고요."

노인은 학창의의 앞자락을 우아하게 벌리더니, 그녀의 좌판 앞에 마련된 조악한 의자에 앉았다.

　'에그! 하얀 옷이 더러워지면 어쩌나.'

　냉큼 앉으라곤 왜 했을꼬? 의자의 얼룩이며 먼지가 오 과부의 눈에 수미산須彌山만 하게 틀어박혔다. 욱신거리는 손목과 팔꿈치를 핑계 삼아 오늘 아침 의자를 닦지 않은 스스로가 너무도 부끄러워졌다.

　"어디, 한 접시 먹어 봅시다."

　그러나 더러운 의자에 정신이 홀딱 뺏긴 오 과부는 노인의 말을 듣지 못했다. 노인은 새하얀 눈썹을 슬쩍 찡그렸지만, 불쾌해하는 기색 없이 다시 말했다.

　"만두 한 접시 달라 했소."

　"예? 아, 예!"

　화들짝 정신을 차린 오 과부는 찜 솥 안에서 김을 피워 올리는 만두 중에서도 동그랗고 맛있어 보이는 놈들만 골라 접시에 담았다. 양 또한 평소보다 푸짐함은 물론이었다.

　"한 접시가 이리 많다니 인심도 좋으신 주인이외다."

　노인은 한쪽 소매를 걷고 만두를 먹기 시작했다.

　'어쩜……!'

　오 과부의 두 눈이 서리 낀 듯 몽롱해졌다. 아무리 점잖은 사람도 뭔가를 먹을 때만큼은 어느 정도 체신을 잃는 법이거늘, 이 노인은 심지어 먹는 모습마저 신선 같았다. 그녀는 시장통 좌판의 싸구려 만두가 최고급 반점의 가장 비싼 요리로 변해 가는 광경을 지켜보는 듯한 기분마저 들었다.

　한 접시의 만두를 말끔히 먹어 치운 노인은 엽차까지 한 잔 청해 마신 뒤 얼마냐고 물었다.

"스무…… 아니, 열 문만 주십시오."

"열 문? 허!"

정량대로였어도 스무 문이었다. 열 문이면 시장통 좌판 가격으로도 터무니없이 싼 것이다. 그 점을 알고 있는 듯 노인은 나직한 탄성을 내뱉은 뒤 허리춤 전대에 손을 집어넣었다.

"거스름돈은 필요 없소."

이렇게 말하며 노인이 내민 것은 반냥은 족히 나갈 법한 은원보였다.

"아이고! 너무 과하십니다요, 어르신!"

오 과부는 그 은원보를 차마 받을 수 없었다. 받으면 천벌 받을 것 같았다.

"동틀 무렵부터 길을 나서 허기지던 참이었소. 나로선 과한게 아니니 그냥 넣어 두시오."

노인은 등 뒤로 감춘 오 과부의 팔을 끌어당겨 은원보를 쥐여 주었다. 은원보를 받아 든 오 과부가 어찌할 바를 몰라 얼굴만 붉히는데, 노인이 고개를 갸웃거리다가 넌지시 묻는 것이었다.

"혹시 무슨 지병이라도 있소?"

오 과부는 깜짝 놀랐다. 이 노인에겐 진짜 신통력이 있었던 것이다!

"이년이 전생에 무슨 죄를 지었는지 위로는 조실부모하고 아래로는 남편과 자식마저 먼저 보낸 것도 모자라, 늘그막엔 사지 육신에 관절통까지 얻었습니다요. 작년까지만 해도 궂은 날만 아니면 그래도 견딜 만했는데, 올 들어선 날씨에 상관없이 아침저녁으로 욱신욱신 쑤시는 게 살아도 산목숨이 아니랍니다. 제발 이년을 가련히 여기시어 하늘같으신 신통력을 내려 주십시오. 나무아미타불! 나무아미타불!"

자신이 아는 유일한 주문을 읊조리며 오 과부는 노인을 향해 머리를 조아렸다.

"손목 관절이 이상하게 불거지고 그 속을 흐르는 내기內氣 또한 불순하더니만 역시나……. 쯧쯧."

오 과부는 고개를 슬그머니 들어 노인을 바라보았다.

"혹시 의원 나리십니까?"

"의원?"

노인은 눈을 크게 뜨더니 이내 너털웃음을 터뜨렸다.

"허허! 극과 극은 서로 통하는 법이니 그렇다고 해 둡시다."

"예?"

"아니, 됐소. 손목이나 이리 보여 주시오."

노인은 오 과부가 내민 손목을 잡아 찬찬히 살펴보고는, 팔꿈치 관절도 몇 차례 눌러 보았다. 학의 깃털처럼 우아한 노인의 눈썹이 살짝 일그러졌다.

"염증이 골수에 이르도록 놔두다니, 이 동네엔 의방醫房(병원)도 없단 말이오?"

"있습죠. 의방이 왜 없겠습니까? 하지만 의원이란 자들이 하나같이 고리기 짝이 없는지라 돈 없고 불쌍한 백성들에겐 풀뿌리 한 토막도 베풀려 하지 않는답니다요. 그러니 쇤네 같은 천것들은 아파도 참고 사는 도리밖에 없습죠."

노인은 고개를 설레설레 흔든 뒤, 품에서 작은 목갑 하나를 꺼내 뚜껑을 열었다. 목갑 안에는 몇 가지 색깔의 단환들이 차곡차곡 담겨 있었다.

오 과부는 자신도 모르게 눈살을 찡그렸다. 단환들로부터 풍겨 나온, 오래된 축사에서나 맡을 법한 역겨운 누린내 때문이었다.

"이걸 드시오."

노인은 그 단환들 중에서 녹색이 감도는 것 하나를 꺼내어 오 과부에게 내밀었다.

"고맙습니다요! 고맙습니다요!"

고약한 냄새를 생각하면 꺼리는 마음이 일 법도 하건만, 노인에 대한 공경심이 너무도 지극한 까닭에 오 과부는 얼굴 한 번 찡그리지 않고 단환을 입에 넣었다.

단환은 애써 씹지 않아도 스르르 녹아 목구멍 아래로 흘러내려 갔다. 다음 순간, 오 과부의 얼굴이 일그러졌다. 그도 그럴 것이, 그녀가 삼킨 단환은 냄새도 고약하거니와 맛은 더욱, 더욱…….

어라? 맛이 어떻더라?

"내 말이 들리시오?"

오 과부는 대답하지 않았다. 노인의 말소리가 들리긴 하는데 어찌 된 영문인지 대답은커녕 고개를 끄덕이는 일조차 할 수 없었다. 아니, 말소리를 들었는지조차도 모르게 되어 버렸다. 오감과 사고력이 무서운 속도로 그녀의 몸을 빠져나가고 있었다.

"잘 받는 체질이군. 오래 걸리지 않겠어."

노인은 혼잣말을 중얼거리더니 오른손으로 오 과부의 손목을 슬며시 감아쥐었다. 노인의 왼쪽 눈, 그 위에 감돌던 청광이 서서히 짙어지기 시작했다.

재처럼 변해 버린 오 과부의 육신에 최초로 돌아온 것은 통각痛覺이었다. 수천수만 마리의 좀벌레들이 신체의 모든 뼈마디들을 동시에 갉아 대는 듯한 무시무시한 고통에 그녀는 젖 먹던 힘까지 다하여 비명을 질렀다. 그러나 아직 인후의 마비가 풀리지 않은 탓에, 그 비명은 단지 그녀의 머릿속으로만 메아리칠

뿐이었다.

다행스러운 일은, 자각과 함께 고통이 사라졌다는 점이다. 오 과부는 힘껏 쥐어짜다 풀어 놓은 빨래처럼 앉은 자세 그대로 풀썩 무너지고 말았다.

노인이 오 과부의 손목을 놓으며 말했다.

"이젠 됐소."

이 말은, 마치 신비한 주술처럼 오 과부의 피를 돌게 만들고, 맥을 뛰게 만들고, 영혼을 되돌아오게 만들었다.

오 과부는 천천히 눈을 떴다. 신태 비범한 노인의 얼굴이 그녀를 지그시 바라보고 있었다.

"아픈 곳을 움직여 보시오."

오 과부는 자신도 모르게 손목과 팔꿈치를 돌렸다.

'어머나?'

그녀의 눈이 휘둥그레졌다. 단지 치켜드는 것만으로도 어금니가 시릴 만큼 욱신거리던 손목과 팔꿈치가 방금 기름 친 수레바퀴처럼 매끄럽게 돌아가고 있었다. 그러고 보니 결리고 쑤시던 허리며 무르팍까지도 믿을 수 없을 만치 개운해져 있었다.

"오늘부터 열흘간은 맵고 신 음식을 피하고, 가급적 관절에 무리가 가는 일을 삼가도록 하시오. 그랬다고 해서 관절통이 완치되지는 않겠지만, 그래도 시장 일로 먹고사는 데엔 큰 불편이 없을 게요."

노인이 걷어 올린 학창의의 소맷자락을 내리며 말했다.

"아이고! 어르신께서 바로 신선이십니다! 이년, 매일 밤 향불을 피워 놓고 어르신의 만수무강을 축원하겠습니다요!"

노인을 향해 방아깨비처럼 머리를 조아리는 오 과부의 눈에선 굵은 눈물이 줄줄 쏟아져 내리고 있었다. 그 모습을 보며 빙그레 웃던 노인이 문득 생각난 듯 오 과부에게 물었다.

"아까 이 근방에도 의방이 있다 했소?"

"예, 그랬습죠!"

"그중에 용하다는 곳도 아시오?"

먼저 간 남편과 자식의 병치레로 기둥뿌리가 뽑혀 버린 오 과부였다. 성내 의방들의 목록쯤은 앉은자리에서 줄줄이 펠 수 있었다.

"알다마다요. 용한 곳이고 용하지 못한 곳이고 모두 알고 있습니다요."

"허허, 용하지 못한 곳을 알아 어디에 쓰겠소? 용한 곳이 어딘지나 알려 주시오."

제아무리 용하다고 해도 방금 노인이 보여 준 신통력과는 비교할 수조차 없었다. 두 남정네 병치레로 날려 버린 오 과부네 집 기둥뿌리가 그 증거였다. 하지만 신선께서 원하신다면 뭐든지 알려 드려야 했다. 이런 식으로라도 보은할 수 있다는 사실이 감지덕지할 따름이었다.

"약 잘 짓기론 중정로中井路의 천약포千藥鋪가 용하고요, 침 잘 놓기론 오류항五柳巷 끝자락의 대라보제당大羅補劑堂이 용하지요. 그리고……."

오 과부는 처녀 시절처럼 부드럽게 움직이는 손가락을 하나씩 꼽아 가며 설명을 시작했다.

(2)

대라보제당의 당주인 가 약사賈藥師는 고개를 갸웃거렸다.

"허어! 내 의원 노릇 삼십 년에 이런 맥은 처음이오."

가 약사로부터 진맥을 받던 청년이 고개를 들었다.

"소생의 맥이 어떻기에 그러십니까?"

가 약사는 청년이 걸친 때깔 좋은 금포錦袍를 힐끔거리며 생각에 잠겼다. 약관이나 되었을까? 이목구비가 번듯하고 예의범절도 바른 것을 보면, 제대로 된 집안에서 제대로 된 교육을 받은 게 분명했다. 북경에서 세도를 누리던 고관 하나가 은퇴한 뒤 이 오류항에서 멀지 않은 곳에 말년을 보낼 저택을 얻었다는데, 어쩌면 그 집 자손일지도 모른다는 생각이 들었다. 아니, 반드시 그 집 자손이 아니라도 좋았다. 방귀깨나 뀌는 집 자손이 아니고선, 불면증 같은 고상하고도 한가한 병증으로 의방을 찾을 리 없기 때문이다.

'내가 오늘 봉을 만났구나!'

돈 많은 환자는 우려먹을 수 있어 봉이었다. 돈 많고 젊은 환자는 오래 우려먹을 수 있어 더욱 봉이었다. 돈 많고 젊은 데다 맥까지 괴이한 환자는 안 들키고 오래 우려먹을 수 있어 더더욱 봉이었다.

가 약사는 절로 벌어지려는 입술을 점잖은 헛기침으로 수습한 뒤, 간만에 만나게 된 최상급의 봉에게 물었다.

"잠을 잘 주무시지 못한다 하셨소?"

청년이 침울한 목소리로 대답했다.

"그렇습니다."

"불면증이란 대개 몸속에 열이 많거나 혈이 허해 일어나는 증상이오. 그런 경우, 본 당本堂에선 화기를 억제하는 약이나 심장을 안정시키는 약으로써 처방하곤 하오. 한데 공자의 맥을 짚어 보니 일이 그리 단순한 것 같지가 않소."

"단순하지 않다면……?"

"음기 같지도 않고 양기 같지도 않은 괴이한 기운이 공자의 맥에 가득 차 있더라 이 말씀이오."

청년은 고개를 갸웃거렸다.

"음기도 아니고 양기도 아니라면, 설마 소생이 음양인陰陽人이란 말씀이신지요?"

가 약사는 권위를 십분 살릴 만큼 천천히 고개를 저었다.

"의가에서 말하는 음양이란 반드시 남녀의 구분만을 뜻하는 것이 아니외다. 음양인이라니…… 허허! 공자께서는 세간에 나도는 잡서를 너무 열심히 읽으신 모양이오."

권위가 통했는지 청년이 조금 무안해하는 표정을 지었다.

가 약사는 목소리에 더욱 힘을 실어 말했다.

"음기 같지도 않고 양기 같지도 않다는 말인즉슨, 음기라면 서늘하고 부드러워야 마땅하고 양기라면 따듯하고 굳세어야 마땅할진대, 공자의 맥은 차갑고 뜨거움이 시시각각 교차되고, 음유하게 이어지는 중에서도 강고하게 불거진 마디가 잡힌다 이 뜻이오."

청년은 아까 진맥을 맡겼던 손목을 슬쩍 내려다보곤 한층 더 침울해진 목소리로 물었다.

"심각한가요?"

가 약사는 납으로 만든 가면을 쓴 양 무겁게 고개를 끄덕였다.

"매우 심각하오. 비록 지금은 그저 잠을 못 이루는 정도에 그칠지 모르지만, 이대로 방치했다간 천수를 채우기는커녕 가정도 꾸려 보기 전에 요절할 수 있소."

있는 집 자손들의 전대를 끄르는 데 있어서 창칼보다 더 효과 좋은 게 바로 이런 말이었다. 눈에 띄게 표정이 굳어 가는 청년을 바라보며 가 약사는 내심 쾌재를 불렀다.

'그럼 그렇지! 너도 제 몸 귀한 줄은 안다 이거렷다?'

청년이 물었다.

"하면 소생이 어찌해야 천수를 누릴 수 있을까요?"

가 약사는 준비한 대답을 꺼내 놓았다.

"잡초는 싹부터 뽑아야 하고 병은 어려서 잡아야 하는 법. 다행히도 지난달 열린 약령시藥令市에서 공자께 맞는 좋은 약재들을 구할 수 있었소. 사안이 중한 만큼 아랫것들 시키지 않고 노부가 직접 작두를 잡아 조제하리다. 일단 육 개월 치를 지어 드릴 테니 하루 세 때 공복에 복용하도록 하시오. 추후의 처방은 차도를 지켜본 뒤에 결정하기로 합시다."

가 약사는 이렇게 말하는 동안에도 이 최상급 봉에게서 얼마까지 뜯어 낼 수 있는 있는가를 열심히 계산해 보고 있었다.

사실 불면증에 대한 처방이야 간단했다. 대추에 대파를 섞어 달인 즙을 차처럼 마시게 하고 간단한 약방체조藥房體操로 몸을 적당히 피로하게 만들어 주면, 창밖에서 꽹과리를 울려도 곯아 떨어질 나이가 바로 저 나이였다.

문제는 음양이 알쏭달쏭한 기혈인데, 과하지 않을 정도로 처방한 보약에 다른 의원들이 알아보지 못할 희귀약초 몇 뿌리를 더하면 될 것 같았다.

'제법 튼실해 보이는 놈이니 보약 먹고 탈 날 일은 없겠지. 가만있자…… 이름을 뭐라고 지을까? 꼬인 음양을 바르게 정돈하는 약이니 음양제분탕陰陽齊分湯? 아니지, 아니야. 이건 꼭 춘약春藥의 이름처럼 들리잖아? 조금 더 그럴듯한 게 없을까? 음양이란 곧 밤낮을 가리키니…… 자오상화탕子午相和湯? 옳지, 이게 좋겠군!'

독심술이라도 배운 걸까? 청년이 참으로 적절한 시점에 참으로 적절한 질문을 던져 왔다.

"탕제의 이름을 알 수 있을까요?"

자신의 작명 능력을 과시할 기회를 얻은 가 약사는 회심의 미소를 지으며 청년의 질문에 대답하려 했다.

"본 당에서 대대로 비전되어 오는 이 탕제의 이름은……."

바로 그때였다.

꽝!

방문이 부서질 듯 열리며, 진료실 안으로 한 사람이 뛰어들어 왔다. 천장에 닿을 듯한 큰 키에 체격 또한 다부져 보이는 흑의 노인이었다. 퉁방울처럼 부리부리한 두 눈이며 제멋대로 뻗친 밤송이 수염이 마치 만년晩年의 장비를 연상케 했다.

"누, 누구요?"

깜짝 놀란 가 약사가 겁에 질린 목소리로 흑의 노인에게 물었다. 그런데 흑의 노인은 주인의 질문에는 일언반구 대꾸도 없이 방 안을 슥 둘러보더니, 방 중앙에 태연히 앉아 있는 청년을 발견하고는 두 눈을 번쩍 빛내는 것이었다.

'저 공자를 찾아온 것일까?'

가 약사는 용기를 내어 흑의 노인에게 말했다.

"누구신지는 모르나 지금은 환자를 진맥하는 중이오. 용무가 있으시거든 밖에서 기다려 주시기 바라오."

흑의 노인이 콧방귀를 뀌었다.

"환자? 흥! 내 이럴 줄 알았지. 또 이 짓이로군."

말한 쪽은 가 약사인데 대꾸는 청년을 향해서였다.

청년은 흑의 노인을 올려다보더니 하아, 한숨을 쉬었다.

"조금만 기다리시면 끝날 것을……. 이백二伯의 성미는 점점 더 급해지시는 것 같습니다."

흑의 노인의 얼굴이 벌겋게 달아올랐다. 다음 순간, 그의 입에선 깜짝 놀랄 만큼 커다란 호통이 터져 나왔다.

"이놈! 대형과 나, 하물며 막내까지도 명을 완수한 지 오래다! 네 기벽으로 인해 몇 사람이나 기다리게 만들어야 직성이 풀리겠느냐?"

청년은 구슬픈 표정을 지었다.

"막내까지 명을 완수했다고요? 서운하군요. 대백과 이백은 몰라도 그 아이만큼은 이 오라비의 마음을 헤아려 조금은 시간을 끌어 줄 줄 알았는데……."

노소의 옥신각신하는 모습에서, 가 약사는 저들이 한집안 식구임을 알 수 있었다. 순번을 무시하고 진료실에 난입한 무례쯤은, 뭐 세도 있는 집안이니 이해해 줄 수도 있었다. 하지만 이 집의 주인이자 의원인 자신까지 무시해선 곤란했다. 안 들키고 오래 우려먹으려면 그에 합당한 권위가 필요했기 때문이다.

"어험! 한집안 분 같은데 이러시면 곤란하지요. 귀댁의 공자께선 지금 고약한 괴질에 걸려 있소이다. 진료가 끝나려면 시간이 조금 더 필요하니, 바깥의 대기실에서 기다려 주시오."

가 약사의 점잖은 질책에 흑의 노인의 표정이 묘하게 변했다.

"괴질이라……. 흐흐, 못된 버릇도 괴질이라면 괴질이겠지."

"못된 버릇이 아니오. 귀댁의 공자께선 현재 체내의 음양 조화에 심각한 문제가 발생한 상태요. 이대로 방치하면……."

"그래서? 약이라도 지어 먹이면 이놈의 못된 버릇이 고쳐진다 이거냐?"

가 약사는 슬슬 수상하다는 생각이 들었다. 흑의 노인에게선 세상의 예절과는 거리가 먼, 인간의 본능적인 공포감을 뒤흔드는 살벌함이 풍기고 있었다. 세도 있는 집안에서 온 줄 알았건만, 그게 아니라 강호의 무뢰배들이란 말인가? 만에 하나라도 그렇다면 무척 재미없었다. 그 같은 의원에게 있어서 잘돼 봤자 본전인 상대가 바로 강호인이란 족속이었다. 만일 잘 안 되면?

가 약사의 늘어진 턱에 땀방울이 맺히기 시작했다.

"왜 대답이 없는 거냐?"

불길한 짐작이란 대개 들어맞는 법. 흑의 노인은 두 주먹을 불끈 쥐고 가 약사를 향해 성큼 걸음을 옮겼다.

"흐익!"

가 약사는 헛바람을 들이켰다. 흑의 노인의 두 눈에서 짙은 청광이 뿜어 나오는 걸 목격했기 때문이다. 인간의 눈이 어찌 저럴 수 있을까? 저건 숫제 맹수의 눈이었다. 아니, 아무리 사나운 맹수라도 저처럼 위험한 눈빛을 지니진 못할 것이다.

그때, 청년이 말했다.

"소질의 일을 뺏을 생각이십니까?"

흑의 노인의 걸음이 우뚝 멈췄다. 간담을 오그라뜨리던 무시무시한 청광이 청년을 향해 홱 돌아갔다.

"셋이나 넷이나 마찬가지겠지."

청년은 고개를 저었다.

"셋과 넷은 마찬가지일지 모르지만 하나와 무無는 마찬가지가 아니겠지요. 이백께서는 부디 헤아려 주시기 바랍니다."

흑의 노인은 청년을 노려보다가 큰 숨을 내쉬었다. 바람을 불어넣은 양 한껏 부풀어 오른 어깨가 천천히 가라앉으며 뼈마디끼리 부딪치는 소리가 우두둑 우두둑 울려 나왔다. 청광으로 물들었던 무시무시한 눈빛도 점차 본래대로 돌아왔다. 이윽고 그는 고개를 설레설레 흔들며 말했다.

"난 도무지 이해할 수가 없다. 의원 흉내 내길 좋아하시는 문주님이나, 환자 흉내 내길 좋아하는 너나……."

청년은 빙긋 웃었다.

"문주님께서도 그 점을 아시고, 이백께는 세 가지 일을 내리셨지만 제겐 이 일 하나만을 내리신 겁니다."

"그러나 문주님께선 최소한 가짜 의원은 아니지. 사람을 고치실 때엔 진심을 다하시니까."

흑의 노인의 싸늘한 대구에도 청년의 미소는 가시지 않았다.

"어리고 부족한 소질이 어찌 감히 문주님의 드높은 풍취를 따를 수 있겠습니까?"

흑의 노인은 청년을 잠시 더 노려보다가 몸을 돌려 문 쪽으로 걸어갔다.

문을 나서기 직전, 흑의 노인이 고개를 돌리지도 않은 채 말했다.

"시간을 절약하기 위해 바깥은 내가 정리하마. 너무 오래 기다리게 하지 마라."

청년은 눈을 동그랗게 떴다.

"저런, 번거로우시지 않겠습니까?"

흑의 노인의 어깨가 또다시 들썩거렸다. 그러나 그것도 잠시. 그는 여전히 고개를 돌리지 않은 채로 중얼거렸다.

"차라리 그쪽이 번거롭지 않겠지."

청년은 흑의 노인의 등을 향해 고개를 숙였다.

"이백의 가없는 사랑에 이 조카는 그저 고마울 따름입니다."

"흥!"

싸늘한 콧방귀를 뒤로한 채 방문이 닫혔다.

어깨를 슬쩍 으쓱거린 청년은 자세를 바로 하고 가 약사를 바라보았다. 가 약사는 의혹과 두려움에 벌렁거리는 심장으로 청년으로부터 나올 말을 기다렸다.

　"실례가 컸습니다. 하던 이야기를 계속해 볼까요?"

　청년이 온화한 미소를 지으며 말했다.

　"그, 그럴까요?"

　노랗게 질려 있던 가 약사의 얼굴에 다시 생기가 돌기 시작했다. 청년은 흑의 노인과 달랐다. 최소한 도리가 뭐고 예절이 뭔지는 아는 사람인 것이다. 강호인? 그게 뭐 어때서? 잘 달래 돌려보내면 최소한 본전은 건질 수 있는 것을. 가 약사는 이렇게 자위하며 벌렁거리는 심장을 가라앉히려 애썼다.

　그러나 두꺼운 방문을 격하고 들려온 누군가의 끔찍한 비명 소리는 가 약사의 그런 노력이 얼마나 헛된 것인지를 말해 주었다.

　"끄아악!"

　환자들의 명부를 기록하는 조 집사曹執事의 비명이 분명했다. 가 약사의 얼굴이 다시금 노래지는데, 청년은 눈 한 번 깜짝이지 않고 다시 묻는 것이었다.

　"탕제의 이름이 뭐라 하셨습니까?"

　"꺅!"

　이번에는 여자의 비명 소리. 탕제실湯劑室을 관리하는 수양딸의 것이었다.

　그러고는 연속적으로, 마치 끊어진 목걸이로부터 떨어진 구슬들이 바닥에 부딪혀 줄줄이 깨지듯, 각양각색의 비명들이 꼬리에 꼬리를 물고 터져 나왔다. 그것들의 주인은 모두 이 집 식구들, 오류항에서 제일 용하다는 대라보제당의 가솔들이었다.

가 약사는 풍이라도 맞은 사람처럼 전신을 와들와들 떨었다. 살찐 얼굴로부터 흘러내린 진땀이 허연 포의布衣 앞자락에 검은 얼룩을 만들었다. 그 모습을 대한 청년이 천장을 올려다보며 투덜거렸다.

"고맙다는 인사가 빨랐구나. 홍갈단장분紅蝎斷腸粉 한 줌으로 해결될 일을 이리 요란히 처리하시다니. 내 일을 방해할 작정이 아니고서야 어찌 이러실 수 있단 말인가."

가 약사가 떨리는 목소리로 청년에게 물었다.

"호, 홍갈단장분? 그게 대, 대체 무슨 소리요?"

청년은 천천히 시선을 내려 가 약사를 바라보더니, 백 명의 포졸들에게 둘러싸인 수배자가 내뱉을 법한, 체념의 기색이 짙게 배인 탄식을 내뱉었다. 그것이 가 약사를 더욱 두려움에 빠뜨렸다.

"다, 당신들은 누구요? 나, 나와 무슨 원한이 있어서 이런 짓을 저지르는 거요?"

청년은 불편한 심경이 그대로 담긴 목소리로 대답했다.

"우리는 그저 이 성을 지나는 과객일 뿐입니다. 의원님과 원한이 있을 리 없지요."

"그런데 왜……?"

"원망을 하려거든 의원님께서 이제껏 읽으신 의서들에 하십시오. 그것들이 의원님과 의원님의 가업을 해친 셈이니까요."

"의, 의서? 의서가 어쨌다고……?"

가 약사가 애원하듯 부르짖었다. 그러나 청년은 더 이상 대답해 주지 않았다.

마치 작별 인사라도 건네듯, 청년이 가 약사를 향해 오른손을 슬쩍 흔들었다. 푸른 실 한 가닥이 청년의 오른손 중지와 가 약사의 이마 사이에 환상처럼 나타났다가 사라졌다. 가 약사의 얼굴을 두껍게 덮고 있던 두려움이 박제되듯 굳어 버렸다.

청년은 바닥에 넓게 펼쳐 놓은 금포의 아랫단을 맵시 있게 걷어들며 자리에서 일어섰다. 그는 앉은뱅이책상 건너편에 눈을 부릅뜬 채 앉아 있는 가 약사를 내려다보며 말했다.

"다시 태어나도 의원은 되지 마십시오. 아니, 의원이 되더라도 용한 의원은 되지 마십시오."

아쉽게도 가 약사는 청년의 충고를 들을 수 없는 입장이었다. 청년의 중지 끝에서 쏘아 나온 푸른 실이 그의 두피와 두개골을 뚫고 들어가 그 안에 자리 잡고 있던 연약한 뇌수를 청회색 곤죽으로 녹여 버린 뒤였기 때문이다.

탁.

방문이 조용히 닫혔다. 그것을 신호로 삼은 듯 서서히 뒤로 넘어가는 가 약사의 이마엔 가는 붓으로 살짝 찍은 것 같은 푸른 점 하나가 선명하게 찍혀 있었다.

(3)

지현知縣이라 하면 한 현縣을 대표하여 다스리는 수령인 동시에 모든 현민들의 생사를 한 손에 쥐고 흔드는, 최소한 그 현의 경계 안에서는 왕과 다름없는 절대적인 존재였다. 하지만 지현에게 부여된 절대성이 보장되는 때는 어디까지나 보통 날들, 관저의 푹신한 의자에 몸을 묻은 채 오늘 저녁 식탁에 올라올 요리가 무엇일까 추측해 보는 그런 평화롭고도 일상적인 날들의 경우였다.

호랑이가 오면 꼬리를 마는 것이 승냥이의 숙명이었고, 여기엔 경계의 구분 같은 게 작용할 리 없었다. 그래서 건평현의 지현인 예경芮炅은 꼬리를 말았다.

"모두 소관이 불민하여……."

승냥이나 호랑이나 남의 살을 뜯어 먹고 살긴 마찬가지였다. 그러므로 한쪽에서 꼬리를 말면 좀 너그러워질 법도 하건만, 재수가 없는 탓인지 이번에 온 놈은 예사 호랑이가 아니었다. 관부에 떠도는 별명을 그대로 옮기자면 '냄새나는 저울을 든 못된 호랑이'였다.

그 호랑이가 예경을 돌아보았다.

"이거야 원…… 그러니까 이 모든 사태가 지현의 불민함으로 인해 벌어졌다 이 말씀이오? 알겠소. 지부대인께 그대로 품의해 올리겠소이다."

이 능글맞은 대사의 임자가 바로 취칭악호臭秤惡虎, 건평현의 상급 기관인 선창지부宣昌知府의 열두 추관推官 중에서도 가장 악질로 알려진 조명무曹命武였다.

지현과 추관 모두 칠품의 벼슬이니 따지고 보면 동급이라 할 터. 중앙 권력에 누가 더 가까운가를 감안한다 해도 많이 봐줘야 한 끗발 차이였다. 게다가 백호소百戶所(명나라 군제인 위소 제도상의 최소 단위. 백여 명으로 이루어져 있다.) 하나를 동원할 때에도 상부의 재가를 받아야만 하는 추관과는 달리, 지현에겐 현 내의 모든 관민을 마음대로 부릴 수 있는 통솔권이 있었다. 어디 그뿐이랴. '지현 노릇 삼 년에 고대광실 생기고 추관 노릇 삼 년에 가죽신만 해진다.'는 말처럼, 앉은자리에서 쏠쏠히 챙기기엔 열 추관이 한 지현을 못 당하는 것이다.

그러나 언제나 그렇다면 직제란 게 왜 존재하겠으며, 숱한 지현들이 무엇이 아쉬워 추관 자리로 옮겨 가기 위해 온갖 뇌물을 쓰겠는가 말이다. 추관에겐 지현이 지니지 못한 장점이 있으니, 그것은 바로 감찰권이었다. 이 감찰권이란 것은, 만사가 순조롭게 돌아가는 평상시엔 그리 큰 힘을 발휘하지 않는다. 감찰권이 힘을 발휘하는 때란 비상시국일 때, 예를 들면 현 내에 거주하던 의원 족속들이 하루아침에 몰살당한 그런 때였다. 바로 지금처럼!

예경은 의자에 붙어 있던 살찐 엉덩이를 번쩍 들며 탁자에 코를 박았다.

"아이고, 조 추관! 그런 뜻으로 드린 말씀이 아니란 걸 잘 아시잖소? 소관의 처지를 불쌍히 여겨 이번 한 번만 선처해 주신다면, 이 목숨이 끊어지는 날까지 조 추관의 은덕을 가슴에 새기고 살겠소이다!"

조명무의 반응은 단지 "큼!" 하는 야릇한 헛기침이 전부였지만, 다행히 예경이 준비한 것은 말뿐이 아니었다.

"소관의 장인 되는 분께서 지난해 사업을 크게 넓히신 일을 혹시 아시는지……?"

조명무가 잠시 기억을 더듬는 시늉을 하다가 아, 하는 표정으로 고개를 끄덕였다.

"어디서 들어 본 것 같소."

"그 어른께서 얼마 전 강북과의 교역에서 큰 이문을 남기셨소이다. 덕분에 소관 내외에게도 전담 마지기가 제법 실하게 떨어졌지요."

예경은 소매 속에서 봉투 하나를 꺼내어 조명무에게 눈썹 높이로 바쳤다. 조명무는, 이 뻔뻔스러운 호랑이는, 사양하는 기색 없이 봉투를 받아 그 자리에서 열어 보았다. 예경의 마누라가 아침 일찍 전장에 찾아가 발부받아 온 빳빳한 전표 석 장이 봉투 밖으로 모습을 드러냈다.

"흠."

석 장의 전표를 슬쩍 펼쳐 본 조명무는 다시 봉투에 넣고 예경에게 내밀었다.

엉겁결에 봉투를 돌려받은 예경은 조명무를 올려다보며 눈을 끔뻑였다. 설마 은 삼백 냥이 부족하다는 뜻일까?

"예순아홉 명이 죽었소. 그것도 용하다는 의방들만 골라서 말이오. 그로 인해 본관은 예순아홉 건의 사망 보고서를 작성해야 함은 물론, 외부의 의원들을 급히 수배하여 이 현의 의료 공백을 메워야 하는 임무까지 떠맡게 되었소. 지부엔 할 일이 산처럼 쌓여 있는데도 말이오."

"하, 하면……?"

"보고서에 석 장, 의원 수배에 한 장, 지부로 돌아간 뒤 해야 할 밤샘 근무에 한 장, 이렇게 다섯 장이면 남지도 모자라지도 않을 듯한데…… 지현의 생각은 어떻소?"

이것이 저 유명한 조명무의 저울질이었다. 못된 호랑이의 냄새나는 저울질!

'이 천하의 날강도 같은 놈아!'라는 욕설이 목구멍까지 치밀어 올랐지만, 예경은 자신에게 허락된 대사가 그와는 전혀 다르다는 사실을 알고 있었다. 당연한 얘기겠지만, 일개 탐관오리에 불과한 예경에겐 자신에게 허락된 대사를 임의로 바꿈으로써 인생이라는 연극을 망칠 만한 혈기 같은 것은 존재하지 않았다.

"하루만 말미를 주시면 마련해 보겠소."

예경이 맥 풀린 목소리로 말했다.

"이게 어디 시한이 정해진 일이던가요? 지부로 돌아가기 전까지만 준비하면 될 테니 천천히 하시구려. 하하!"

조명무는 눈가에 주름이 잡히도록 환히 웃은 뒤, 혼잣말처럼 덧붙였다.

"이곳 현민들은 참 복도 많구먼. 이토록 어질고 명철한 지현을 만났으니 말이야."

"그렇게 말씀해 주시니 고마울 따름이오."

예경이 말과는 다르게 가슴속으로 피눈물을 흘리고 있음은 물론이었다.

조명무는 찻잔에 반쯤 남은 미지근한 차를 말끔히 비운 뒤 자리에서 일어섰다.

"어쨌거나 조사를 나왔으니 현장은 가 보는 게 도리겠지요."

예경이 급히 따라 일어서며 말했다.

"시신들의 수습을 담당했던 형방주부刑房主簿와 관병들을 대기시켜 두었소이다."

"관병들을 우르르 몰고 다니면 백성들이 불안해할 게요. 그냥 형방주부 하나만 붙여 주시오."

"그래도 많은 사람들이 죽은 무서운 사건인데 병력을 데려가는 편이 낫지 않겠소이까?"

조명무는 여유 있는 얼굴로 고개를 저었다.

"범인이 현장에 남아 있을 리도 없는데 병력이 무슨 필요겠소. 정 손이 필요했다면 지부의 포쾌들을 데려왔을 게요. 본관의 안위를 염려해 주는 지현의 뜻은 고마우나, 그냥 형방주부만 데려가도록 할 테니 그리 아시오."

저렇게까지 말하는 데야 더 권할 수 없었다. 하기야 더 권할 만큼 예쁘지도 않았고.

조명무는 가벼운 걸음걸이로 예경의 집무실을 나서다가 문득 생각난 듯 걸음을 멈추고 뒤를 돌아보았다.

"아, 이번에 마련해 주신 숙소 말이오."

이번엔 또 무슨 트집을 잡아 저울대를 휘두르려나 싶어서 예경은 조마조마한 심정으로 뒷말을 기다렸다.

"사건에 관해 제대로 된 보고서를 쓰려면 아무래도 관저 안에 있기보다는 외부에 머무는 편이 나을 것 같소. 조용한 장원이 있으면 한 군데 수배해 주시겠소?"

예경은 안도의 한숨을 내쉬었다. 다소 번거롭긴 해도 사재를 들여야 할 일은 아니기 때문이었다.

그러고 보면 저 악질에게도 미덕이란 게 하나쯤은 있었다. 한 물건을 놓고 두 번의 저울질은 하지 않는 미덕. 아마도 취칭 악호 조명무가 지키는 최소한의 상도의가 아닐까?

호구虎口

(1)

조명무는 머리 위를 올려다보았다.

'대라보제당'이라고 새겨진 오동나무 현판이 그를 내려다보고 있었다. 그 아래 자리 잡은 대문 앞에는 사람의 접근을 금하는 붉은 줄이 내걸려 있었다.

"이곳에서 가장 많은 희생자가 나왔습지요."

두어 발짝 뒷전에 서 있던 비쩍 마른 늙은이가 말했다. 담장 너머에서 풍겨 오는 악취가 그 말이 사실임을 증명해 주고 있었다.

"몇이나 죽었는데?"

조명무가 눈살을 찌푸리며 물었다. 늙은이는 사건대장事件臺帳을 훑어본 뒤 대답했다.

"남자 열여섯과 여자 넷, 합이 스물입니다."

"스물씩이나? 이거야 원…… 해도 너무하는군."

"너무하고말곱쇼. 처음 이곳에 왔을 땐 지옥도가 따로 없더라니까요. 정말 눈뜨고는 못 볼 만큼 끔찍했습죠."

조명무는 눈썹을 살짝 찡그렸다. 잠깐 방심했던 모양이다. 혼잣말로 중얼거렸을 뿐이거늘…….

그는 해이해진 마음을 다잡으며 늙은이를 돌아보았다.

"자네 이름이 뭐라고 했지?"

지현도 쩔쩔매는 추관이 애써 알은체를 해 주니 얼마나 고마울까. 늙은이는 반색을 하며 대답했다.

"최집崔集이라고 합니다. 이 현에서 형방주부직을 맡고 있습지요."

"형방주부라면 이번 일 때문에 고생이 많았겠군."

최집은 황송해하는 표정으로 손을 내둘렀다.

"이깟 늙은 뼈다귀가 바빠진 게 무어 대단한 일이겠습니까? 대인 어른처럼 존귀한 분께서 심려하시는 게 더 큰일이지요."

"심려되는 부분이 없지는 않지."

조명무는 알쏭달쏭한 말을 중얼거리며 대문을 향해 걸음을 옮겼다. 그 뒤를 형방주부 최집이 종종걸음으로 따라붙으며 은근한 목소리로 물어 왔다.

"들어가 보시려고요?"

조명무는 걸음을 멈추고 최집을 돌아보았다.

"예까지 왔는데 그냥 갈 수는 없지 않은가."

"입관은 모두 마쳤습니다만, 워낙 여럿이 죽은 데다 날씨까지 이 모양이라서 냄새가 이만저만이 아닐 겁니다. 시신의 상태 또한 온전한 것이 드물고요. 웬만하시면 그냥 서류 검토로 끝내시는 편이 대인 어른께도 좋고 또 쇤네도……. 헤헤."

변죽 좋게 구는 것이 밉지만은 않아 말상대를 해 줬더니만, 이젠 숫제 어른 노릇까지 하려 드는 것이었다.

조명무는 최집의 얼굴을 빤히 바라보다가 목덜미를 벅벅 긁기 시작했다. 두드러기가 돋는 듯한 가려움증. 그가 살의를 품을 때마다 찾아오는 반갑지 않은 손님이었다. 정확한 원인은 그도 알지 못한다. 관리로서의 직업의식과 살의가 충돌하는 과정에서 발생하는 부작용의 일종이 아닐까 추측할 따름이었다.

'죽일까?'

살의를 좇는 것은 그리 어려운 일이 아니었다. 등을 두들겨 주는 척하며 투심장偸心掌을 한 대 먹이면 그만이었다. 밤새 오한에 떨다가 아침나절 송장으로 발견되겠지. 평범한 관리라면 지니기 힘든 능력일 테지만 조명무는 평범한 관리가 아니었다. 그에겐 그만한 능력이 있었다.

그러나 조명무는 이내 마음을 고쳐먹었다. 지금은 과대망상증에 빠진 노독물老毒物 하나만으로도 충분히 골치가 아팠다. 그런 마당에, 순간의 충동을 못 이겨 합법적으로 부릴 수 있는 종놈을 제 손으로 죽이는 바보짓은 하고 싶지 않았다.

살의를 누그러뜨리니 가려움이 사라졌다. 기분도 곧 좋아졌다.

"수습해 줄 친인이 없는 시신이 나오면 대개 하루 안에 묻는 게 관행이지?"

조명무가 온화한 목소리로 최집에게 물었다.

잠깐 사이에 저승 문턱을 넘나들었다는 사실을 알 턱이 없는 최집은 뜬금없이 그런 건 왜 묻느냐는 표정을 지었다.

"예, 그렇습지요."

"관도 안 쓰지?"

"관은 거저 생긴답니까? 그냥 거적때기에 싸서 묻습죠."

조명무가 고개를 왼쪽으로 살짝 기울였다.

"그런 시신이 자그마치 예순아홉 구나 나왔네. 그런데 입관은 왜 했는가?"

"그야 사건이 사건이니만큼 정확한 조사를 위해 현장과 시신을 잘 보존하라는 상부의 지시가 있어서……."

조명무는 손가락으로 자신의 코를 가리켰다.

"그 조사, 내가 맡았네. 이제 안으로 들어가도 되겠지?"

추관이 이러는데 지방의 일개 말관인 최집이 뭐라 답할 수 있겠는가. 방아깨비처럼 고개만 끄덕일 따름이었다.

대라보제당은 이 일대에서는 보기 드문 사합원四合院(북경의 전통적인 주택 양식)으로 건축되어 있었다. 의성 화타의 초상화가 걸린 영벽影壁(대문 안쪽 정면에 세워 외부로부터의 시선을 차단하는 벽)을 돌아 두 개의 작은 문을 지나야 비로소 사람들이 거주하는 내원으로 들어가는 구조인데, 내원과의 거리가 가까워질수록 악취 또한 점점 짙어져, 마지막 문을 앞두고선 송장 보기에 이력이 난 조명무마저도 돌아가고픈 충동을 느낄 지경이었다. 아무리 여름날이라도 이건 정도가 좀 심했다.

"이거야 원…… 입관까지 마쳤다면서 냄새가 어찌 이리 심한가? 아무래도 형편없는 장의사를 쓴 모양이네."

일처리에 야무지지 못한 최집까지 에둘러 질책한 말인데, 그 최집은 주름살을 와락 찌푸리며 오히려 성을 내는 것이었다.

"그러게 말입니다. 관 하나 제대로 못 짜는 것들이 무슨 장의사라고…… 에잉! 주리를 틀 놈들 같으니라고!"

조명무는 실소를 지으며 내원으로 향한 마지막 문을 열었다.

그 순간, 그는 두 가지 사실을 발견할 수 있었다. 첫 번째는 악취의 책임이 부실한 관에 있지 않다는 사실이었다. 아무리 튼실하게 짠 관이라도 뚜껑이 열린 이상 악취를 막아 주지는 못하기 때문이었다.

"어? 관 뚜껑들이 왜 열려 있지?"

뒤따라 들어선 최집의 말을 귓전으로 흘리며, 조명무는 마당 가운데로 천천히 걸어 들어갔다.

건물들에 의해 방자형으로 둘러싸인 마당에는 스무 개의 관들이 뚜껑이 열린 채 따가운 햇볕 아래 방치되어 있었다. 이 일대의 파리들에겐 하늘이 내린 축복이나 다름없는지라, 놈들이 한목소리로 토해 놓는 환희의 찬가가 마당 전체를 뒤흔들고 있었다. 그 부산한 비행과 요란한 소음 속에서 누군가의 기척을 감지한다는 것은 아무리 귀가 밝아도 불가능에 가까운 일일 터. 그러나 듣는 것이 아니라 보는 것이라면 얘기가 달랐다.

내원 문이 열린 순간 조명무가 발견한 두 가지 중 두 번째는, 마당에서 어슬렁거리다가 문 열리는 소리에 급히 몸을 숨긴 쥐새끼가 한 마리 있다는 사실이었다!

손부채를 살랑살랑 부치며 파리 떼를 쫓던 조명무는 돌연 마당 동쪽 끝에 자리 잡은 사랑채 쪽으로 신형을 날렸다. 일개 지방 관청에 속한 관리가 만들어 낸 것이라고는 믿기 어려운 속도요, 기세였다.

"엇!"

동일한 경호성이 앞뒤에서 동시에 터져 나왔다. 뒤쪽에서 울린 경호성은 당연히 형방주부 늙은이가 토해 낸 것이리라. 그렇다면 앞쪽에서 울린 것은?

자신의 예리한 안력에 찬사를 보내며, 조명무는 사랑채의 문

짝을 어깨로 들이받았다. 지끈, 소리와 함께 얇은 나무 문이 종잇장처럼 터져 나갔다.

"나와라!"

우렁찬 호통과 함께 어슴푸레한 실내를 가르는 조명무의 오른손 다섯 손가락은 어느새 칙칙한 청흑색으로 물들어 있었다.

짜자작!

서로 다른 사람의 팔에 달린 손가락과 손가락이 얽혔다 떨어지며 비단을 찢는 듯한 소리가 날카롭게 울려 나왔다. 다음 순간, 조명무의 신형은 바람에 휩쓸린 가랑잎처럼 허공으로 둥실 떠올랐다.

'어라?'

조명무는 어리둥절해졌다. 대내의 고위직 무관에게만 전수되는 봉천금나십팔수奉天擒拿十八手에다가 흑도에서 은밀히 전해 내려오는 흑음조黑陰爪 공력까지 운용한 기습이었다. 단번에 제압하지는 못할망정 이처럼 밀려나서는 안 되는 것이다. 그의 눈초리가 매섭게 치켜 올라갔다.

"찻!"

조명무는 허공에 뜬 몸을 세차게 회전하며 하방을 향해 삼 장을 연거푸 쳐 냈다.

쉬쉬쉿—.

뱀이 풀숲을 미끄러질 때 들릴 법한 기음嘶音이 실내의 어슴푸레한 그늘 속으로 빠르게 스며들었다. 기척 없이 목표물의 내부를 파괴하는 내가수법 특유의 은밀한 출수였다.

그러나 이 고명한 공격마저도 먼지만 자욱이 피웠다는 것 외엔 별다른 성과를 거두지 못했다. 사랑채 안에 숨어 있던 쥐새끼는 너무도 간단히, 만취한 듯 흐느적거리는 보법을 펼쳐 조명무의 삼 장을 피해 낸 것이다.

몸을 다시 한 차례 뒤집어 바닥에 내려선 조명무는 쥐새끼의 재주가 자신보다 윗길임을 인정하지 않을 수 없었다. 그렇다면 강호에서도 일류급에 속한다는 얘기인데…….

'그런 자가 시신 천지인 폐가를 좀도둑처럼 기웃거린다?'

이 일에는 반드시 곡절이 있을 터였다.

조명무는 쥐새끼, 아니, 쥐새끼라고 부르기엔 터무니없이 강한 무공을 소유한 정체불명의 암중인暗中人을 향해 천천히 돌아섰다. 옷자락을 툭툭 턴 그는 허리를 곧게 펴고 양손을 얌전히 늘어뜨림으로써 더 이상 무력을 행사할 뜻이 없음을 내비쳤다. 암중인도 그의 뜻에 부응한 듯 긴장시켜 두었던 자세를 풀었다.

먼지가 조금씩 가라앉으며 시계가 좋아졌다. 조명무는 눈을 가늘게 하여 암중인의 전신을 샅샅이 훑어보았다.

'외팔이?'

가장 먼저 눈에 들어온 것은 암중인이 외팔이라는 점이었다. 어깨 바로 아래부터 텅 비어 아무런 질량감 없이 늘어진 소매가 그 증거였다. 이마를 가로지른 굵은 주름으로 미루어 나이는 환갑 언저리. 인상과 복장 모두 대체로 평범하여, 외팔이란 점을 제외하면 외딴 시골 마을에서 훈장질이나 하면 어울릴 것 같았다.

"선창 지부에서 파견 나온 정칠품 추관 조명무라고 하오."

조명무는 우선 자신의 신분을 밝혔다. 암중인이 그의 얼굴을 잠시 바라보다가 말했다.

"관부에 명성이 자자하신 취칭악호 대인이셨구려."

조명무의 미간에 잔주름이 잡힌 까닭은 그 별호가 과히 아름답지 못하기 때문만은 아니었다. 솔직히 말하라면, 그는 그 별호를 오히려 즐기고 있었다. 타인에게 강렬한 인상을 줄 뿐만 아니라 진면목을 감추는 데도 도움이 되기 때문이었다.

조명무가 물었다.

"날 아시오?"

암중인은 고개를 저었다.

"잘 알지는 못하오. 저울질에 능하다는 얘기는 들었지만, 일신에 내가공력까지 지닌 고수인 줄은 미처 몰랐으니까."

이 대답이 조명무를 곤혹스럽게 만들었다. 처음엔 단순한 좀도둑인 줄 알았다. 그러던 것이 강호의 일류 고수로 수정되었다. 한데 이제는 관부의 사정에 해박하다는 점까지 드러내고 있었다. 암중인의 정체는 대체 무엇일까?

"범상한 내력을 지닌 분 같지는 않구려. 존성대명을 알 수 있겠소?"

"이름을 밝힐 수 없는 사정이 있으니 이해해 주시기 바라오."

어느 정도 예상한 대답이기에 조명무는 실망하지 않았다. 하지만 실망하지 않았다 하여 궁금함까지 가신 것은 아니었다. 닫힌 입을 열게 만드는 방법이야 얼른 생각나는 것만 해도 스무 가지가 넘었다. 그러나 이는 어디까지나 무력으로써 제압할 수 있을 경우의 얘기고, 그것이 불가능하다면 오만 가지 방법을 안다 한들 쓸모없는 것이다. 그러니 결국 스스로 알아낼 수밖에 없다 이건데…….

'혹시 중앙에서 파견 나온 조사관일까?'

사건의 심각함을 감안하면 충분히 그럴 수 있었다. 이곳 지현에겐 밝히지 않은 사실이지만, 특정 지역에 거주하는 의원들이 집단으로 살해당한 사건은 이번이 처음이 아니었다. 열흘 전 섬서와 호광의 경계에 위치한 백하현白河縣에서도 이번 사건과

유사한 학살극이 벌어졌다. 북경에 앉아 계신 귀하신 나리들이 배때기만으로도 부족해 머리통까지 온통 기름으로 뒤덮여 있는 줄은 알지만, 이만한 사건이라면 조금은 부지런을 떨 수도 있는 것이다.

그러나 조금 더 생각해 보니 그럴 가능성이 너무 희박했다.

그러기엔 시간이 너무 짧았다. 북경의 나리들이 보기 드물게 신속한 일 처리로 조사관을 파견했다손 치더라도, 그 조사관은 지금쯤 백하현의 현청에서 사건에 관한 보고를 받고 있어야 했다. 앞일을 예측하는 신통력이 있기 전엔 자신보다 빨리 이곳에 나타나 현장을 살피고 있을 수는 없는 것이다.

그리고 무엇보다도, 저 암중인은 공직에 몸담은 관리치고는 너무 강했다. 뭐, 관부에도 강자가 아주 없는 것은 아니지만, 저 정도 되는 고수라면 자신이 아는 자여야 했다. 그러므로 저 암중인은 관리가 아니라 강호인이 분명했다.

조명무는 암중인의 전신을 다시 한 번 훑어보았다. 그러던 중 시선이 멈춘 곳은 내용물이 텅 빈 소매. 상대가 외팔이란 사실이 새삼스럽게 다가왔다.

'강호인이면서 관부에 떠도는 풍문까지 훤히 꿰차고 있는 외팔이 고수라……'

강호가 아무리 넓다 한들 그런 사람은 결코 여럿일 리 없었다. 조명무의 두 눈이 기묘하게 빛났다. 암중인의 정체를 짐작할 수 있었던 것이다. 그리고 그의 짐작이 틀리지 않았다면, 암중인이 좀도둑처럼 이 집을 기웃거린 이유도 충분히 설명할 수 있었다. 노독물과 암중인은, 비유하자면 시체와 파리의 관계였다. 시체로부터 풍기는 악취는 파리를 불러 모으는 것이다.

조명무가 아무런 말도, 아무런 행동도 취하지 않자 암중인은 자리를 뜨려는 듯 뒷걸음질을 쳤다.

"믿어 줄지 모르지만 단지 시체를 살피고 싶었을 뿐, 이번 사건과는 무관하오. 본의 아니게 대인의 조사를 방해한 점, 사과드리겠소."

고수가 가겠다는데 하수가 어떻게 잡을 수 있겠는가.

그러나 조명무에겐 방법이 있었다. 그는 암중인을 향해 정중히 포권을 올리며 말했다.

"강호오괴의 한 분이신 모용풍, 모용 선생이셨군요. 빨리 알아뵙지 못한 점, 용서해 주시기 바랍니다."

암중인의 발길이 못 박힌 듯 멎는 것을 보며 조명무는 회심의 미소를 지었다.

목덜미가 가려웠다.

(2)

아침만 해도 이렇지 않았는데 입맛이 왜 이 모양일까?

딱 한 젓가락 만에 젓가락질을 포기한 모용풍은 식욕이 떨어진 이유에 대해 곰곰이 생각에 잠겼다.

소 목욕시킨 물로 끓인 듯 맹탕인 우육면 때문일까? 아니면 이런 걸 식사라고 내놓는 주제에 간판만은 '극품찬청極品餐廳'이라고 내건 이 터무니없는 식당 때문일까? 그도 아니면…….

모용풍은 고개를 돌려 식당의 문 쪽을 바라보았다. 늘어진 주렴 건너편으로 보이는 담벼락 밑에서 이를 잡고 있는 홀쭉한 거지의 모습이 그의 시선에 잡혔다. 그와 눈이 마주친 거지가 히죽 웃었다. 마치 '뭐 주실 것 없수?'라고 묻는 듯한 뻔뻔스러운 웃음이었다.

모용풍은 인상을 썼다.

'……저 인간 때문일까?'

그러다 문득 주위를 둘러본 모용풍은 새로운 의혹에 사로잡히지 않을 수 없었다. 다른 탁자에 앉은 손님들 중 누구도 젓가락을 놀리려 하지 않고 있었다. 그들의 음식 또한 형편없었기 때문일까? 그렇다면 왜 힐끔힐끔 날 흘겨보는 것일까? 마치 내가 저희들 앞에 놓인 음식을 요리한 숙수라도 되는 것처럼 말이다.

새로운 의혹에 대한 해답이 엉터리 음식 때문이 아님은 금방 밝혀졌다. 손님들 중 한 사람이 벌떡 일어나 모용풍을 향해 고함을 질렀기 때문이다.

"도무지 냄새가 나서 먹질 못하겠구나! 이놈의 영감쟁이, 도대체 목욕이나 하고 사는 거냐!"

모용풍은 어리둥절해졌다.

'냄새? 무슨 냄새?'

그 순간 자신이 오늘 하루 무슨 일을 했는지가 떠올랐다. 모용풍은 하나뿐인 팔을 들어 코에다 대어 보았다. 아니나 다를까, 포의 소맷자락에 밴, 오늘 하루 질리도록 맡은 시체 썩는 악취가 폴폴 콧속으로 밀려들어 왔다. 그는 놀라고, 신기해하기까지 했다.

'냄새가 이리도 지독했었나?'

사람의 코란 게 간사한 면이 있어, 좋은 냄새든 나쁜 냄새든 조금만 오래 맡으면 제풀에 순응해 버리는 모양이었다. 그러니 하루 종일 인분 냄새 속에서 똥지게를 지는 예행수穢行首(똥 푸는 사람)도 살아갈 수 있는 것이었다.

어쨌거나 본의 아니게 민폐를 끼친 것은 분명했다. 사과 정도는 해 주는 게 도리라는 생각이 들었다.

"식사하는데 미안하게 되었……."

"아가리 닥치고 썩 꺼지지 못해!"

나름대로는 이성적이라 자부해 온 모용풍이지만 서른도 안 된 새파란 놈에게 연거푸 상소리를 듣게 되니 이성의 대부분이 몸 밖으로 빠르게 새어 나가는 것을 느낄 수 있었다.

"젊은 사람이 너무 입이 걸군. 같은 말이라도 듣기 좋게……."

"안 꺼져? 내가 꺼지게 해 줄까?"

새파란 놈이 소매를 둥둥 걷어붙이며 모용풍에게 다가왔다. 모용풍은 한숨을 푹 내쉰 뒤 탁자에 올려놓은 젓가락 한 짝을 집어 들었다.

새파란 놈이 눈을 부라리며 물었다.

"어쭈? 젓가락은 집어 뭐 하게?"

"냄새 때문에 밥 먹기가 힘들다니 냄새를 못 맡게 해 주려고 그러네."

"뭐야? 이 빌어먹을 영감쟁이가 뒈지고 싶어서…… 아이쿠!"

새파란 놈은 말을 끝맺지 못하고 코를 움켜쥐며 뒤로 물러섰다. 모용풍이 번개처럼 치켜 올린 두 번의 젓가락질로 놈의 양쪽 콧구멍을 정확히 쑤셨기 때문이다.

이 초 일 식으로 이루어진 이 젓가락질에 깃든 묘용은 절대로 가볍지 않았다. 조금만 얕았다면 느끼지도 못했을 것이고, 조금만 깊었다면 콧등까지 뚫렸을 것이다. 거기에 좌우 콧구멍에서 터져 나온 코피의 양마저 동일했으니, 점혈 공부에 일가를 이룬 자가 아니고선 흉내조차 내기 힘든 고명한 수법임에 분명했다.

그러나 제아무리 고명한 수법이라 한들, 상승의 공부를 알지 못하는 범인들의 눈엔 그저 젓가락으로 콧구멍을 쑤신 것에 불과했나 보다. 코피를 흘리는 새파란 놈과 일행으로 보이는 장정 셋이 고리눈을 하고서 다가오는 모습에 모용풍은 자신의 행동을 후회했다. 이럴 줄 알았으면 좀 더 화려한 기술을 보여 줄 것을.

이번에는 어떤 재주를 부려야 하나 고민하며 모용풍이 자리에서 일어서는데, 식당 안으로 한 사람이 들어왔다.

"하룻강아지들이 호랑이 수염을 건드려도 유분수지, 감히 추관 어른의 손님께 이 무슨 무례한 짓이냐! 현청으로 끌려가 곤장 한번 맞아 볼 테냐!"

못 먹어 마른 것 같지는 않고 원래 왜소한 체질로 보이는 늙은이 하나가 장정들을 향해 침을 튀기며 엄포를 놓아 대고 있었다. 그 순간 모용풍은 그를 괴롭히던 첫 번째 의혹, 식욕이 왜 떨어졌는가에 대한 해답을 얻게 되었다.

조명무라는 이름의 재수 없는 추관 놈!

놈에게 코 꿰인 게 식욕부진의 근본적인 이유였던 것이다.

그러니까 지금으로부터 세 시진쯤 전인 점심 무렵.

대라보제당에 들어가 시신들을 살피던 모용풍은 일 각도 안 되는 짧은 시간 사이 세 가지 실수를 범했다. 오랜 도망자 생활로 고슴도치처럼 신중해진 그로선 참으로 드문 일이라고 할 것이다.

첫 번째 실수는 관에서 나온 추관에게 종적을 발각당한 것이었다. 주위를 어지럽게 맴도는 파리 떼로 인해 문밖까지 다가온 인기척을 알아차리지 못한 것이 주된 원인이었다. 거기에 더하여, 그로선 재수 없는 일이지만, 그 추관에겐 재빨리 피신하는 그의 잔영殘影을 발견할 만한 안력이 있었다. 그 결과 그는 어둠

침침한 실내에서 자신을 추격해 들어온 추관을 상대해야 하는 원치 않는 상황을 맞게 되었다.

두 번째 실수는 그때 뒤도 돌아보지 말고 달아나지 않은 것이었다. 강호 명숙의 체통 따위는, 최소한 도둑고양이 흉내를 내는 동안만큼은 버렸어야 옳았다. 관리 나부랭이쯤 한두 수 상대해 주다가 혈도를 짚고 자리를 뜨면 그만이라고 생각했는데, 그 생각이 안일했다. 이 또한 재수 없는 일이지만, 추관은 일개 지방관의 것이라고는 믿기 힘들 만큼 훌륭한 무공을 지니고 있고, 그 결과 추관과 말까지 섞게 되는, 그로선 더욱 원치 않는 상황을 맞게 되었다.

마지막으로 세 번째 실수는, 어찌 보면 그의 책임이 아니었다. 정말 더럽게 재수 없는 일이지만, 그렇고 그런 탐관오리들 중 하나로 알고 있던 취칭악호가 잠깐 살핀 인상착의만으로 그의 정체를 알아낼 줄 누가 알았겠는가!

살인 사건 현장에서 들킨 것도 모자라 정체까지 파악당한 것은 고약하기 짝이 없는 일이었다. 모든 혐의를 뒤집어쓰기에 딱 좋은 상황인 것이다. 보는 눈도 없으니 쓱싹 해치우고 달아날 생각도 해 보지 않은 것은 아니었다. 하지만 없는 죄가 무서워서 진짜 죄를 만들 수는 없는 노릇 아닌가.

모용풍으로선 이러지도 저러지도 못하고 인상만 구길 수밖에 없는데, 그 재수 없는 놈은 네 사정 다 안다는 표정을 지으며 이렇게 말한 것이었다.

—선생의 명성을 존중해 드리는 뜻에서 지금은 그냥 보내 드리겠습니다. 물론 그렇다고 해서 선생의 혐의가 모두 풀린 것은 아닙니다. 머물고 계신 곳을 알려 주시면 오늘 중 사람을 보내

청하도록 하지요. 스스로 결백을 주장하는 분이시니 소관의 제안에 당연히 응해 주시리라 믿습니다.

만일 응하지 않는다면?

아마도 내일 아침나절엔 이 일대에 관병이 쫙 깔리겠지. 모용풍의 이름 석 자가 선명한 용모파기를 들고서 말이다.

관병이 무서운 것은 아니었다. 정작 무서운 것은 이 일로 인해 강호로 퍼져 나갈 소문, 천하의 모용풍이 남의 죄—그것도 원수의 죄—를 대신 뒤집어쓰고 관에 쫓기는 신세가 되었다는 소문이었다. 그 수치를 당하느니 재수 없는 놈에게 시간을 뺏기는 편이 백배 나았다.

게다가 모용풍의 입장에서도 놈을 만나야 할 이유가 아주 없진 않았다. 그에게 씌워진 혐의도 풀어야 할뿐더러, 그가 오늘 겪은 모든 재수 없는 일들이 진짜 재수 탓인지를 확인하고 싶기도 했던 것이다. 궁금한 점이 있으면 참지 못하는 것. 이것은 오랜 도망자 생활로도 고치지 못한 그의 고질적인 천성이었다.

모용풍이 이렇듯 재수 옴 붙은 오늘 하루를 반추하는 동안, 험상궂던 식당 분위기는 깨끗이 정돈되어 있었다. 마님이 종년 부리듯 단지 호통 몇 번으로 제 몸의 두 배가 넘는 장정 넷을 식당에서 쫓아내 버린 늙은이가 간지러운 웃음을 띠고 모용풍에게 다가왔다.

"헤헤, 기억하시죠? 추관 어른을 모시던 형방주부 최집입니다."

모용풍이 떨떠름한 목소리로 대꾸했다.

"기억하오."

"추관 어른께서 청하십니다."

"올 것이 왔군."

"예?"

"아니, 혼잣말이었소. 조금만 기다리시오."

모용풍은 죽집을 탁자 옆에 세워 둔 채 아까 외빈내화外賓內華의 절기를 펼친 젓가락을 들더니, 국수 그릇 옆면에 대고 긁적거리기 시작했다. 젓가락이 움직일 때마다 유약을 발라 구워 낸 단단한 그릇 위로 금들이 새겨졌다. 마치 참새 발자국처럼 삐뚤삐뚤하게 생긴 그 금들이 그릇 표면의 절반 가까이를 덮었다.

모용풍은 국수 그릇을 들고 자리에서 일어섰다.

"다 됐소. 갑시다."

최집이 눈을 끔뻑이며 물었다.

"그건 가져가 뭐 하시게요?"

"줄 사람이 있소."

"에이, 거지가 아니고서야 그 퉁퉁 분 걸 누가 먹으려 하겠습니까?"

"거지 줄 거요."

"예?"

"못 봤소? 식당 맞은편 담벼락 밑에 거적 펴고 있던 거지 말이오. 주면 고마워할 게요. 아무렴, 당연히 고마워해야지!"

모용풍은 어리둥절해하는 최집을 뒤에 남긴 채 주렴을 젖히고 식당을 나섰다. 어느덧 깔리기 시작한 땅거미가 노인의 그리 유쾌하지 못한 발걸음을 반기고 있었다.

식당 맞은편 담벼락 밑에서 누덕누덕한 폐의를 팡팡 털고 있던 거지가 하던 짓을 멈추고 모용풍을 향해 히죽 웃었다. 역시 '뭐 주실 것 없수?'라고 말하는 듯한 뻔뻔스러운 웃음이었다.

모용풍은 인상을 썼다.

'꼭 이렇게까지 해야 하나?'

한숨이 절로 나왔지만 내친걸음이었다. 입술을 질끈 깨문 모용풍은 불어 터진 국수가 담긴 그릇을 거지에게 내밀었다. 거지가 기다란 고개를 꾸벅 숙였다.

"아이고, 고맙습니다!"

아무렴, 당연히 고마워해야지!

(3)

건평현의 지현인 예경이 조명무를 위해 마련해 준 거처는 지현 공관에서 그리 멀리 떨어지지 않은 곳에 위치한 별장이었다. 별장의 주인은 건평현을 포함한 이 선창부의 알부자로 소문난 예경의 장인. 그는 일 년에 한두 차례 딸자식의 얼굴을 보기 위해 건평현을 찾아오는데, 그때 묵을 요량으로 장만해 둔 별장이 지금은 사위의 보신책으로 동원된 것이다.

형방주부 최집을 앞세운 모용풍이 그 별장 문을 들어선 시각은 긴 여름 해도 자취를 감춘 지 오래인 술시戌時(오후 여덟 시 전후) 말.

알부자로 소문난 주인의 재력을 말해 주기라도 하듯 별장 안에선 돈 냄새가 진동했다. 정원을 장식한 태호석太湖石 하나만 봐도 알 수 있었다. 마당발로 소문난 모용풍이지만 내륙 깊숙한 곳에서 저 정도 크기를 가진 태호석을 볼 수 있으리라곤 생각하지 못했다.

"대단하지요? 사는 데 천 냥, 운반하는 데 육백 냥 해서 천육백 냥이나 들었습니다."

최집이 마치 제가 산 양 우쭐거리며 말했다. 모용풍이 그를 돌아보며 퉁명스레 말했다.

"안내를 마쳤으면 돌아가서 일 보시오."

최집의 안색이 변했다. 현청의 형방주부면 이 일대에선 그래도 방귀깨나 뀐다는 자리이니 오라 가라 하는 식의 말투에는 익숙하지 않을 터였다. 하지만 그는 닳고 닳은 아전답게 금세 굳은 표정을 풀며 눈웃음을 쳤다.

"일몰시면 칼처럼 퇴청하는 게 우리들의 오랜 규칙이지요. 술자리 정도라면 함께……."

"그럴 필요 없네."

때마침 회랑을 돌아 나온 풍채 좋은 장년인이 최집의 말허리를 잘랐다. 낮에 보았던 관복 대신 화려한 홍백금포紅白錦袍를 멋들어지게 차려 입은 조명무였다.

"자네가 낄 자리가 아니니 그만 돌아가도록 하게."

조명무가 근엄한 표정으로 말했다.

최집은 서운한 표정을 지었지만 역시 금세 살살거리며 고개를 숙였다.

"하긴 요사이 간이 안 좋아 술자리에 끼어 봤자 몇 잔 못 받아 드렸을 겁니다. 헤헤, 그럼 소인은 이만 물러갈 테니, 두 분께선 즐거운 시간 보내시길 바랍니다."

조명무는 비루한 늙은 아전이 문을 나서길 기다려 모용풍을 향해 양손을 활짝 펼쳤다.

"초대에 응해 주셔서 감사합니다."

모용풍은 주위를 둘러보며 말했다.

"나 같은 야인이 발을 들이기엔 너무 화려한 집이구려."

조명무가 빙긋 웃었다.

"지현의 배려로 분에 넘치는 곳에 머물게 되었습니다. 거북

하시더라도 청한 성의를 보아 안으로 드시지요."

모용풍은 별말 없이 조명무를 따라 안으로 들어갔다.

빈실賓室은 웬만한 왕부의 그것에 버금갈 만큼 훌륭했다. 방사형으로 높게 올린 들보엔 고아한 단청이 들어 있었고, 정원을 향해 크게 뚫린 해당화 문양의 공창空窓(중국식 창)은 여백의 아름다움을 여실히 보여 주고 있었다. 그뿐만이 아니었다. 가구 하나하나마다엔 명장들의 손길이 닿은 듯했고, 벽면을 장식한 그림들 또한 이름난 대가들의 진품이 분명했다. 그 화려한 실내에서, 거울로 쓸 수도 있을 만큼 반들반들한 고동색 다탁을 사이에 두고 순풍이 모용풍과 취칭악호 조명무가 마주 앉았다.

머리를 두 갈래로 땋은 예쁘장한 시비가 기다렸다는 듯이 차를 내왔다. 조명무는 찻주전자를 들어 두 개의 찻잔을 채웠다.

"지현이 좋은 냉차를 보내왔더군요. 한번 드셔 보시겠습니까?"

모용풍은 다도란 걸 한 번도 배워 보지 못한 사람처럼 냉차를 들어 단숨에 들이켰다.

"맛있구려."

조명무가 눈을 빛내며 물었다.

"한 잔 더?"

"그럽시다."

모용풍은 조명무가 따라 준 두 번째 차까지 깨끗이 비웠다. 그러고는 이제는 됐다는 듯 찻잔을 옆으로 밀어 놓았다.

"설마 차 동무나 하자고 부른 건 아닐 테고, 노부를 보자고 한 이유를 알고 싶소."

조명무는 미소를 지으며 대답했다.

"강호에서 현자로 명성이 높으신 선생 아니십니까? 후학 된 몸으로 몇 가지 가르침을 받고자 청했을 뿐 다른 목적은 없었습니다."

모용풍은 픽 웃었다.

"현자라면 애당초 이런 처지가 되지도 않았겠지. 좋소. 그건 그렇다 치고, 이 늙은이에게 무슨 가르침을 받겠다는 게요?"

조명무가 표정을 고치고 물었다.

"대라보제당에 있던 시신들은 살펴보셨습니까?"

모용풍은 고개를 끄덕였다.

"그렇소."

"살펴보신 소견을 듣고 싶습니다."

"그 방면에 있어서 전문가는 대인이 아니오? 대인의 소견부터 듣고 싶소만?"

조명무는 뭐가 어렵겠느냐는 듯 미소를 지은 뒤, 자리에서 일어나 벽 가의 책장에 꽂혀 있던 장부 한 권을 빼 들고 돌아왔다.

"대라보제당의 경우, 제가 조사한 바에 의하면 몽둥이 같은 둔기에 의해 살해된 박살시撲殺屍가 열두 구로 가장 많았고, 목이 졸려 살해된 교살시絞殺屍가 네 구, 밟혀 죽은 답살시踏殺屍가 두 구, 벽에 밀어붙여져 죽은 압살시壓殺屍가 한 구 그리고 사인을 알 수 없는 불명시不明屍가 한 구, 이렇게 도합 스무 구였지요."

박살, 교살, 답살에 압살까지. 입에 담기도 흉악한 설명이 이어졌지만 모용풍은 지루한 연주를 듣듯 심드렁한 표정이었다.

"그뿐이오?"

조명무는 모용풍을 잠시 바라보다가 어깨를 으쓱거렸다.

"이거야 원…… 밑천까지 털어놔라 이건가요?"

모용풍은 묵묵부답, 그저 감정이 담기지 않은 눈길로 조명무의 얼굴을 빤히 바라보기만 할 뿐이었다.

상대가 이리 나오면 불쾌할 법도 하건만 조명무의 심기는 모용풍의 예상보다 훨씬 깊었다. 그는 마음씨 좋은 상인처럼 넉살좋게 웃으며 장부를 넘겼다.

"좋습니다. 까짓것 털어놓지요. 스무 구의 시신 중 박살시 네 구와 압살시 한 구로부터 중독의 기미가 발견되었습니다. 중독의 기미도 제각기 다른데, 원하신다면 그것까지 소상히 알려 드리지요."

모용풍이 하나뿐인 손바닥을 내밀어 보였다.

"아니, 그만하면 됐소."

조명무는 장부를 덮은 뒤 모용풍을 바라보았다.

"자, 이제 선생의 소견을 들어 볼 수 있을까요?"

모용풍은 잠시 뜸을 들이다가 느릿느릿한 목소리로 말했다.

"나 같은 비전문가에게 소견이랄 것까지 있겠소? 다만 난 대인이 불명시로 분류한 그 시신 한 구에만 관심이 있을 뿐이오."

조명무의 눈이 가늘어졌다.

"불명시라면, 대라보제당 당주의 시신 말씀입니까?"

모용풍이 고개를 주억거렸다.

"당주라, 관 뚜껑에 그런 표지가 붙어 있었던 것 같기도 하구려."

조명무는 다시 장부를 펼쳐 한 부분을 읽었다.

"이름은 가유용賈有用. 나이는 오십구 세. 침구술보다는 약방문에 능하여 이곳에선 '가 약사'라고 불렸다고 하는군요. 한데 그자의 시신이 어떻다는 말씀인가요?"

"다른 시신들과는 달리 그자의 시신에선 어떠한 외상도 발견하지 못했을 것이오. 그러니 불명시로 분류됐겠지."

"그렇습니다."

"하지만 노부는 그자의 시신에서 사인으로 추정되는 흔적 하나를 찾아낼 수 있었소. 시신의 이마에 찍힌 작고 푸른 점 하나가 바로 그것이오."

조명무는 잠시 생각하다가 고개를 흔들었다.

"제 조사에 허점이 있었던 모양입니다. 말씀하신 점에 관해선 잘 기억나지 않는군요."

"그렇소?"

이렇게 물은 모용풍은 조명무의 얼굴을 빤히 바라보다가 픽 웃고는 말을 이었다.

"하긴, 그냥 지나쳤다 해도 대인의 잘못은 아닐 게요. 누가 보더라도 진짜 점 같았을 테니까."

"하면 진짜 점이 아니란 말씀이십니까?"

"그렇소. 그 점은 어떤 특정한 무공에 당한 자들에게 공통적으로 남는 흔적이오."

조명무의 표정이 심각해졌다.

"그 무공의 이름이 무엇입니까?"

모용풍은 선선히 대답해 주었다.

"염왕날인閻王捺印."

"염왕날인?"

"정말 어울리는 이름 아니오? 염라대왕이 찍는 도장처럼 표적을 반드시 죽음에 이르게 만드니까 말이오."

"염라대왕의 도장이라…… 듣고 보니 정말 그렇군요."

모용풍은 하나뿐인 손으로 수염을 가볍게 쓸어내리며 잠시 뜸을 들이다가 말했다.

"염왕날인은 과거 어떤 마두의 독문절기였소. 그 마두는 이 무공을 이용해 일 년 안팎의 짧은 기간 동안 무려 오십칠 명의 목숨을 앗아 간 바가 있었소. 그들의 미간엔 하나같이 점이 찍혀 있었소. 대라보제당 당주의 시신에 찍혀 있던 것과 똑같은, 진짜 점처럼 보이는 작고 푸른 점이."

조명무가 가볍게 진저리를 쳤다.

"정말 무서운 마두로군요. 그 마두가 대체 누굽니까?"

모용풍은 대답 대신 자신의 앞에 놓인 빈 찻잔을 물끄러미 내려다보았다.

"그 마두가 누굽니까?"

조명무가 다시 물었다.

모용풍은 찻잔에 얹어 두었던 시선을 들어 조명무의 얼굴을 바라보았다.

"그 마두가 누군지 밝히기 전에 대인께 묻고 싶은 게 있는데, 대답해 주실 수 있겠소?"

조명무는 눈썹을 슬쩍 찡그렸지만 이내 고개를 끄덕였다.

"말씀해 보십시오."

"아까 낮에 노부와 처음 만났을 때, 노부의 정체를 어떻게 그렇게 빨리 알아보셨소?"

조명무는 뜻밖이라는 표정을 지었다.

"그게 궁금하신가요?"

"그렇소, 그것도 몹시."

"궁금하시다니 대답해 드리지요. 사건에 대해 캐고 다니는 게 제 직업이다 보니 강호의 인사들에 대해서도 제법 안다고 할 수 있습니다. 하지만 아무리 그런 저라도 처음엔 누구신지 알 도리가 없었지요. 그저 범행 현장을 기웃거리는 수상한 자라는 생각에 달려들었을 뿐. 한데 선생께서 드러내신 무공과 식견이 너무 고명했습니다. 강호의 이인임엔 분명한데, 대체 누구실까 더욱 궁금했지요. 그러던 참에 선생께서 외팔…… 아, 실례했습니다, 선생의 신체가 남들과 약간 다르다는 점이 눈에 들어오더군요. 높은 무공과 탁월한 견문, 거기에 그 요소까지 더해지니 그제야 누구신지 알아볼 수 있었습니다. 이 정도면 설명이 되었나요?"

조명무의 해명은 청산유수 같았다.

모용풍은 어깨를 슬쩍 기울여 텅 빈 왼쪽 소매를 흔들어 보였다.

"말씀인즉슨, 이 팔이 노부를 알아보는 결정적인 요소였다 이거로구려."

"그렇습니다."

"허허, 감탄했소. 노부에게 붙은 순풍이란 별명은 이 시간부로 대인께서 가져가셔야겠구려."

조명무는 겸손하게 웃었다.

"과찬의 말씀이십니다. 선생처럼 유명하신 분을 알아본 것이 무어 그리 대단한 일이겠습니까?"

"아니오, 아니야. 남의 눈을 피해 숨어산 지 십 년이 훨씬 넘는 노부를 그리 쉽게 알아본다는 것은 감탄하지 않고선 못 배길 일이오. 더구나……."

조명무는 미소 띤 얼굴로 모용풍의 뒷말을 기다렸다. 그러나 정작 모용풍이 뒷말을 이었을 때, 그는 더 이상 미소 지을 수 없었다.

"노부가 외팔이가 되었다는 사실을 아는 사람은 적과 친구, 이렇게 두 부류뿐으로 알고 있건만, 적도 아니고 친구도 아닌 대인께서 마치 그 광경을 훤히 본 듯 알고 있으니 노부가 어찌 감탄하지 않을 수 있겠소?"

그러나 적도 아니고 친구도 아닌 자가 끼어들 만한 상황이 아니란 것쯤은 두 사람 모두 알고 있지 않을까?

모용풍의 말이 끝난 순간, 그토록 후텁지근하던 여름밤은 이미 어디에서도 찾을 수 없게 되었다. 시간을 강제로 멈춘 듯한 괴이한 위화감이 긴 실에 매달린 추처럼 두 사람 사이에서 위태롭게 흔들리고 있었다.

그런 가운데, 모용풍은 인간 중에도 뱀처럼 허물을 벗을 수 있는 자가 존재한다는 사실을 알게 되었다. 조명무가 바로 그런 자였다. 멈춰진 듯 답답하게 흐르는 시간에 실려 흐물흐물 녹아 사라지는 허물 안쪽에서 사악한 무엇인가가 드러나고 있었다. 과연 그의 예감은 틀리지 않았다. 오늘 하루 그가 겪은 온갖 불운은, 사실은 재수 탓이 아니었던 것이다.

"적과 친구라……. 듣고 보니 그렇군요."

조명무가 한참 만에야 입을 열었다.

"선생께서 외팔이가 된 게 불과 한 해 전 일이란 걸 깜빡 잊었습니다. 그러니 그걸 아는 사람은 자연 선생의 행적에 관심이 큰 자일 수밖에 없겠군요. 이거야 원…… 꼴이 영 우습게 돼 버렸습니다."

"흠, 하면 단순히 견문이 광박廣博하여 이 사람이 외팔이가 된 걸 안 것이 아니란 말씀이구려."

모용풍은 짐짓 놀란 양, 눈을 크게 뜨며 말했다.

"속된 관리가 어찌 선생처럼 광박한 견문을 지닐 수 있겠습니까? 가당치 않습니다. 가당치 않아요. 선생께서 말씀하신 대로, 그저 적이 아니면 친구겠지요."

잠시 말을 멈춘 조명무의 입가에 웃음이 맺혔다. 관리의 허물을 벗기 전과는 판이한, 뱀처럼 잔인한 느낌을 주는 웃음이었다.

　"선생이 보시기에 제가 적 같습니까, 친구 같습니까?"

　조명무는 어느 결엔가 목을 긁고 있었다. 처음에는 인지 하나만으로 살살, 그러다 곧 엄지를 제외한 네 손가락으로 벅벅. 새하얗던 목살이 금방 붉은빛으로 부풀어 올랐다. 모용풍은 그런 그를 잠시 쳐다보다가 조용히 대답했다.

　"노부는 비록 늙었지만 친구의 얼굴을 잊어버릴 만큼 늙지는 않았소."

　목을 긁는 조명무의 손길이 더욱 빨라지고 격렬해졌다. 그에 따라 입가에 맺힌 웃음이 밀가루 반죽처럼 일그러졌다. 마치 사정射精의 욕구를 가까스로 참아 내는 듯한 억눌린 표정이었다.

　그러던 어느 순간, 어지간한 청력으로는 듣기 힘든 작은 소음이 조명무의 목에서 터져 나왔다.

　푹!

　모용풍은 자신도 모르게 눈살을 찌푸렸다. 목으로부터 떨어지는 조명무의 왼손, 그 손톱 끝에 맺힌 붉은 핏자국을 발견한 것이다. 그러나 정작 피를 본 당사자는 개의치 않는 것 같았다. 아니, 오히려 후련해하는 것처럼 보이기까지 했다.

　조명무는 의자 등받이에 상체를 완전히 기댄 채 눈을 감고 숨을 들이마셨다. 공기 중으로 은은히 번져 나가는 자신의 피 냄새를 맡으려는 것 같았다.

　그런 시간이 얼마나 흘렀을까?

　"아아, 하마터면 죽일 뻔했군. 이번엔 정말 참기 힘들었어."

　조명무의 입에서 몽롱한 탄식이 흘러나왔다. 그는 머릿속에 달라붙은 뭔가를 떨쳐 내듯 고개를 세차게 흔든 뒤 등받이에 기댄 상체를 천천히 떼어 냈다.

"친구가 아니란 사실을 알면서도 얌전히 앉아 있는 이유는 뭐지?"

조명무의 말투는 완전히 바뀌어 있었다. 후학을 자처하던 겸손 따위는 이제 어디서도 찾아볼 수 없었다. 그러나 모용풍은 그리 놀라지 않는 눈치였다.

"그 이유는 대인이 더 잘 알지 않소?"

모용풍은 이렇게 반문한 뒤 자신의 앞에 놓인 찻잔으로 시선을 주었다. 조명무의 두 눈이 반짝 빛났다.

"차에 산공독散功毒을 푼 것도 눈치챈 건가?"

모용풍의 입가에 맥없는 웃음이 떠올랐다.

"별안간 내공이 사라졌는데 바보가 아니고서야 어찌 눈치채지 못하겠소."

조명무는 이해가 된다는 듯이 고개를 끄덕였다.

"으흠, 그래서 날 의심하게 된 거로군. 하긴, 미리 알고 있었다면 두 잔이나 처먹진 않았을 테지. 아니, 애당초 이곳에 오지도 않았을 테고."

모용풍은 고개를 천천히 흔들었다.

"그래도 왔을지 모르오."

"그래도 왔을지 모른다? 함정인 줄 알면서도?"

"그렇소."

"왜?"

"알고 싶은 게 있으니까."

조명무는 머리를 한 방 얻어맞은 듯한 표정이 되었다가 다탁을 두드리며 웃기 시작했다.

"아하하! 강호에서는 순풍이를 일컬어, 목에 칼이 들어와도 궁금한 건 풀어야 직성이 풀리는 위인이라더니 과연……. 하하! 과연 그렇군!"

모용풍은 조명무의 웃음이 그치기를 조용히 기다렸다.

이윽고 웃음을 그친 조명무가 눈초리에 걸린 눈물방울을 손가락으로 찍어 내며 말했다.

"이 마당에 뭘 기다리지? 알고 싶은 게 있으면 얼마든지 물어보라고."

모용풍은 마침내 그가 가장 궁금해하던 질문을 던졌다.

"독중선毒中仙 군조君潮는 지금 어디로 가고 있소?"

걸인乞人

(1)

대화가 오간 곳은 거지가 아니면 눈길조차 주지 않을 다 쓰러져 가는 사당 안이었다.

"읊어 봐."

"독중선 군조는 지정至正(원나라 순제의 연호) 연간에 가욕관嘉峪關 인근 숙주肅州에서 태어났네요. 열두 살에 오행독문五行毒門의 문주인 독군자毒君子 사공문司空聞의 제자가……."

"잠깐! 오행독문은 묘강에 있던 문파 아닌가?"

"그러네요."

"그런데 감숙 땅에서 태어난 놈이 어떻게 거기 제자가 되었지?"

"사공문이 직접 감숙으로 가서 거둬 왔다고 하네요."

"직접? 귀찮아서 장가도 안 갔다는 늙은이가 갑자기 노망이 났나, 수만 리 떨어진 감숙까지 가서 제자를 거두게?"

"천기를 보고 독문을 중흥시킬 천고 기재의 출현을 알았다나, 대충 그런 이유였던 모양이네요."

"노망 맞는군, 노망 맞아."

"그 이후로도 천지사방을 헤집고 돌아다니며 제자 넷을 연달아 거둔 걸 보면 그럴지도 모르겠네요."

"계속해 봐."

"에…… 사공문은 군조를 거둔 지 꼭 십 년 만에 죽었네요. 그 뒤 오행독문의 문주직은 사공문이 젊은 시절부터 제자로 데리고 다니던 구지마독九指魔毒 정포丁抱란 자가 물려받았는데, 그게 몇 년 가지는 못했네요. 군조가 네 사제들과 힘을 합쳐 사형인 정포를 죽였기 때문이네요."

"저런 천벌을 받을 놈 같으니라고!"

"틀리셨네요."

"뭐가 틀려?"

"천벌이 아니라 기연을 받았으니까요. 정포를 죽인 군조가 가장 먼저 한 일은 묘강에 있던 문파를 제 고향인 감숙으로 옮긴 일인데, 이삿짐을 꾸리다가 독문의 보전이라고 할 수 있는 독룡비서毒龍秘書를 찾았다고 하네요."

"독룡비서?"

"사부님께서도 당하신 적이 있는 청갑귀산靑甲龜散의 조제법도 모두 그 독룡비서에 적혀 있던 거네요."

뿌드득!

"이 부러지시겠네요."

"내가 그놈의 거북이 독 때문에 고생한 걸 생각하면 치가 떨린다, 치가 떨려!"

"또 틀리셨네요. 거북 귀 자가 들어갔다고 해서 다 거북이 독은 아니네요. 그 독에 그런 이름이 붙은 까닭은 중독된 형상이⋯⋯."

뿌드득!

"에⋯⋯ 계속하지요. 군조가 감숙에 둥지를 튼 것과 강호에 처음 나온 것 사이에 십육 년이란 시차가 있으니, 아마도 그 기간 동안 독룡비서에 담긴 독공들을 수련했을 거라고 추정되네요. 그러고 나서 강호에 나온 뒤로는 독문사천왕, 아, 정포를 죽일 때 손잡은 네 사제들이 바로 이 물건들이 되겠네요, 그 독문사천왕을 몰고 다니며 저 유명한 의가상문행醫家喪門行, 즉 의가의 식솔이라면 불문곡직 살해하는 천인공노할 만행을 저질렀네요. 일 년 남짓한 기간 동안 그들의 독수에 희생당한 사람들의 수는 무려 일천이라고 하네요. 그중 절반이 의가 사람들이었으니, 만일 당시 강동삼수가 목숨을 걸고 독문 토벌에 나서지 않았다면 천하 의원들의 씨가 말랐을지도 모르네요⋯⋯. 어? 사부님, 우세요?"

"우, 울긴 내가 언제 울었다고 그래?"

"아하, 강동삼수 얘기하니까 작년에 돌아가신 방 노영웅 생각이 나신 모양이네요. 에이, 그렇다고 해도 우실 것까지⋯⋯."

"안 울었다니깐! 그건 그렇고, 그 늙은이는 대체 의원을 왜 그렇게 싫어한대? 어릴 때 약이라도 잘못 먹었대?"

"뭐, 나름대로는 확고한 신념이 있었던 모양이네요."

"무슨 신념?"

"천하에 인간의 목숨을 좌지우지할 수 있는 것은 오직 독밖에 없다는⋯⋯."

"얼씨구."

"어쨌거나 군조가 강동삼수에게 패해 사라진 게 지금으로부터 삼십삼 년 전의 일이니, 이미 죽었다는 얘기가 정설로 받아들여지는 것도 당연한 일이네요."

"그런데 사실은 멀쩡히 살아 있다 이거지?"

"그런 모양이네요."

잠시 침묵.

"그 노인네한테 받았다는 그릇 좀 줘 봐."

"여기 있네요."

"킁킁, 우육면을 담았던 그릇이군. 흠, 근데 양념이 틀려먹었어. 악양岳陽 뒷골목에 가면 우육면을 기가 막히게 하는 집이 있지. 한번 가면 다섯 그릇은 보통인데……."

"사부님."

"응? 아, 맞아. 국수 얘기나 할 때가 아니지. 어디 보자……."

"……."

"우리가 흑화黑話(암호)를 바꾼 게 언제지?"

"개봉부 지부대인의 환갑잔치 즈음해서 바꿨으니 이 년하고 칠 개월 되었네요."

"아! 나도 기억나는군. 족발 요리와 잉어찜이 기가 막힌 잔치였지. 그건 그렇고, 바꾼 지 이 년하고 칠 개월밖에 안 되는 흑화를 이 노인네가 어떻게 아는 거야? 아니, 이건 그냥 아는 정도가 아니잖아? 나보다 잘 쓰는 것 같은걸."

"그건 사부님이 흑화에 별로 관심이 없어서 그런 것 같네요."

"그건 그래. 머리가 나빠서 그런지, 난 그 흑화란 게 도통 외워지지가 않더라니까."

"우리 흑화를 그 노인네가 어떻게 알았느냐는 지금 별로 중요한 문제가 아닌 것 같네요."

"맞아! 중요한 문제는 이 방면에선 제가 최고라고 잘난 척하던 오만한 노인네가 자청해서 우리 쪽에 도움을 요청해 왔다는 사실이지. 이 그릇, 잘 보관해 두라고. 나중에 허튼소리 하는 놈들에게 보여 주게."

"……."

"그나저나 내가 여기 온 걸 그 노인네는 어떻게 알았을까? 도착한 지 하루도 안 돼 이런 걸 받아 볼 줄은 정말 몰랐는걸."

"머리 좋은 노인네인 만큼 열흘 전에 벌어진 백하현의 사건에 본 방의 관심이 쏠리리라는 점을 예상했을 거 같네요. 그리고 백하현과 이 건평현은 그리 멀리 떨어지지 않은 거리인 만큼, 아마도 그것에 주목하여 사부님께서 이리로 오시리라 짐작했을 거네요. 하지만 그렇다고는 해도 강호에선 실종된 걸로 알려진 사부님을 정확히 지목해서 흑화를 보낸 건 좀 뜻밖이네요."

"하여튼 귀 밝은 건 알아줘야 한다니까. 그래서 그 노인네, 지금 어디 있대?"

"동董 아저씨 말씀이 엊저녁 들어간 별장에서 꼼짝 않고 있다고 하네요."

"엊저녁 들어갔는데 아직 안 나와? 확실하대?"

"변卞 아저씨가 감시한다고 하니 확실하다고 보네요."

"그 별장 말이야, 이번 사건을 조사하기 위해 지부에서 파견 나온 추관 놈이 머무는 곳이라고 했지?"

"조명무라고, 이 일대에선 유명한 악당이라고 하네요."

"흠, 확실히 구린내가 나는군. 노인네 꼬장꼬장한 성격에 탐관오리와 짝짜꿍해서 무슨 일을 꾸밀 리는 없을 테고, 결국 뭔가 안 좋은 일을 당했다 이거지?"

"이 그릇에도 쓰여 있네요. 독중선에 관해 알고 싶으면 날 보호하라고. 아마 뭔 일이 벌어질 줄 예상했던 모양이네요."

"쳇, 어째 썩 유쾌하지는 않군. 그 뭐냐, 제갈량 손 안에서 놀아나는 주, 주……."

"주유네요."

"맞아! 그 주유가 된 것 같아서 말이야. 하지만 뭐, 저쪽에서 숙이고 들어오는데 외면하면 대장부로서 도리가 아니겠지."

"지당하신 말씀이네요."

"어서 가자고. 악당의 손아귀에서 불쌍한 노인네 구해 주러."

(2)

소읍논쟁笑泣論爭이란 말을 들어 본 적이 있는가?

만일 들어 봤다는 사람이 당신 주위에 있다면, 최소한 그 사람에게 딸 줄 생각만큼은 포기하길 권한다. 고이 키운 딸자식을 빌어먹고 살게 만들고 싶지 않다면 말이다.

변씨卞氏 성을 가진 거지와 동씨董氏 성을 가진 거지 사이에서 벌어졌다 하여 변동논쟁卞董論爭이라고도 불리는 소읍논쟁은, 번듯한 집에 번듯한 직업을 가진 이들에겐 한낱 코웃음거리밖에 되지 않을지도 모른다. 그러나 그렇지 못한 사람, 번듯한 집도 번듯한 직업도 없어서 결국 빌어먹고 살 수밖에 없는 이들에겐 삶의 방식, 생존의 수단을 동시에 결정하는 중차대한 논쟁일 수밖에 없다.

변씨는 주장한다. 웃는 낯에 침 뱉지 못하나니 웃어라! 웃으며 구걸하라! 그리하면 재신께서 기꺼워하시어…… 이하 생략.

동씨는 주장한다. 우는 아이부터 젖을 물리나니 울어라! 울며 구걸하라! 그리하면 재신께서 가여워하시어…… 역시 이하 생략.

나름대로 일리도 없지 않은 이 소읍논쟁은, 그러나 속내를 들여다보면 상반된 외모를 지닌 두 사람의 속 좁은 자기합리화에서 비롯되었음을 알 수 있다. 궁가미륵窮家彌勒 변구卜具와 중주일섬中州一閃 동장보董長步가 문제의 장본인들.

일의 발단인즉슨 이렇다.

심한 합죽이에 위아래 어금니까지 빠져 가만히 있어도 실실 웃는 것처럼 보이는 변구와, 원체 주름살투성이인 데다 눈초리까지 축 처져 금방이라도 울음보를 터뜨릴 것만 같은 동장보는 얼굴만 봐도 알 수 있는 타고난 앙숙이었다. 거기에 성격은 또 어떻고? 변구가 요지부동 돌부처라면 동장보는 방금 건진 미꾸라지였다. 하나는 아둔하리만치 든직하고 하나는 경박하리만치 촐싹대니, 사사건건 충돌이 일어나는 건 당연한 일.

문제는 이 앙숙들이 한 사부를 모시는 사형제지간, 그것도 사제인 동장보 쪽이 오히려 나이가 많은 역逆 사형제지간이란데 있었다. 사부 생전에도 결코 우애 좋은 사형제라 할 수는 없었지만 그래도 그때는 봐줄 만했다. 최소한 사부 있는 자리에서 본심을 드러낼 만큼 막돼먹은 인간들은 아니었으니 말이다.

타고난 명이 긴 덕인지 분란을 저어하는 하늘의 뜻 덕인지, 두 사람의 사부는 꽤나 오래 살았다. 그러나 두 사람보다 오래 살진 못했다. 사부가 죽자 두 사람은 오랫동안 억눌러 왔던 앙숙으로서의 진면목을 유감없이 드러내기 시작했다.

처음엔 반말, 다음엔 고성, 그리고 욕설, 급기야 주먹질까지.

남의 얼굴에 똥칠을 하기 위해선 저부터 손에 똥을 묻혀야 한다는 진리를 깨닫지 못한 채 두 사람은 서로를 헐뜯기 위해

열을 올렸고, 그 결과 변구는 후덕하다는 궁가미륵 대신 부친을 여읜 날에도 실실거린 후레자식, 천붕소면로天崩笑面虜로 불리게 되었고, 동장보는 경공에 능하다는 중주일섬 대신 양관兩關(동쪽의 산해관과 서쪽의 옥문관) 사이에서 가장 비루한 놈, 관내비루행關內鄙陋行으로 불리게 되었다.

설상가상, 두 사람 모두 거지들 세계에서 차지하는 비중이 결코 가볍지 않았다. 두 사람의 사부가 당시 개방 방주의 사숙 되던 위인이었으니, 두 사람 모두 개방 방주의 사제인 셈. 나이도 먹을 만큼 먹었거니와 슬하에 자식, 제자 들의 수도 우글거렸다. 제 아비, 제 사부를 후레자식, 혹은 비루한 놈이라 욕하고 다니는 작자가 있다면 동문 아니라 동문 할아비라도 어찌 그냥 두고만 보리오!

오십이 넘은 변씨 동씨끼리는 기껏해야 코피 보는 선에서 그친다지만, 혈기 방장한 젊은 거지들은 달랐다. 팔다리 부러지고 머리통 깨지는 일이 다반사더니 급기야는 칼부림하겠노라 설치는 놈까지 나타나기에 이르렀다.

반목의 골은 날이 갈수록 깊어져, 과장을 조금 보태면 개방 전체가 두 쪽이 날지도 모르는 판국. 당시 개방주인 금정화안신개金睛火眼神丐도 섣불리 개입하지 못하고 발만 동동 구르다 마침내는 강호 고수의 명성에 어울리지 않게 불면증까지 얻고 말았다.

그래서, 전전반측 뜬눈으로 밤을 새우는 사부를 보다 못해, 그 제자인 우근이 나섰다.

우근이 택한 방법은 간단했다. 곪은 부위는 터뜨려야 낫는다. 그러니 싸워라. 싸우긴 싸우되 말로 싸워라. 누가 옳고 누가 그른지는 개방 전체가 판단해 주겠다. 말하자면, 켜켜이

쌓인 두 진영의 불화를 방 차원의 논쟁으로 비화시킨 것이다.

논쟁이라니!

변씨 동씨 모두 기절할 듯이 놀랐다.

못 배워 무식한 건 접어 둔다 치자. 거지도 그들 급이 되면 체면이란 게 생기는 것이다. 그 시작이 아무리 저열하다 할지라도 일단 논쟁이라는 이름으로 공론화가 된 이상, "난 저 새끼 낯짝이 정말 마음에 안 들어!" 식의 수준이라면 곤란했다. 만천하 거지들 앞에서 공개 망신을 당하지 않으려면 싫더라도 점잖은 체해야 했다. 자신 없어도 아는 체해야 했다. 그러나 저급한 앙심을 고차원적인 이론으로 승화시키는 일이 결코 간단할 리 없었다.

거지들 사이에 때아닌 학업 열풍이 일었다. 인근에 먹물깨나 먹었다는 훈장들이며 유생들은 밤낮없이 몰려드는 거지들로 곤욕을 치러야만 했다. 거적에 앉아 천자문千字文이며 소학小學을 읊어 대는 거지의 모습은 더 이상 희한한 광경이 될 수 없었다. 그리하여 마침내 '소걸론笑乞論'과 '읍걸론泣乞論'이라는, 거지라는 업종 사상 유래를 찾아보기 힘든 거창한 방법론方法論이 세상에 모습을 드러내게 되었다.

논쟁 당일, 변씨와 그의 추종자들은 점잖게 설파했다. 웃는 낯에 침 뱉지 못하나니…… 이하 생략.

이에 질세라 동씨와 그의 추종자들 또한 목소리를 깔고 설파했다. 우는 아이부터 젖을 물리나니…… 역시 이하 생략.

논쟁장에서 드러난 양 진영의 전의는 오히려 공고해진 듯 보였다. 생각해 보라. 논리가 없을 적에도 미웠던 놈인데 논리까지 더해지니 여북이나 미울까. 상황은 더욱 안 좋아졌다. 이대로 합의점에 이르지 못한 채 논쟁이 유야무야 끝나는 날엔 그들은 감정적으로뿐만 아니라 이론적으로도 앙숙이 될 것이 분명했다. 이를 지켜보던 사람들은 이 소읍논쟁의 산파이기도 한 우근의 경솔함을 원망했다. 젠장, 웃으며 구걸하는 게 나은지 울며 구걸하는 게 나은지 대체 누가 판별할 수 있단 말인가!

그러나 누구도 짐작하지 못했다. 우근은 이 논쟁을 깔끔하게 종식시킬 비장의 한 수를 감춰 두고 있었다는 사실을.

호호개皓皓丐.

생의 구 할을 비럭질로 연명해 왔고 백수白壽(99세)를 목전에 둔 당시에도 현역 찜 쪄 먹을 짱짱한 실적을 뽐낸다는 거지들의 전설 호호개가 우근이 꺼낸 비장의 패였다.

늙고 꼬부라진 몸뚱이를 이끌고 논쟁장에 모습을 드러낸 호호개는 몸뚱이만큼이나 늙고 꼬부라진 목소리를 드높여 양 진영을 꾸짖었다.

대저 구걸이란 재신의 마음을 읽는 기술이라! 얼굴은 그 기술을 발휘하는 도구에 불과할진대, 재신의 마음이 즐거울 땐 함께 웃어라! 재신의 마음이 우울할 땐 함께 슬퍼하라! 그리하면 재신의 전대는 자연히 열리나니, 평명한 눈과 밝은 귀로 재신의 마음을 환히 비추어…… 이하 생략.

무공?

중요하다.

지위?

그것도 중요하다.

그러나 논쟁의 주제가 구걸에 대한 방법론으로 정해진 이상, 호호개의 존재는 단순한 업계 선배의 경지를 넘어선 살아 있는 전범典範이요, 걸어 다니는 교전教典일 수밖에 없었다. 그의 지당하면서도 어느 한쪽 불편不偏하지 않는 준열한 질타 앞에선,

까마득한 젊은 거지들은 물론이거니와 백발이 성성한 변씨 동씨마저도 꿀 먹은 벙어리가 되고 말았다. 이때를 놓칠세라 우근은 사부의 옆구리를 찔렀고, 금정화안신개는 자죽봉紫竹棒을 탕탕 내려쳐 논쟁의 종지부를 찍었다.

논쟁은 끝났다.

논쟁에 참가했던 거지들은 호호개의 '소읍양용론笑泣兩用論'을 마음에 새긴 채 각자의 구역으로 복귀했고, 그들을 배웅하고 돌아온 우근은 상석에 앉은 채로 코를 골고 있는 사부의 모습을 발견할 수 있었다. 여담 하나. 분란 종식의 일등 공신인 호호개에겐 개방의 장로직이 주어졌지만, 현역으로 뛰는 데 거치적거린다는 이유로 일언지하 거절당했다고.

어찌 보면 우스운 일인지도 모른다. 분란이 시작된 이유도 우습거니와 노화자老花子의 한마디에 분란이 멎었으니, 애들 장난도 아니고 원……

그러나 달리 생각하면 꼭 우스운 일만도 아니다. 옛말에 미운 정도 정이라고 하지 않던가. 어쩌면 변씨 동씨 모두 오랜 반목에 지쳤을지도 모른다. 그래서 가슴 한구석에 이젠 화해하고 싶다는 마음을 키워 왔을지도 모른다. 호호개는 단지 그 계기를 제공했을 뿐.

그 때문일까? 한때 서로를 후레자식과 비루한 놈이라 욕하던 두 사람은 언제 싸웠냐는 듯 친동기간보다 더한 살가움으로 늘 그막을 함께 보내더니만, 네 살 연상인 동장보가 먼저 가고, 달 포쯤 지나 변구도 따라갔다. 변구는 눈을 감기 직전, 자신을 동장보 곁에 묻되 동장보가 동쪽에 오도록 묻어 달라는 유언을 남겼다. 묘를 함께 씀에 있어 부부라면 남자가, 형제라면 형이 묻히는 쪽이 바로 동쪽이었다. 변구의 유언은, 살아선 그가 사형이었으나 죽은 뒤엔 동생으로서의 도리를 다하겠다는 뜻이리라.

두 사람의 지극한 우정은 모든 거지들의 눈시울을 적셨다. 이에 후인들은 변구의 유언대로 두 사람을 합장한 뒤, 각자의 문로門路를 한데 모아 형제의 의를 맺기에 이르렀다. 오늘날 개방 내에서 결속력이 가장 강하다고 알려진 변동일맥卞董一脈이 바로 그들이었다.

자, 이래도 우스운가?

"왜 웃으십니까?"

개방 호북 분타의 부분타주 변출봉卞出峯이 우근에게 물었다.

"아, 미안! 하지만 인상 하나만 반대면 안 웃었을 걸세. 선친들께서도 그랬으니까. 하지만 키까지 정반대니 정말이지…… 흐흐, 자네들한테는 미안하지만 웃음을 참기가 힘들군."

우근은 자꾸만 풀어지려는 아래턱을 애써 긴장시키며 대답했다.

하지만 정말로 그랬다. 전대의 변씨 동씨는 인상만 반대였지만 지금의 변씨 동씨는 거기에 키까지 반대였다. 하나는 히죽거리는 키다리요, 다른 하나는 울상 짓는 땅딸보인지라, 나란히 세워 놓고 보면 참으로 가관이었다.

"자네는 왜 웃나?"

이번에는 호북 분타의 분타주 동무수董無守가 우근의 뒷전에서 싱글거리는 황우에게 물었다.

"두 분을 보고 있노라니 옛이야기 하나가 생각나네요."

황우가 특유의 느릿한 말투로 대답했다.

"무슨 얘긴데?"

"당나라 때 한림원翰林院에 키다리 유생과 땅딸보 유생이 함께 있었다고 하네요."

"키다리와 땅딸보?"

동무수의 눈빛이 조금 바뀌었지만 황우는 짐짓 못 본 체 이야기를 이어 갔다.

"하루는 두 사람이 시에 대한 의견을 나누다가 언쟁을 심하게 벌였다고 하네요. 그날 밤 분을 참지 못한 키다리 유생은 땅딸보 유생의 숙소 담벼락에다가 방을 써서 붙였네요. '갓을 쓰면 발이 먼저 덮이고 신을 신으면 머리가 곧 묻힌다[着笠先垂足 穿靴已沒頭]'라고요."

"그런데?"

"이를 보고 참을 땅딸보 유생이 아니네요. 다음 날 아침 사람들은 키다리 유생의 숙소 담벼락에, '이불을 덮으면 다리가 드러나고 집에 들어가면 머리부터 부딪힌다[蓋衾欲露脚 入屋先打頭]'라고 적힌 방이 붙은 걸 볼 수 있었다고 하네요."

동무수는 골난 어린아이처럼 입술을 삐죽거리다가 제자리에서 펄쩍 뛰어오르며 버럭 고함을 질렀다.

"이놈이 존장을 희롱해!"

그러면서 황우의 머리통을 향해 죽봉을 날리는데, 아쉽게도 그 죽봉은 목표물에 적중하지 못했다.

"형님, 참으세요."

동무수에게 달린 것보다 곱절 길이는 되는 팔을 쭉 내밀어 죽봉의 끄트머리를 잡은 사람은 다름 아닌 변출봉이었다. 동무수가 인상을 와락 찌푸리며 소리쳤다.

"놓게!"

"다음 대 방주가 될 친굽니다. 잘 보이진 못할망정 때려서야 되겠습니까?"

변출봉이 히죽거리며 달랬지만 동무수는 좀처럼 노기를 풀려 하지 않았다.

"자넨 키 작은 설움을 몰라! 자넨 키다리 소리에도 한 번 웃고 끝낼 수 있지만 난 아니라고! 내, 다음 대에 방에서 쫓겨나는 한이 있더라도 지금은 저 되바라진 놈에게 땅딸보로 사는 설움이 뭔지 똑똑히 가르쳐 줘야겠네!"

둘이 공칭共稱으로 놀림을 받더라도 더 기분 나쁜 쪽이 있다. 남는 쪽보다는 모자란 쪽이 그럴 테니, 아무래도 땅딸보 소리가 더 섧게 들리는 모양이었다.

"흠! 제자야, 네가 심했던 것 같다. 어서 사과드려라."

조금 전 웃은 게 찔린 탓일까? 우근은 은근한 목소리로 중재를 권했고, 황우는 얼른 두 사람을 향해 고개를 숙였다.

"아저씨들께서 너무 친해 보이시는 게 샘이 나서 그만 입방정을 떨었네요. 어린놈이 촐랑거리는구나 하고 그냥 예쁘게 봐 주셨으면 좋겠네요."

"흥, 널 예뻐하느니 차라리 밭 가는 황소를 예뻐하겠다."

"밭에 있는 황소도 소고 여기 있는 황우도 소니, 둘 중 하나만 예뻐하시면 둘 다 예뻐하시는 셈이네요. 음머어!"

안 그래도 소를 닮은 황우였다. 그런 놈이 소 울음을 길게 뽑으며 고갯짓까지 쳐 대니 이마에 뿔만 안 달렸을 뿐 영락없는 황소라. 동무수는 우습기도 하고 어이없기도 하여 울상에 어울리지 않게 실소하고 말았다.

"관두자, 관둬! 내가 어린놈 붙잡고 뭐하는 짓이냐."

"헤헤, 용서해 주시는 걸로 알겠네요."

황우가 넉살 좋게 웃으며 뒤통수를 긁었다.

소란스럽던 분위기가 가라앉자 우근이 변출봉을 돌아보며 물었다.

"감시하느라고 고생이 많군. 밥은 제때 먹었나?"

"먹고살자고 하는 짓인데 끼니 거르면 쓰겠습니까?"

변출봉이 히죽거리며 대답하자 우근이 고개를 무겁게 끄덕였다.

"아주 좋은 말이야. 일도 중요하지만 끼니를 거르면 절대 안되지. 그래, 별다른 움직임은 안 보이고?"

이들 개방의 네 거지들이 서 있는 언덕 아래엔 커다란 장원한 채가 자리 잡고 있었다. 이곳 지현이 상부에서 파견 나온 추관을 위해 제공했다는 바로 그 별장이었다. 새 부리처럼 툭 튀어나온 언덕의 턱 밑엔 커다란 밤나무들이 적당한 간격으로 서있어 딱히 애 쓰지 않아도 아래로부터의 시선을 차단해 주었다. 장시간 숨어서 감시하기에는 이보다 좋은 곳을 찾기도 어려울 터였다.

변출봉이 노루처럼 길쭉한 목을 앞으로 구부려 아래쪽을 바라보며 말했다.

"아침나절 형방주부가 한두 차례 들락거린 것 외엔 들어간 사람도, 나온 사람도 없습니다."

"형방주부?"

"예, 최가 성을 쓰는 늙은이인데, 무슨 떡고물이라도 떨어지길 바라는지 알랑방귀가 이만저만이 아니더라고요."

"흠, 그 노인네는 감감무소식이고?"

우근이 물었다. 그 노인네란 물론 어제저녁 저 별장으로 들어간 모용풍을 가리켰다. 강호의 배분을 따지면 이런 식으로 불러선 안 되는 줄 알지만, 젊을 적 사부에게 들은 말 탓인지 이상하게도 모용풍에게만큼은 떠받드는 소리가 잘 안 나왔다.

"그렇습니다."

변출봉이 대답하자 우근은 확인하듯 재차 물었다.

"혹시 뒷문으로 나갔는데 못 보았거나 그런 건 아니지?"

변출봉은 고개를 도리도리 저었다.

"그럴 리가요. 저 별장에 관해서라면 개구멍 하나하나까지 훤하거든요. 사람이 드나들 수 있는 모든 경로마다 제자들을 배치해 두었지요. 제 이름을 걸고 장담하건대 형방주부 한 놈을 제외하곤 아무도 출입하지 않았습니다."

천하의 온갖 직업 중에서 가장 궁한 것이 거지일진대, 거지의 이름 따위에 무슨 값어치가 나간다고 저리 큰소리치는 걸까? 우근은 픽, 웃고는 다시 물었다.

"자네 집도 아닌데 어떻게 개구멍 하나하나까지 훤해?"

이 물음에 답한 사람은 동무수였다.

"저 집의 전 주인 덕분입니다."

"전 주인?"

"후덕한 어른이라 명절이며 잔치 때마다 거지들을 불러 한 끼 배불리 먹여 주셨지요. 참 좋았어요. 그분 계실 적엔 말이죠."

우근의 얼굴이 환해졌다.

"그런 보살 같은 분이 계셨군. 근데 그런 분이 집은 왜 팔게 되었지?"

"망했으니까요."

"망해?"

우근이 깜짝 놀라자, 동무수는 가뜩이나 울상인 얼굴을 더욱 시무룩하게 만들며 설명을 시작했다.

"포목 장사를 크게 하던 분인데 가게에 불이 난 모양이에요. 그것도 하필이면 춘절春節(음력 1월 1일)을 앞두고요. 그래도 대목 장사는 해야겠기에 전장의 돈을 융통해서 물건을 마련하려 했나 봐요. 근데 재수가 없으려면 뒤로 자빠져도 코가 깨진다고, 하나뿐인 조카 놈이 그 돈을 훔쳐 튀었지 뭐예요. 그 어른이 늘 그막에 들인 첩년하고 함께요."

"이런 찢어죽일 연놈들을 봤나!"

"그러게 말이에요. 어쨌거나 돈은 없어졌죠, 전장 놈들은 매일같이 찾아와 악다구니를 써 대죠. 그 어른, 시름시름 앓더니만 결국은 저 집을 내놓고 이 고장을 뜨고 마셨죠. 그렇게 내놓은 집을 여기 지현의 장인 되는 작자가 헐값에 샀는데, 아, 이놈이 보통 고린 게 아니더라고요. 연못을 파느니 태호석을 실어 오느니, 제집 꾸미는 데는 수천 냥을 퍼부으면서도 우리에겐 글쎄 동전 한 닢 적선해 주지 않더라니까요."

우근은 두 주먹을 불끈 쥐고 부들부들 떨다가 끝내는 버럭 소리를 질렀다.

"우라질! 거지 대접하는 분은 쫄딱 망하는데 거지 무시하는 놈은 떵떵거리고 살아? 대체 하늘이란 게 있긴 있는 거야? 있다면 어떻게 들리는 소리마다 이 모양이지?"

그때 황우가 우근의 소매를 슬며시 잡아당겼다. 우근이 황우를 돌아보며 눈을 부라렸다.

"왜 그래?"

"저기 누가 오네요."

우근은 황우가 가리키는 곳을 바라보았다. 관도에서 갈라져 별장으로 들어오는 길에 뿌연 먼지가 일고 있었다.

"저놈들은 뭐야?"

우근이 신경질적으로 묻자 변출봉이 재빨리 대답했다.

"말을 탄 사람들입니다."

"말을 탄 사람인 줄 몰라서 물은 줄 알아? 뭐 하는 놈들이냐, 이 말이야!"

천도天道에 배신당한 것이 못내 분한 듯 우근은 엉뚱한 사람에게 화풀이를 하고 있었다.

공연히 나섰다가 한소리 들은 변출봉이 히죽거리는 얼굴로도 무안해하는데, 이번에도 동무수가 거들고 나섰다.

"진무표국眞武鏢局 사람들이군요."

"진무표국?"

"예, 표기鏢旗를 내걸었어요."

우근은 손차양을 만들어 유심히 살펴보았다. 과연 행렬 중간에서 달리는 이두 마차의 지붕에 커다란 흑기 하나가 걸려 있는 것이 보였다. 맞바람을 받아 세차게 펄럭이는 검은 기폭엔 번쩍이는 금실로 구사이신龜蛇二神이 수놓여 있었다.

구사이신은 진무선인을 호위하는 영수로 알려져 있었다. 그리고 진무선인은 무당산을 지킨다는, 그래서 무당선인이라고도 불리는 전설 속의 천신이었다. 하지만 강호 물을 먹는 자에게 있어 무당산은 곧 무당파, 게다가 우근에게는…… 빌어먹을 무당파였다!

뿌드득!

여러 단계의 연상이 찰나에 이어지며 우근은 거칠게 이를 갈았다. 독중선도 밉지만 무당파도 만만치 않았다. 아니, 가증스럽기로 말하자면 무당파가 더했다. 그날 무당산의 세 관문을 통과하며 고생한 걸 떠올리면 자다가도 벌떡 일어나는 그가 아니던가!

"어?"

그러다가 문득 이상하다는 생각이 들었다. 우근은 잠시 멍청한 표정이 되었다가 황우를 돌아보며 물었다.

"우리가 여기 왜 왔지?"

황우가 뻔한 걸 왜 묻느냐는 듯 눈을 끔뻑이며 대답했다.

"그야 모용 대협을 구출하기 위해 왔네요."

"그래, 그 노인네를 구출하기 위해 왔지. 그런데 그 노인네는 왜 저 별장에 간 거지?"

"정확한 속내야 모르지만 독중선 때문이 아닐까 싶네요."

"맞아, 독중선의 흔적을 탐문한답시고 설치던 노인네였으니까, 저 별장에 들어간 이유도 분명 그것과 연관이 있겠지. 그런데 하필이면 저 별장으로 무당파 떨거지들이 들어간다? 그것도 그 노인네가 저 별장 안에서 감감무소식이 된 지 만 하루도 지나지 않아서?"

우근의 말에 황우가 고개를 갸웃거리며 이견을 꺼내 놓았다.

"진무표국이라면, 국주인 벽강신검劈岡神劍 하일장河一壯이 무당의 속가제자이긴 해도 전부 무당파라고 보기는 힘들 것 같네요. 오대표두五大鏢頭들 중에도 무당과 인연이 있는 사람은 유운검流雲劍 곽종郭宗 하나뿐이고……."

"대가리가 무당파면 몽땅 무당파지 무슨 잔소리가 이리 많아!"

호통 한 번으로 잘난 체하는 제자를 야코죽인 우근은 밤송이처럼 까칠한 턱수염을 슬슬 문지르며 누구에게랄 것 없는 질문을 던졌다.

"이상하잖아? 무당파의 앞마당에선 독중선의 독이 나타나더니만, 독중선이 지나간 자리엔 무당파 떨거지들이 나타나? 우연도 이런 우연이 있을까?"

대답은 이미 나와 있었다. 우근은 사건의 결정적인 단서를 발견한 포쾌처럼 눈을 빛냈다.

"잘 오셨소."

빈실로 들어온 조명무는 두 팔을 벌려 환대의 뜻을 드러냈다. 다탁 앞에 앉아 있던 흑삼인이 자리에서 급히 일어서며 그를 향해 읍례를 올렸다.

"진무표국에서 온 초증산楚增山이 추관 대인을 뵙습니다."

나이는 사십 대 중반쯤. 사방으로 뻗친 밤송이 수염에 이목구비 또한 여간 우락부락한 것이 아니어서, 표물을 지키는 사람이라기보다는 표물을 노리는 산적처럼 보이는 사내였다.

"오! 누구신가 했더니 오대표두의 한 분이신 대력진천부大力震天斧 초 대협이셨구려. 뵙게 되어 반갑소이다."

조명무가 포권하며 말했다. 자신을 알아봐 준 것이 기꺼웠던지 초증산의 얼굴에 커다란 웃음꽃이 벙긋 피어났다. 성정이 생김새와 그리 다르지 않다는 증거이리라.

"자, 앉읍시다."

조명무는 손짓으로 자리를 권한 뒤 다탁 앞에 자리를 잡았다. 그는 초증산이 앉기를 기다려 은근한 목소리로 물었다.

"하 국주님께선 강녕하신지?"

초증산이 웃음기 가시지 않은 얼굴로 대답했다.

"환갑이 내일모레인데도 아직 정정하시지요. 안 그래도 이번에 직접 오시겠다며 나서시는 것을 저희 표두들이 말리느라고 애 좀 먹었습니다."

"하하! 노익장이라더니 그 어른을 두고 나온 말인가 보오. 그 어른이 직접 오실 것까지야 있겠소? 도끼질 한 번으로 하늘을 떨쳐 울린다는 초 대협 한 분이면 차고도 넘칠 게요."

"국주님께서 여러 차례 말씀하셨습니다. 추관 대인께선 여느 의뢰인과는 차원이 다른 분이니 의뢰를 받음에 있어서 한 치의 소홀함도 없도록 주의하라고 말입니다."

조명무는 고개를 저으며 담담히 말했다.

"사람 하나를 옮기는 일이오. 소홀하고 말고 할 것도 없소."

초증산의 눈이 번쩍 빛났다.

"사람을 호위하는 일입니까?"

조명무가 한쪽 눈썹을 슬쩍 찡그렸다.

"글쎄…… 호위라기보다는 압송이라고 하는 편이 옳을 것 같소. 태원부의 문 어른께서 반드시 생포해야 한다고 말씀하신 자니까."

순간, 조명무는 초증산의 어깨가 흠칫 떨리는 것을 놓치지 않았다. 이는 태원부의 문 어른이 누구인지 알 뿐만 아니라, 지극히 어려워하고 있다는 뜻이었다.

'무당파의 늙은 말코가 아랫것들 교육을 제법 잘 시킨 모양이군.'

조명무가 이번 일을 위해 굳이 진무표국을 골라서 청한 것은, 그 위치가 이곳에서 가깝다는 이유에서만은 아니었다. 진무표국의 국주 하일장으로 말할 것 같으면 무당파 장문도장인 현학진인의 사제가 되는 위인. 진무표국이 일천한 연혁에도 불구하고 이 호광 땅에서 둘째가라면 서러워할 표국으로 성장한 데에는 친정뻘 되는 무당파의 보살핌이 적잖이 작용했음은 물론이었다.

　그런 진무표국에도 커다란 위기가 닥친 적이 있었다. 북경의 거상 왕고에 의해 단행된 경제 보복 조치가 바로 그것이었다.

　용봉단에 의해 아들을 잃은 왕고가 용봉단을 후원한 모든 백도 문파들을 향해 경제 전쟁을 선포하고 나섰을 때만 해도, 대다수 강호인들은 사태의 심각성을 그리 깊이 인식하지 못했다. 왕고의 이름이 먹히는 곳은 금전이 오가는 시전이지 창칼이 오가는 강호가 아니라고 생각했기 때문이다. 그러나 그것은 잘못된 생각이었음이 곧 밝혀졌다. 먹지 못하면 굶을 수밖에 없고 입지 못하면 벗을 수밖에 없는 것은 평민이나 강호인이나 마찬가지이기 때문이었다.

　시전과 강호에 양쪽 발을 공평하게 걸친 진무표국의 경우, 왕고의 조치로 인해 받는 현실적인 타격은 더욱 지독했다.

　조치가 떨어진 지 사흘이 지나지 않아 의뢰받는 표물의 양이 반 토막으로 잘려 나갔다. 그러더니만 반 토막 남은 것마저도 차츰 줄어들어 열흘 뒤엔 가문 날 얕은 연못처럼 완전히 말라 버렸다. 그동안 비축해 둔 여윳돈이 바닥나는 데 석 달이 걸렸고, 표사와 쟁자수爭子手(표국에서 짐을 나르거나 수레를 모는 인부)의 수가 절반으로 줄어드는 데 또 한 달, 그리고 다시 한 달이 지난 작년 동짓달에는 국주 하일장의 막내딸이 약속한 지참금을 마련하지 못해 파혼당하는 일까지 벌어지기 이르렀다. 하일장이 애지중지하던 수석과 분재 들이 자취를 감춘 것과 마나님이 틈틈이 사 모은 도자기며 패물 들이 동이 난 것은 그보다 훨씬 전의 일. 가을 작황이 그리 나쁘지 않아 백성들은 여느 해보다 푸근한 겨울을 맞이할 수 있었지만, 진무표국 사람들에게 있어 지난겨울은 너무도 춥고 혹독하기만 했다.

그러던 진무표국에 봄볕처럼 따스한 구원의 손길이 내려왔다. 곡식과 자금을 지원해 주겠다는 현학진인의 편지가 도착한 것이다. 세상에 이런 감로수가 또 있을까? 주리고 헐벗음에 지칠 대로 지친 하일장은 이 편지 한 장에 원기충천, 한달음에 무당산을 올라갔다. 상청궁 앞뜰에 산처럼 쌓여 있는 노적가리를 보았을 때, 그리고 사형인 현학진인이 내민 한 주머니의 황금을 받아 들었을 때, 하일장은 환갑 가까운 나이에도 불구하고 왈칵 눈물을 쏟고 말았다.

그 노적가리와 황금의 출처가 바로 태원부 문 어른이었다.

하일장이, 그리고 진무표국이 어찌 어려워하지 않겠는가!

"본관이 직접 압송함이 옳은 줄은 알지만, 아시다시피 요즘 몸을 뺄 수 있는 상황이 아니라서……."

조명무가 적당히 거드름을 피우며 말했다.

"공사다망한 대인께서 어찌 그 먼 길을 오가실 수 있겠습니까? 그런 일이 있다면 마땅히 저희들에게 맡기셔야지요. 죄인을 압송하는 일인 줄 알았다면 인원을 더 데려올 걸 그랬습니다."

초증산이 우락부락한 인상에 걸맞지 않게 소심한 목소리로 말했다.

"몇 명이나 데려오셨기에?"

"표물이 마차 한 대 분이라는 최 주부의 말에 마부 빼고 다섯 명을 데려왔습니다. 부족하다 생각하시면 지금이라도 표국에 전갈을 보내어 인원을 충원하도록 하겠습니다."

최 주부란, 오늘 아침 조명무가 진무표국으로 심부름 보낸 형방주부 최집을 가리켰다.

조명무는 빙긋 웃었다.

"은밀할수록 좋은 일이니 다섯이면 과하지도 모자라지도 않은 수라고 생각하오."

초중산의 얼굴이 밝아졌다.

"그 대신 다섯 명 모두 믿을 만한 아이들입니다. 웬만한 녹림 패거리는 얼씬도 못 할 겁니다."

"호오, 한 주먹이 열 주먹 못 당하는 법인데, 떼거지로 덤벼들면 곤란하지 않겠소?"

조명무가 짐짓 걱정하는 체 고개를 갸웃거리며 물었다.

"그, 그건…… 하지만 그래도……."

초중산이 난색을 지으며 쉬 대답하지 못하자, 조명무는 표정을 풀며 웃음을 터뜨렸다.

"하하! 그럴 때를 대비하여 다 생각해 둔 게 있으니 너무 염려 마시오."

그러면서 품에서 작은 죽부竹符 하나를 꺼내 내미는데, 그것을 본 초중산은 또 한 번 흠칫 어깨를 떨었다.

"이건…… 칠성부七星符가 아닙니까?"

조명무가 죽부를 초중산의 손에 쥐어 주며 말했다.

"표국 분이라 그런지 과연 한눈에 알아보시는구려. 녹림의 맹주 격인 칠성노조의 칠성부요. 녹림도가 출몰해도 이 칠성부만 보여 주면 알아서 물러날 것이오. 단, 잃어버리면 안 되는 물건이니 표행을 마친 뒤에는 태원부의 문 선생께 반드시 반납해 주기 바라오."

"그야 여부가 있겠습니까. 그런데……."

초중산의 말끝이 길게 늘어지자 조명무는 눈썹을 살짝 찡그렸다.

"궁금하신 것이라도 있소?"

"이 물건이 어떻게 대인의 수중에 있는지 알 수 있을까요?"

초증산은 들고 있던 칠성부를 이리저리 돌려보다가 물었다.

'이거야 원……'

조명무는 수염을 매만지며 실소를 참았다. 천한 것들은 이래서 문제였다. 조금만 부드럽게 대해 주면 금세 제 주제를 잊고 맞먹으려 드는 것이다.

"그것 말고 더 알고 싶은 것은 없소?"

조명무의 물음에 초증산은 잠시 생각하다가 입을 열었다.

"솔직히 말씀드리면 태원부로 압송할 죄인이 누구인지도 알고 싶습니다."

조명무는 웃음기 배인 눈으로 초증산의 얼굴을 빤히 바라보다가 손가락을 세워 까딱거렸다. 초증산이 반색을 띠며 얼굴을 바짝 들이댔다. 그 귓전에 입을 가져다 댄 조명무가 나직이 속삭였다.

"혹시 낚시를 좋아하시오?"

"예?"

뭔가 비밀스러운 대답을 기대했던 초증산이 얼빠진 얼굴로 눈을 끔뻑였다.

"낚시를 하다 보면 간혹 주둥이가 떨어져 나간 물고기가 걸려 올라오기도 하오. 예전에 누군가에게 한번 낚였다가 빠져나간 놈인데, 제 버릇을 못 고치고 다시 미끼를 물고 만 것이오. 난 그런 물고기를 볼 때마다 이런 생각이 들더구려. 만수무강에 지장을 주는 병 중에 호기심처럼 고치기 힘든 병도 드물구나, 하는 생각 말이오."

초증산은 여전히 영문을 모른 채 눈만 끔뻑일 따름이었다.

"태원부로 압송할 죄인이 누구인지 알고 싶다 하셨소?"

초증산이 고개를 끄덕이자 조명무는 빙긋 웃으며 덧붙였다.

"알지 말아야 할 것을 안 사람이오."

이 말의 의미를 잠시 곱씹어 보던 초증산은 이내 화들짝 놀라는 얼굴이 되었다. 그 얼굴에다 대고, 조명무는 못질이라도 하듯 말했다.

"참고로 말하면, 그 사람은 지금 송장이나 다름없는 신세가 되어 있소. 그리고 태원부로 압송되면 살점이 저며지고 근맥이 잡아 뽑히는 고문을 당하게 될 것이오. 물론, 알지 말아야 할 것을 안 죄로."

초증산은 식은땀을 뻘뻘 흘리다가 다탁에 이마를 쾅쾅 내리찧기 시작했다.

"용서를! 제가 큰 실수를 범했습니다!"

조명무는 호탕하게 웃었다.

"하하! 옛말에도 잘못을 범한 줄 모르는 것이 진짜 잘못이라고 하지 않소. 그런 의미에서 나는 초 대협을 사귈 만한 가치가 있는 분으로 보고 있소."

초증산은 고개를 뻣쩍 치켜들고 절절한 목소리로 부르짖었다.

"부족하다 내치지만 않으신다면 이 초증산, 신명을 받쳐 대인을 보필하겠습니다!"

조명무는 과분하다는 듯 손을 내저었다.

"관과 강호는 본디 강물과 우물물 같은 관계거늘, 나 같은 오리배汚吏輩가 어찌 초 형 같은 호걸을 거느릴 수 있겠소? 지금처럼 도움 줄 일이 생기면 나 몰라라 하지 않고 서로 돕고 살면 그것으로 충분할 것이오. 안 그렇소?"

어느새 호칭도 바뀌어 있었다. '초 형'이라는 친근한 칭호에 초중산은 그만 눈물까지 찔끔 흘리고 말았다.

"먼 길을 오느라 피곤할 텐데, 오늘은 이곳에서 여독을 풀고 내일 아침 일찍 출발하도록 하시오. 태원부에 무사히 도착하면 문 어른께서 후한 상을 내리실 것이오."

조명무가 말했다.

"명대로 따르겠습니다!"

초중산은 다시 한 번 고개를 조아리며 복명의 뜻을 표했다. 이 집에 들어올 적엔 그래도 당당한 강호인이던 그가 지금은 어느새 조명무의 수족처럼 변해 있었다. 그사이 조명무가 행한 수고는 별것 아니었다. 그저 말 몇 마디로부터 약점을 잡아 말 몇 마디로 그 약점을 까발려 주었을 뿐이다.

취칭악호의 저울질이란 이처럼 고명했다. 재물이면 재물, 사람이면 사람. 대상이 무엇이든 일단 저울에 걸린 이상, 그의 뜻대로 재어지고 마는 것이다.

(3)

땅거미가 짙어지고 있었다.

날이 저물면 좀 나아지겠지 생각했지만 대기는 여전히 후텁지근하기만 했다. 내륙의 날씨란 더울 땐 더 덥고 추울 땐 더 추운 법. 본격적인 더위가 시작되려면 아직 멀었건만 날씨는 벌써부터 중생들의 숨을 턱턱 막히게 만들었다. 뽕나무 밑에서 부채질하는 늙은이는 저녁 생각도 안 드는지 자리에서 일어날 줄을 모르고, 길가에 엎드린 누렁이는 목매단 송장처럼 혓바닥을 길게 빼물고 있었다.

"벌써 이러니 올여름은 어찌 날꼬?"

이 노인李老人은 혼잣말을 중얼거리며 오늘 하루 그의 엉덩이를 받쳐 준 조그만 나무 의자에서 일어섰다. 어느덧 가게 문을 닫을 시간이었다.

이 노인은 여름이 싫었다. 더위에 쉬 지치는 체질 탓도 있거니와 가게 때문에라도 더욱 그러했다. 그가 경영하는 가게는 조그만 포목점. 성시대처盛市大處의 포목점이야 날씨와 무관하게 먹고살 수 있었다. 그런 데 사는 사람들은 여름에도 하늘하늘 야들야들 비싼 옷감들로 옷을 지어 입으니, 파는 입장에선 오히려 쏠쏠하다 할 것이다. 그러나 이곳은 성시대처가 아니다. 날씨가 조금만 더워지면 반벌거숭이로 다니는 놈들 천지인 이곳에서, 여름철 포목점은 파리 날리기에 딱 좋은 업종인 것이다.

"에구구."

가게 문에 덧대는 네 쪽 널빤지 중 마지막 한 쪽만을 남겨 둔 이 노인이 앓는 소리를 토해 냈다. 십여 근 무게밖에 나가지 않는 널빤지지만 나이가 나이인지라 뼈마디가 시큰거렸다.

"침이라도 맞아야…… 아니, 그것도 안 되겠군."

이 고을 의원이라곤 이미 씨가 마른 뒤였다. 생사람 한둘은 잡은 적이 있는 돌팔이들을 제외하면 말이다. 그 생각을 하니 또 속이 쓰렸다. 여느 초상이라면 수의壽衣에 쓸 삼베만 해도 여러 필 들 터였다. 그러나 일가가 몰살당해 거둬 줄 이 없어진 시신에게 누가 수의를 지어 입히겠는가. 전부 입던 옷 그대로 입관했으니 결국 재미를 본 것은 관짝 지어 파는 장의사들뿐. 포목점 주인으로선 문자 그대로 경화수월鏡花水月, 거울에 비친 꽃이요, 물 위의 뜬 달이었다.

"차라리 보이지나 않으면 속이라도 편하지."

이 노인은 혼잣말을 중얼거리며 주먹을 등 뒤로 돌려 결리는 허리를 툭툭 두들기기 시작했다. 의원다운 의원이 다시 이 고을에 자리 잡을 때까지는 허리가 아무리 결려도 마누라가 해 주는 찜질로 버틸 도리밖에 없었다. 이 더위에 찜질이라니! 받는 이 노인도 고역이거니와 해 주는 마누라도 짜증스럽긴 마찬가지일 터였다.

이래저래 여름이 더욱 싫어진 이 노인은 장탄식을 내뱉은 뒤, 결린 허리를 애써 구부려 마지막 널빤지를 쳐들었다. 그의 등 뒤에서 굵고 느릿한 목소리가 들려온 것은 바로 그때였다.

"허리가 안 좋으신 모양이네요."

이 노인은 널빤지를 도로 내려놓고는 뒤를 돌아보았다. 참으로 괴상하게 생긴 젊은 놈 하나가 가게 앞에 서서 그를 바라보고 있었다. 머리에 뿔만 안 달렸을 뿐, 멀찌감치 떨어진 미간이며 펑퍼짐하게 퍼진 콧등이 흡사 서유기에 등장하는 우마왕牛魔王이 현신한 듯했다. 눈매가 유순해 흉악한 느낌은 주지 않는 것이 그나마 다행이랄까.

"나보고 한 말인가?"

이 노인이 묻자 우마왕은 고개를 끄덕였다.

"그러네요."

"그래? 내게 무슨 용무라도 있는가?"

"필요한 물건이 있어서 이렇게 찾아왔네요."

이 노인은 눈살을 찌푸리고 우마왕의 전신을 훑어보았다. 꼬질꼬질한 폐의에 발가락이 삐져나온 짚신을 보니 뭐 하는 놈인지 대충 짐작이 갔다. 이 노인은 뜨악한 목소리로 우마왕에게 물었다.

"무슨 물건이 필요한데?"

"자투리 검포黔布나 있으면 좀 얻어 갔으면 하네요."

흰 베에 계수나무나 상수리나무 등에서 뽑은 염료를 물들여 검게 만든 것이 검포였다. 천 중에서 흔한 것이 베요, 색깔 중에서 흔한 것이 검은색이거늘, 포목점에 자투리 검포가 어찌 없겠는가. 문제는 아무리 자투리라도 엄연히 돈 받고 파는 물건이란 데 있었다.

"있긴 있지. 한데 돈은 가져왔나?"

"안 가져왔네요."

우마왕이 히죽 웃으며 당연하다는 듯이 대답했다.

이 노인은 자신의 짐작이 맞았음을 확인할 수 있었다. 우마왕은 거지였다. 그것도 무척이나 뻔뻔스러운 거지.

"돈 없으면 못 주네."

이 노인은 칼로 자르듯 말했지만, 이 한마디로 뻔뻔스러운 거지를 쫓아 보낼 수 있다고는 믿지 않았다. 아나나 다를까.

"일 전을 적선하시면 팽조彭朝 같은 수명을 누리시고, 이 전을 적선하시면 도주공陶朱公 같은 부귀를 누리실 거네요. 그러지 말고 적선 좀 베풀어 주시면 고맙겠네요."

일 전에 팔백 살을 살고 이 전에 만석군이 된다는 우마왕의 말에 이 노인은 코웃음이 절로 나왔다.

천성이 매정한 것은 아니었다. 늙고 헐벗은 거지를 보면 잔돈푼이나마 던져 준 적도 제법 되었다. 그러나 이번엔 아니었다. 뼈마디 부실한 늙은이도 먹고살자고 이 고생이거늘, 황소처럼 튼튼한 젊은 놈이 공으로 빌어먹으려는 꼴은 정말이지 봐줄 수가 없었다.

"일 없네. 가 보게."

물론 우마왕은 가지 않았다. 이 노인은 아예 무시하기로 작정하고 놈으로부터 등을 돌렸다. 밤새도록 거기 서 있어 보라지. 문 잠그고 가 버리면 제깟 놈이 설마 도적질이야 하겠는가.

우마왕은 도적질을 하지는 않았다. 주둥이를 쉴 새 없이 놀렸을 뿐이다.

"공자님께서 말씀하셨네요. 선행을 하는 자는 하늘이 복으로 갚고 악행을 하는 자는 하늘이 화로 갚는다고요. 저승 곳간을 채우는 셈치고 적선 좀 베풀어 주시면 고맙겠네요."

이어…….

"공자님께서 또 말씀하셨네요. 큰 도가 행해지면 자기 자식만을 자식으로 여기지 않는다고요. 자식이라 생각하시고 적선 좀 베풀어 주시면 고맙겠네요."

그다음…….

"공자님께선 역易(주역)을 통해서도 말씀하셨네요. 선행을 쌓으면 가문 대대로 좋은 일이 있다고요. 후손분들을 생각해서라도 적선 좀 베풀어 주시면 고맙겠네요."

공자님이 욕보신다는 생각을 하며, 이 노인은 마지막 널빤지를 문에 덧댔다. 이제 널빤지들을 가로질러 빗장만 걸면 끝이었다.

"아! 연세 지긋하신 분께는 가급적 삼가려고 했는데, 결국 사부님께 배운 걸 써먹을 도리밖에 없나 보네요."

우마왕이 구슬픈 탄식을 내뱉었다.

이 노인은 빗장을 걸다 말고 귀가 솔깃해졌다. 대체 뭘 써먹겠다는 말일까? 다음 순간, 사나운 가락에 실린 우렁찬 노랫소리가 후텁지근한 땅거미 속으로 울려 퍼졌다.

연꽃이 떨어지네, 연꽃이 떨어지네.

한 잎 두 잎 연꽃이 떨어지네.

어수룩한 손님들을 등쳐 먹은 죄인들아,

흰쌀밥에 비단옷이 즐겁다고 웃지 마라.

머리 붉은 적발귀赤髮鬼에 얼굴 검은 흑검귀黑臉鬼

소 대가리 우두귀牛頭鬼에 말 대가리 마면귀馬面鬼

한 손엔 쇠도리깨 한 손엔 구리 몽치

십팔 층 지옥에서 목 빼고 기다리니,

한빙옥寒氷獄은 천지사방이 얼음 바다

됫박 말을 속여 판 놈 추위에 벌벌 떨고

탈각옥脫殼獄은 인피人皮로 옷 짓는 곳

대자 곱자 속여 판 놈 껍질이 벗겨지고

추장옥抽臟獄에선 콧구멍으로 갈고리를 쑤셔 넣어

저울 눈금 속여 판 놈 오장육부 뽑혀지네.

연꽃이 떨어지네, 연꽃이 떨어지네.

한 잎 두 잎 연꽃이 떨어지네.

이 노인은 빗장을 쥔 손이 부들부들 떨리는 것을 느꼈다. 대자 곱자를 다루는 게 바로 포목점이니, 저 노래인즉슨 그가 죽으면 탈각옥에서 껍질이 벗겨질 거라는 얘기가 아니겠는가!

"이 흉측한 놈이 이젠 대놓고 악담을 하는구나!"

분기탱천한 이 노인은 허리 아픈 것도 잊은 채 빗장을 번쩍 치켜들었다.

"잘하면 사람 잡으시겠네요."

우마왕은 굼떠 보이는 얼굴과는 달리 날렵하게 몸을 움직여

이 노인의 허리를 끌어안았다.

"이, 이놈이?"

단단히 옥죄인 허리도 허리거니와, 콧구멍으로 밀려들어 오는 지독한 악취에 이 노인은 졸도할 지경이 되어 버렸다.

"그러니까 듣기 좋은 말로 할 때 알아서 적선해 주시면 얼마나 좋아요?"

우마왕은 넉살 좋게 지껄이며 이 노인의 허리를 죄는 두 팔에 더욱 힘을 주었다.

"아쿠쿠! 나 죽네!"

어느 순간, 이 노인의 입에서 자지러지는 비명이 터져 나왔다. 척추를 타고 저릿저릿한 느낌이 요동을 치고 다니는가 싶더니만 갑자기 엉덩이 밑부분으로 맥이 탁 풀려 버리는 것이었다.

이 노인은 겁이 덜컥 들었다. 가뜩이나 부실한 허리, 이대로 있다가는 영영 못 쓰게 될지도 몰랐다.

"알았다, 알았어! 검포를 내줄 테니 제발 이 팔 좀 풀어라!"

"헤헤, 영감님 품이 참 따듯하네요."

그냥 놔주면 말을 삼킬지도 모른다고 걱정한 걸까? 우마왕은 이 노인의 허리를 끌어안은 채 등줄기며 옆구리 이곳저곳을 마음껏 주무르다가, 이 노인의 입에서 비명이 몇 번 더 나온 뒤에야 옥죄고 있던 팔을 풀어 주었다.

이 노인은 실 끊어진 인형처럼 그 자리에 풀썩 주저앉았다. 만일 우마왕이 재빨리 부축해 주지 않았다면 단단한 흙바닥에 꼬리뼈를 상했을지도 모른다.

"이제 검포를 주셔야지요."

우마왕이 히죽 웃으며 말했다. 이 노인은 우마왕을 노려보며 빗장을 쥔 손에 다시금 힘을 주었다. 정작 주고 싶은 것은 검포가 아니라 몽둥이찜질이었다. 그러나 빗장 하나 들었다 하여 기운도 장사인 젊은 놈을 어쩐 못할 것 같았다. 공연한 짓을 벌였다가 한 번 더 끌어안자고 나오면, 그땐 정말 울화통이 터져 죽을 것 같았다.

"알았으니까 저 널빤지나 걷어라."

이 노인이 체념한 목소리로 말했다.

"헤헤, 결자해지結者解之라고, 영감님께서 내건 물건이니 영감님께서 치우시는 쪽이 낫겠네요."

우마왕이 바닥에 주저앉은 이 노인을 번쩍 일으켜 세웠다.

"아이쿠! 난 지금 다리가 풀려서 꼼짝할 수…… 어라?"

앓는 소리를 늘어놓던 이 노인의 두 눈이 휘둥그레졌다. 놈에게 붙잡혔을 때만 해도, 아니 놈과 만나기 전에도 시원치 않던 허리였다. 그랬던 허리가 지금은 무슨 조화인지 한창 시절처럼 쌩쌩하게 느껴지는 것이었다.

"어라? 어라?"

이 노인은 어라, 소리를 연발하며 널빤지들을 걷어 내기 시작했다. 평소 버겁던 널빤지가 종잇장처럼 가볍게 여겨졌다. 허리가 믿을 수 없을 만큼 탄력 있게 움직여 주고 있었다.

'착한 일을 하려고 생각하니 정말로 복을 받았나 보다!'

공자님께서도 말씀하셨다지 않던가. 선행을 하는 자는 하늘이 복으로 갚는다고 말이다.

"제가 힘들까 봐 혼자서 다 걷어 주시고, 정말 후덕하신 어른이시네요. 자손 대대로 수복강녕壽福康寧하시길 빌어 드리겠네요."

우마왕의 칭송을 들으며 이 노인은 황금처럼 찬란한 열락으로 마음이 충만해지는 것을 느낄 수 있었다. 우마왕이 얻어 간 검포가 꽤나 푸짐했음은 말할 필요도 없으리라.

여담이지만, 이 노인의 허리는 보름을 못 가 예전 상태로 돌아갔다. 간단한 추궁과혈追宮過穴로 골수에 뿌리박힌 염증을 뽑아내기엔 턱없이 부족하기 때문이다. 이 노인은 다시금 시큰거리는 허리를 두드리며 실망했고, 조금은 낙담하기도 했다. 그래도 천성이 순박한 사람인지라, '내 선행이 하늘을 감동시키기에 부족했구나!' 깊이 반성하고는, 이후 주리고 헐벗은 사람들을 볼 때마다 자비의 손길을 내밀기에 주저하지 않았다.

마음이 가벼우면 삶이 넉넉해지는 법. 단사표음簞食瓢飲에 거친 베옷도 빈한한 이웃과 나누고 또 베푸니, 급기야 궁해도 궁함을 모르고 고돼도 고됨을 잊는 그윽한 경지를 노닐게 되었다.

성현의 가르침이란 이렇듯, 좋아서 손해 보지는 않는 것이다.

━━◈◈◈━━

조명무가 머물던 별장에서 북쪽으로 이백 리가량 떨어진 곳에는 야트막한 고개 하나가 자리 잡고 있었다. 선창부와 원양부員陽府를 구분하는 경계선이기도 한 그 고개는 경사가 완만하고 길도 널찍해 말을 탄 사람이 애써 말에서 내리지 않고도 단번에 넘을 수 있었다. 삽사파馺娑坡라는 고개 이름도 바로 거기서 유래한 것이다.

자고로 낮은 산엔 맹수 없고 순한 고개엔 산적 없는 법.

그래서 초중산을 위시한 진무표국의 사내들은 제집 뒷동산을 오르듯 편안한 마음으로 삽사파를 오를 수 있었다. 말을 탄 채로도 넘을 수 있으니 딱히 힘들 것도 없었다. 때는 농번기라 인적 뜸한 것이 더욱 좋았다. 나뭇가지 위에서 지저귀는 산새들의 노랫소리며 길섶에서 뛰노는 다람쥐들의 재롱은 길 떠난 사내들의 굳은 얼굴마저도 스르르 풀리게 만들어 주었다. 아! 참으로 운치 있는 길이었다…….

그놈들이 나타나기 전까지는 말이다.

"호북의 진무표국에서 잔뼈가 굵은 초증산이라 하오. 실례가 되지 않는다면 어느 산채에서 내려오신 호걸들인지 알 수 있겠소?"

초증산은 고갯길을 가로막고 선 무리를 향해 목소리 높여 물었다. 사실 무리라고 부르기에도 뭣했다. 머릿수도 넷밖에 안 되는 데다 복면을 제외한 기타 차림새가 심히 꾀죄죄하여, 한눈에 봐도 전문적인 녹림도도 못 되는, 어제까지만 해도 어느 담벼락 밑에서 빌어먹던 놈들이 분명했기 때문이다. 하기야 춘궁기 보낸 지가 얼마 되지 않는 만큼 빌어먹던 놈들 중에서 뺏어먹기로 작심한 놈들이 얼마쯤은 나올 법도 했다.

"우리 사는 데가 어딘지는 알 필요 없고, 너희들에겐 볼일 없으니 그 마차나 놔두고 어서 가 봐라."

넷 중 오른쪽 끝에 서 있던 놈이 한 발짝 나서며 굵은 목소리로 응대해 왔다. 근육으로 뭉친 우람한 팔뚝이며 바위처럼 떡 벌어진 가슴이 제법 꺽져 보이는 놈이지만, 진무표국 오대표두 중 한 사람인 초증산의 눈엔 범 무서운 줄 모르고 왈왈거리는 하룻강아지에 불과할 수밖에 없었다.

초증산은 고개를 들어 하늘을 바라보았다. 태양이 머리 꼭대기를 지나쳐 있었으니 중화참을 대기에 이른 시각이 아니었다. 고갯마루 너머에 괜찮은 샘이 있다고 하니 한시바삐 당도하여

허한 위장을 달래고 싶었다.

'그냥 밟고 지나갈까?'

그러고 싶은 마음이야 굴뚝같았다. 그러나 표행에 나선 지 이제 겨우 이틀째가 아니던가. 보안에 신중을 기해 달라는 조명무의 당부가 아직도 귓전에 생생했다.

"녹림처사의 행사에도 법도란 게 있거늘 어찌 이리 막무가내로 구시오? 바라건대 자비심을 발휘하여 좋게 해결하는 쪽으로 합시다."

그냥 사라져 준다면 적선하는 셈치고 두어 냥 던져 줄 용의도 있었다. 오대표두 중 가장 성질이 급하다는 초증산으로선 참으로 드물게 보이는 호의가 아닐 수 없었다. 그러나 하룻강아지들은 초증산의 호의를 무참히 짓밟았다. 하기야 그래서 하룻강아지지 달리 하룻강아지겠는가.

"더운데 자꾸 말 시키지 말고 얼른 꺼지기나 해라."

꺽진 놈이 파리라도 쫓듯 손을 홰홰 내저으며 말했다.

초증산은 하늘을 향해 한바탕 대소를 터뜨리고는, 뒤를 돌아보며 호기롭게 외쳤다.

"말이 통하지 않는 미물들은 채찍을 휘둘러 쫓을 수밖에! 얘들아, 준비해라!"

"예!"

우렁찬 대답과 함께 초증산의 뒤에 있던 다섯 명의 표사들이 일제히 말에서 뛰어내려 병장기를 뽑아 들었다. 조명무에게 장담했던 대로 알짜배기들로만 구성된 표행이었다. 웬만한 녹림도 한둘쯤 때려눕히는 건 다섯 명 각자에게 일도 아닐 터였다.

"인생이 가련한 놈들이니 목숨은 남겨 주도록!"

초증산의 말이 떨어지기가 무섭게 다섯 명의 표사들은 산자락을 쩌렁 울리는 요란한 함성과 함께 앞으로 달려 나갔다.

"이야압!"

표사들의 위풍당당한 뒷모습에 초증산은 흐뭇한 미소를 떠올렸다. 본래 녹림도의 침습을 받으면 표물 주위를 떠나지 않는 게 표행의 기본 수칙임을 잘 아는 그이지만, 이번만큼은 신경 쓰지 않아도 괜찮을 듯싶었다. 표행을 가로막은 적당의 몰골은 그만큼이나 가소로웠던 것이다.

그런데 웬걸?

우지끈, 뚝딱 소리가 요란한 가운데 추수 끝난 논바닥에 볏단 쌓이듯 하나씩 던져져 포개지는 건 초증산이 그토록 믿어 마지않던 표사들이었던 것이다!

더욱 놀라운 사실은 적당 중 절반은 손가락 하나 까딱하지 않았다는 점이다. 나머지 절반, 오로지 키다리와 땅딸보 둘이서 진무표국의 일급 표사 다섯을 순식간에 걷어 치운 것이다. 그것도 차마 병기라고 부를 수도 없는 대나무 몽둥이만으로 말이다.

"저, 저런……!"

분노했다기보다는 어처구니가 없어 말도 제대로 못 하는 초증산을 향해, 아까 문답에 나선 꺽진 놈이 성큼성큼 다가오기 시작했다. 혼자서 상대하겠다는 뜻일까? 표사들을 상대한 길고 짧은 두 놈과는 달리, 놈에게선 그 흔한 대나무 몽둥이 하나 보이지 않는데도?

꺽진 놈의 뒤에 달라붙어 있던, 복면 쓴 머리통만 봐도 왠지 모르게 굼뜬 느낌을 주는 또 다른 놈이 그 느낌만큼이나 굼뜬 목소리로 말했다.

"아직 완전히 낫지도 않으셨잖아요. 제가 상대하는 편이 낫겠네요."

꺽진 놈이 걸음을 멈추고 굼뜬 놈을 돌아보았다.

"날 어떻게 보고 하는 소리야? 저따위 잔챙이는 사흘 굶었어도 문제없다고! 넌 어서 가서 마부 놈이나 잡아!"

생전 처음 경험하는 지독한 모멸감이 여러 해 평온무사하던 자존심에 날벼락처럼 내리꽂혔다. 초증산의 양 볼따구니가 주체 못 할 만큼 와들와들 떨렸다. 잔챙이라니! 진무표국의 오대 표두가 세상 어느 곳에서 이런 취급을 당해 봤겠는가!

"이놈!"

마상에 앉아 볼따구니만 떨던 초증산이 어느 순간, 등자를 박차며 몸을 날렸다. 언제 뽑아 든 걸까? 허공을 쏘아 가는 그의 손에는 시퍼렇게 날이 선 양인철부兩刃鐵斧가 쥐어 있었다.

꺽진 놈이 초증산을 향해 고개를 돌렸다. 복면의 눈구멍 안에 자리 잡은 부리부리한 눈으로 감탄의 기색이 슬쩍 떠올랐다.

"죽엇!"

초증산은 우렁찬 노호성과 함께 꺽진 놈의 머리통을 향해 양인철부를 맹렬하게 내리찍었다. 한데 솥뚜껑처럼 거무튀튀한 무엇인가가 눈앞에 어른거리는가 싶더니만, 놈의 머리통을 두 쪽으로 갈라 놔도 시원찮은 양인철부가 엉뚱하게도 그의 손아귀를 벗어나 허공 저 멀리 날아오르는 것이었다. 그러고 보니 그 직전 빵, 하는 쇳소리가 울린 것 같은 기분이 들었다. 놈은 분명 맨손이었는데?

이거 예사 놈이 아니구나, 심장이 덜컥 내려앉는 기분이 들었다. 이만한 능력을 지녔다면 녹림의 본산 칠성채에서도 손꼽히는 강자일 터. 아니, 칠성노조 본인은 되어야 이런 신위를 보일 듯싶었다.

'어, 어서 칠성부를……!'

그러나 손을 품에 집어넣을 새도 없이 숨통이 컥 막혀 왔다. 코끼리에 가슴이 밟힌 기분이었다.

　'제, 젠장! 꺼내지도 못했는데……'

　그게 다행인 줄은 꿈에도 몰랐을 것이다. 만일 칠성부를 꺼내 보여 주었다면 몇 대는 더 맞았을 것이 분명하니까.

　쿵!

　배를 위로 한 채 아래로 떨어지던 초증산은 단단한 흙바닥에 뒤통수를 세게 찧었다. 하지만 이미 의식을 잃은 그는 아무런 고통도 느낄 수 없었다.

　"아이고, 아파라!"

　쓰고 있던 복면을 벗어 던진 우근은 오른손을 흔들어 털며 오만상을 찡그렸다. 그의 발치엔 의식을 잃은 초증산이 대자로 뻗어 있었다.

　"산적처럼 생겨 먹은 놈이라 그런지 기운도 장살세그려."

　손 흔들기를 멈춘 우근은 손바닥을 내려다보며 투덜거렸다. 그의 손바닥에는 못 보던 손금 하나가 불그스름하니 새겨져 있었다.

　초증산의 도끼에 실린 역도는 대력진천부라는 별호에 부끄럽지 않는 강맹한 것이었다. 그러나 천하의 개방 방주를 어쩌기엔 턱없이 부족했다. 조금 전 우근이 펼친 연환삼초連環三招는 실로 눈부셨다. 산의 굳건함으로 보호한 우장으로써 도끼날을 막고, 바람의 날렵함을 실은 좌장으로써 도끼 자루를 쳐 날린 뒤, 재차 우권을 창처럼 찔러 초증산의 가슴팍 세 군데 요혈을 단숨에 제압하니, 우근이 어째서 당대 제일의 권사拳師로 꼽히는지를 여실히 보여 주는 대목이라 아니할 수 없었다.

저만치서 황우가 다가왔다. 그의 어깨엔 부대처럼 축 늘어진 사내 하나가 걸려 있었다.

"그놈은 뭐야?"

"사부님께서 잡으라고 하신 마부네요."

황우는 어깨에 메고 있던 사내를 초증산의 몸뚱이에 포개 쌓은 뒤, 우근의 손바닥을 힐끔거렸다.

"괜찮으신지 궁금하네요."

우근은 손바닥을 얼른 등 뒤로 감추며 큰소리를 쳤다.

"괜찮지 않으면! 내가 표사 하나 못 당해 쩔쩔맬 줄 알아?"

"대력진천부 초증산이면 표사가 아니고 표두네요."

"송사리나 미꾸라지나 잔챙이긴 매한가지지. 근데 넌 왜 아직 그걸 뒤집어쓰고 있어?"

우근은 재빨리 화제를 돌렸다. 일이 끝나기가 무섭게 복면부터 집어 던진 우근과는 달리, 황우는 여전히 시커먼 복면을 뒤집어쓰고 있었다.

"헤헤, 제가 이런 새 옷을 언제 또 입어 보겠어요? 조금 더 입고 있겠네요."

'미친 놈, 복면도 옷이냐?'라는 소리가 나올 법도 하건만, 우근은 조금 다르게 생각했다. 비록 얼굴은 삭았어도 이제 막 약관을 넘긴 황우였다. 좋은 옷 높은 관으로 한창 멋 부리고 싶은 나이에 페포파립弊袍破笠 다 떨어진 짚신으로 다니려니, '내 팔자 왜 이 모양일까?' 하는 자괴심이 있을 법도 했다. 더구나 다음 대 개방 방주로 내정된 이상 전직轉職도 불가능할 터. 쯧쯧, 가여운 놈 같으니라고.

"자네들도 새 옷이 좋은가?"

우근은 널브러진 표사들을 땅바닥에 한 줄로 늘어놓던 키다리와 땅딸보, 변출봉과 동무수에게 물었다.

"한번 거지면 영원한 거진데 그럴 리가 있겠습니까?"

두 사람은 앞을 다투어 쓰고 있던 복면을 벗었다.

"아! 버리지 말고 날 줘."

두 사람으로부터 복면을 받아 든 우근은 자신이 바닥에 팽개친 복면까지 집어서는 한데 포개어 황우에게 내밀었다.

"이거 다 모으면 속곳 한 장은 나올 게다. 검은색이라 때도 안 탈 테니 지어 입고 다녀라."

황우는 우근이 내민 복면들을 넙죽 받았다.

"이른바 십시일반十匙一飯에 온고이지신溫故而知新이네요."

문자에 조금만 밝아도 두 번째 용례에는 문제가 있음을 쉽게 알 터이나, 그런 쪽으로는 거리가 먼 우근이었다.

"자, 그럼 슬슬 승리감에 취해 볼까나?"

개방 방주씩이나 되어 가지고 표두 하나 때려눕힌 일로 승리감 운운한다면 남 보기 창피한 일. 그러니 승리감의 대상은 당연히 초증산이 아니었다. 우근은 쓰라린 오른 손바닥을 바지춤에 쓱쓱 문지른 다음 마차 쪽으로 다가갔다.

"어험! 안에 누구 계시오?"

우근이 마차에 대고 외쳤다.

"대답할 수 있는 형편이면 얌전히 갇혀 있지도 않겠네요."

복면을 벗고 뒤따라온 황우가 속살거렸다.

"하긴 그렇군. 그럼 어서 들고 나오라고."

"알겠네요."

황우가 마차 문을 열고 안으로 들어갔다. 잠시 후 황우는 강시처럼 뻣뻣하게 굳은 노인 하나를 나무꾼 통나무 메듯 어깨에 척 걸쳐 메고는 마차 밖으로 나왔다. 바로 순풍이 모용풍이었다.

모용풍을 대한 우근의 눈이 휘둥그레졌다.

"어? 이 영감, 언제 외팔이가 됐지?"

황우가 대답했다.

"작년인가 비각 놈들에게 당했다고 하네요."

"근데 왜 이리 뻣뻣해? 설마 벌써 명줄을 놓은 건 아니겠지?"

"송장을 옮겨다 무엇에 쓰겠어요. 당연히 명줄은 붙여 두었겠네요. 그나저나 조금 심하게 뻣뻣하긴 하네요. 어디⋯⋯."

황우는 모용풍을 바닥에 눕힌 뒤 맥을 짚어 보았다. 어릴 적부터 이것저것 가리지 않고 닥치는 대로 공부한 그인지라 의술 방면에 대해서도 웬만한 의원 못지않은 지식을 지니고 있었다. 하지만 그런 방면으로 배운 게 짧은 우근으로선 제자 곁에 서서 쥐 죽은 듯 기다릴 수밖에 없었다.

"모용 대협께서 말년에 욕 보셨네요. 혈도만 제압당한 게 아니라 산공독도 먹인 모양이네요."

오랜 진맥 끝에 황우가 밝힌 소견이었다. 우근이 버럭 소리를 질렀다.

"나쁜 놈들 같으니라고! 노인네를 외팔이로 만든 것도 모자라 독까지 먹이다니!"

"다행히 점혈한 수법이 썩 고명하진 않네요. 산공독이야 어쩌지 못하지만, 혈도는 저도 풀 수 있겠네요."

황우는 엄지를 인지와 중지 밑으로 집어넣은 채로 주먹을 말아 쥐더니, 뾰족 튀어나온 손가락 마디로 모용풍의 전신 이곳저곳을 내리찍기 시작했다.

우근은 눈살을 찌푸렸다. 너무 아파 보였기 때문인데, 황우는 한술 더 떠 모용풍을 뒤집어 엎드리게 한 뒤 등짝 여기저기도 사정없이 후려 패는 것이었다.

"노인네 다치겠다. 웬만하면 살살 좀 해라."

"살살 하면 효과가 없네요."

건성으로 대꾸한 황우는 마지막으로 모용풍의 양다리를 활짝 벌린 뒤 허벅지 깊숙한 곳, 이른바 회음혈會陰穴에다가 위력적인 일격을 먹였다. 그 기세가 어찌나 흉포한지 우근은 두 눈을 질끈 감고 말았다.

"꺽!"

땅바닥에 붙어 있던 모용풍의 고개가 번쩍 쳐들리더니 단말마 같은 비명과 함께 시커먼 피 화살이 쭉 뿜어 나왔다.

"이제야 풀렸나 보네요."

황우가 들고 있던 복면 쪼가리들로 이마를 훔치며 말했다.

"이, 이봐, 설마 후사後嗣를 끊어 놓은 건 아니겠지?"

우근이 걱정스러운 얼굴로 물었다.

"후사 걱정할 나이는 아닌 것 같네요."

황우의 능청스러운 대답이었다.

"근데 왜 안 깨지?"

"쯧쯧, 이틀 넘게 막혔던 기혈인데, 혈도가 풀렸다고 순식간에 정상으로 돌아올 리는 없을 거네요."

우근의 무지가 안쓰럽다는 듯 혀까지 찬 황우는 죽은 듯 엎어져 있는 모용풍을 세워 앉히고는 팔다리를 주무르기 시작했다.

잠시 후 모용풍의 창백한 얼굴에 불그레한 기운이 도는가 싶더니 이윽고 입술이 벌어지며 트림처럼 걸쭉한 한숨이 흘러나왔다.

"후우으하아……."

"이제야 통기通氣가 됐나 보네요."

황우가 반색을 하더니 모용풍의 어깨를 흔들었다.

"모용 대협, 정신이 드세요?"

굳게 감겼던 모용풍의 눈까풀이 천천히 들렸다.

"아, 정신이 드셨나 보네…… 어이쿠!"

황우가 돌연 뒤통수를 감싸며 모용풍의 품으로 고꾸라졌다. 모용풍은 그런 황우를 냅다 밀친 뒤, 자리에서 일어섰다. 국부에 입은 손해가 작지 않은 듯 사타귀를 한껏 당긴 자세. 오른손엔 고구마처럼 둥그스름한 돌멩이 하나가 쥐어 있었다.

"천하에 고얀 놈 같으니라고! 어른의 몸뚱이를 장난감 다루듯 가지고 놀고서도 뭐가 어쩌고 어째? 후사 걱정할 나이는 아니라고?"

코앞에서 펼쳐진 기막힌 광경에 우근은 바보처럼 입을 헤벌렸다. 조금 전까지만 해도 송장과 진배없던 모용풍이 침방울을 튀기며 고래고래 악을 쓰는 것도 이해하기 힘든 일이거니와, 아무리 화가 났기로서니 생명을 구해 준 은인의 뒤통수를 돌멩이로 내리찍다니!

모용풍이 고개를 홱 돌려 우근을 바라보았다. 섬뜩하게 번들거리는 그 눈빛에 우근은 자신도 모르게 한 발짝 뒤로 물러났다.

그런 우근을 향해 모용풍이 한 자씩 짓씹듯이 말했다.

"소아귀少餓鬼야, 오랜만이구나."

세월의 두꺼운 각질에 덮여 있던 가슴 아픈 기억이 되살아났다. 에, 그러니까…….

……지금으로부터 이십오 년쯤 전일 게다. 사부인 금정화안 신개를 좇아 모용풍에게 밥 한 끼 얻어먹은 때가 말이다. 지금 생각하니 내세울 만한 변변한 요리 하나 없는 싸구려 식탁이

었다. 접대랍시고 그런 걸 내민 주제에 뭐? 어린놈 식탐이 유별 나다나? 그러면서 붙여 준 별명이 바로 저 소아귀였다. 식탐 안 부리는 거지가 세상천지에 어디 있다고!

모용풍이 다시 말했다.

"늙은이 후사까지 걱정해 줘서 무척 고맙구나, 소아귀야."

그러나 전혀 고마워하지 않는 것이 분명하니, 말 한마디 할 적마다 소아귀야 소리를 반드시 끼워 넣는 것만 봐도 짐작할 수 있었다.

우근은 어색한 헛기침으로 대충 얼버무리려고 들었다.

"흠흠! 제가 원래 노인에 대한 공경심이 많잖습니까. 흠! 그 나저나 그 경황에도 별 얘기를 다 들으셨네요."

모용풍이 웃었다. 친근함은커녕 소름이 오싹 돋는 웃음이 었다.

"소아귀야, 내 별명이 뭔지 잊었느냐? 난 귀가 무척 밝은 편 이란다, 소아귀야. 덕분에 영감이니 노인네니 하는, 공경심이 라고는 눈곱만치도 찾아볼 수 없는 소리까지 하나도 빠짐없이 들을 수 있었단다, 소아귀야."

혈도가 완전히 봉쇄된 상태에서 어떻게 소리를 들을 수 있었 는지에 관해선 하나도 궁금하지 않았다. 중요한 점은, 승리감은 고사하고 본전도 못 건질 판국이 되었다는 것이다. 우근은 등덜 미가 축축하게 젖어드는 것을 느꼈다.

"그나저나 빌어먹고 사는 놈답지 않게 번쩍거리는 허리띠를 두르고 다닌다고 들었는데, 그 허리띠는 어디다 풀어 놓고 왔 느냐?"

우근은 새끼줄로 대충 동인 자신의 허리를 힐끔 내려다본 뒤 대답했다.

"그게 요사이엔 신분을 감춰야 할 필요가 있어서……. 금방 다시 찰 겁니다."

"흐흐, 애들처럼 겉멋 부리는 걸 좋아하는 모양이구나. 철 좀 들어라, 철 좀."

우근의 얼굴에 있는 근육들이 실룩거렸다.

"거, 겉멋이라고요?"

"왜? 그럼 그게 겉멋이 아니란 말이냐?"

이때 우근으로서는 정말 다행히도 제삼자가 끼어들어 주었다.

"다행히 무사하셨군요."

쭈뼛쭈뼛 다가와서 머리를 꾸벅 조아린 사람은 사흘 전 건평현의 한 반점 앞에서 모용풍으로부터 개방의 흑화가 새겨진 국수 그릇을 받은 적이 있는 홀쭉한 거지, 바로 변출봉이었다.

"어, 자네로군."

모용풍은 표독스럽던 인상을 풀고 변출봉에게 알은체를 했다. 변출봉을 따라온 동무수도 두 손을 모아 흔들었다.

"처음 뵙습니다, 모용 대협."

모용풍은 두 거지들의 얼굴을 번갈아 살피더니 고개를 끄덕였다.

"누군가 했는데 이제 보니 변 노대와 동 노대의 자손들이시군. 선친분들과는 몇 번 인사를 나눈 적이 있다네. 거지들답지 않게 화통한 분들이셨지."

어떻게 알았는지 신기했던 것일까? 변, 동 두 거지는 눈을 동그랗게 뜨고는 서로를 돌아보았다.

'어떻게 알긴? 척 보면 알지.'

그 모습을 본 우근이 내심 이렇게 생각하는데, 모용풍의 시선이 다시 그에게로 옮겨 왔다. 눈빛이 아까보다는 많이 부드러워져 심중의 노기가 대부분 풀렸음을 알 수 있었다.

"소아귀야, 오늘이 며칠이냐?"

우근은 황급히 손가락을 꼽았다.

"그러니까 에…… 유월 열여드레, 아니 열아흐렌가?"

"열아흐레네요."

뒤통수를 부여잡고 일어서던 황우가 우근을 거들었다.

"뒤통수는 괜찮으냐?"

병 주고 약 준다더니, 모용풍은 하나뿐인 손으로 황우의 머리통을 잡고 이리저리 돌려 보며 걱정해 주는 듯이 물었다. 황우는 감히 싫다 내색하지 못하고 그 손길에 머리통을 맡긴 채 커다란 눈만 끔뻑일 따름이었다.

"거죽이 질겨서 그런지 혹만 조금 났구나. 빌어먹고 살기엔 큰 지장 없겠다. 그건 그렇고 오늘이 열아흐레라고?"

황우가 고개를 끄덕였다.

"예."

"내가 그놈에게 당한 때가 열엿새 저녁이니 만 사흘이 조금 못 되었구나. 닷새는 걸릴 줄 알았는데 그만하면 너희 거지들도 쓸 만한 편인 게다."

우근이 황급히 물었다.

"하면 정말로 일부러 잡히신 겁니까?"

"그게 아니면, 산공독을 푼 줄 뻔히 아는 차를 왜 두 잔씩이나 받아먹었겠느냐? 배가 고파서? 내가 소아귀, 넌 줄 아느냐?"

모용풍이 우근에게 쏘아붙였다.

"제자도 있는 데에서 너무 몰아붙이지 마십시오."

우근이 황우를 힐끔거리며 불쾌한 기색을 드러내자 모용풍이 코웃음을 치며 우근의 머리 쪽으로 손바닥을 내밀었다.

"소아귀, 너도 이젠 머리가 제법 커졌다 이거지?"

"흠! 어흠!"

우근은 점잖은 헛기침과 함께 머리통을 쓰다듬으려는 모용풍의 손길을 피했다. 모용풍은 그런 우근을 가소롭다는 듯이 바라보다가 한숨을 폭 내쉬고는 말투를 조금 고쳐 말했다.

"고 방정맞은 주둥이를 생각하면 종아리를 쳐서라도 버르장머리를 고쳐 주고 싶다만, 먼저 간 일 형—兄의 낯을 봐서 내가 참겠네."

모용풍이 입에 담은 존칭 같지 않은 존칭은 우근의 마음을 숙연하게 만들었다. 아, 불쌍한 사부!

우근의 사부는 생전에 본명으로 불리는 것을 유난히도 싫어했다. 오죽하면 묘비에서조차도 본명을 빼 달라는 유언을 남겼을까. 우근은 그런 사부를 이해할 수 있었다. 여섯 자나 되는 별호가 금빛 불빛으로 번쩍거려 봐야 무슨 소용 있겠는가. 본명은 달랑 두 자, 소일小─이 전부인데. 남들 다 달린 성姓조차 없었다. 작을 소에 한 일. 작고 적게 살라는 얘긴지, 원.

대체 누가 사람의 이름을 이따위로 지었을까? 아쉽게도 사부 본인도 정확히 알지 못했다. 갓난아기 시절 다리 밑에 버려진 사부를 개방의 거지 몇 명이 거둬 키웠다 하니, 그중 한 명의 솜씨로 추측할 따름이었다. 그래도 그렇지, 소일이 뭐람. 조금 전 모용풍이 한 소리를 들어 보라! 아무리 높여 불러 봤자 일 형이 한계가 아닌가!

그 이름대로 살지 않았으니 망정이지, 만일 그 이름대로 작고 적게 살았다면 사부는 결코 개방 방주 자리에 오르지 못했을 테고, 그나마 사부의 자존심을 세워 주던 금빛 불빛으로 번쩍거리는 별호와도 인연을 맺지 못했을 것이 분명했다.

　선대의 아픔은 후대에게 교훈을 주는 법. 그래서 우근은 부랄 밑에 거웃이 돋을 무렵부터 두지도 않은 자식 놈 이름을 지어 가지고 다녔다. 큰 대에 일만 만, 우대만于大萬. 지금은 벌써 열한 살이었다.

　"한데 조명무란 놈의 정체는 뭡니까? 왜 모용 대협에게 해코지를 하려 한 거죠?"

　변출봉의 질문에 우근은 퍼뜩 정신을 차렸다. 그 또한 못내 궁금해하던 점이었다.

　"비이목秘耳目이라고 들어 봤나?"

　모용풍의 반문에 변출봉이 고개를 갸웃거리는데, 아는 것 많은 황우가 냉큼 대답하고 나섰다.

　"비각이 천하 각처에 깔아 놓은 밀정 조직을 비이목이라고 부르네요."

　모용풍이 눈을 크게 뜨며 감탄했다.

　"히야, 거지들 귀도 제법 밝은걸."

　대답한 쪽은 황우건만 우쭐거린 쪽은 우근이었다.

　"본 방의 정보력을 무시하면 곤란합니다. 과거 선배께서 계주로 계시던……."

　모용풍이 우근의 말허리를 점잖게 자르고 들어왔다.

　"방주 대접 제대로 받고 싶으면 숙부라고 부르게."

　"에…… 과거 숙부님께서 계주로 계시던 그곳도 이 계통에선 제법 이름이 알려졌다고 하지만, 그래도 수많은 방도를 거느린 본 방과는 비교할 수 없겠지요. 흠!"

　우근은 능청스러운 미소로 말을 마무리했다. 당초 그가 모용풍에게 버릇없이 군 것도, 그리고 모용풍을 상대로 승리감을 맛

보고자 했던 것도, 근본을 따지고 보면 강호 제일의 정보통 자리를 뺏기지 않으려는 경쟁심에서 비롯된 일이었다.

당금 천하에서 가장 정보력이 뛰어난 집단은 개방이었다. 이는 소림도 인정하고 무당도 인정한, 세상이 주지하는 사실이었다. 그러나 과거로 거슬러 올라가면 꼭 그렇지만은 않았다. 일부 배때기에 기름 낀 족속들은, '하지만 진짜 질 좋은 정보를 얻으려면 돈이 좀 들더라도 그들을 찾아가야지'라며, 정보를 모으는 일이라면 발싸개 해지는 걸 두려워하지 않는 만천하 거지들의 노고를 싸구려로 폄하했던 것이다. 개방에서는 결코 인정하려 들지 않지만, 개방보다 고급 정보를 다룬다고 알려진 집단, 정보 상인들의 비밀 결사체인 황서계黃書契가 바로 그곳이었다.

지금은 비록 유명무실해져 존재 여부조차도 확인되지 않지만, 십여 년 전만 해도 황서계는 개방에 견줄 만한 정보 집단임에 분명했다. 그런데 당시 황서계의 계주가 바로 모용풍이니, 개방 방주 우근이 어찌 경쟁심을 느끼지 않겠는가 말이다.

그런데 우근과는 달리, 모용풍 쪽에선 그다지 경쟁심을 느끼지 않는 모양이었다.

"황서계가 풍비박산 난 게 벌써 오래전 일이네. 이제 와서 어디가 더 나은지를 따지는 게 무슨 의미가 있겠는가."

모용풍의 이 말은, 우근으로 하여금 자신이 품었던 치졸한 호승심을 가슴 깊이 반성하도록 만들 만큼 구슬프게 들렸다. 모용풍이 옳았다. 이미 세상에서 사라진 것을 상대로 호승심을 불태우는 것은 무의미할 뿐만 아니라 잔인하기까지 한 짓이었다.

"아, 조명무의 정체가 뭔지 물었지? 놈은 비이목 중에서도 거물급에 속한다네. 강남과 강북을 관장하는 두 총탐總探 중 강북총탐직을 맡고 있다더군.”

모용풍의 말에, 변출봉이 경탄했다.

“아이고! 남들은 하나 갖기도 어려운 귀한 직업을 둘씩이나 꿰차고 있다니, 정말 복도 많은 작자로군요.”

“부러우면 자네도 한번 해 보지그래?”

우근이 이죽거렸다. 흠칫 놀란 변출봉은 특유의 샐샐거림으로 위기를 벗어났다.

“원, 방주님도. 탐관오리의 가맛방석이 아무리 푹신하다 해도 개방 부분타주의 거적때기만이야 하겠습니까?”

우근은 변출봉을 한 번 더 째려본 뒤 모용풍에게 물었다.

“놈의 정체를 알아내려고 일부러 당하신 겁니까?”

모용풍은 고개를 저었다.

“놈의 정체도 물론 궁금했지. 하지만 이 목숨까지 걸어야 할 만큼 궁금한 건 아니었네. 내가 진짜로 알고 싶은 건 독중선 군조의 행적이었어.”

모용풍의 입에서 군조의 이름이 흘러나오자 거지들의 얼굴엔 아연 긴장감이 감돌았다.

“그 노독물이 지금 어디 있답니까?”

우근이 물었다.

“어디 있는지는 알아내지 못했네. 하지만 어디로 가는지는 알아냈지. 과연 짐작대로더군.”

“짐작대로라뇨?”

“방주도 조금만 생각해 보면 알 수 있을 걸세. 세상에 다시 나온 군조가 가장 하고 싶은 일이 무엇이겠는가?”

사고의 순발력이 그리 뛰어나지 못한 우근으로선 조금 생각해 보는 정도로는 모용풍의 질문에 대한 답을 얻을 수 없었다.

그러나 모든 거지들이 우근 같은 것은 아니었다.

"복수겠네요."

황우의 대답에 모용풍은 고개를 끄덕였고, 우근은 선 자세로 제 무릎을 철썩 치며 "강동삼수!"라고 부르짖었다. 그러나 그는 곧 머리를 갸웃거렸다.

"하지만 방령 노영웅과 석안 선배는 이미 세상을 떠났고, 일장진삼주—掌震三州 양무청楊武淸, 양 대협도 비각 놈들에 의해 실종된 지 오래인데?"

모용풍은 딱하다는 듯이 혀를 찼다.

"방주는 아직 노독물의 됨됨이를 잘 모르는군. 자신과 아무 원한도 없는 의원을 죽일 때에도 그 씨까지 깡그리 말려 버리는 게 바로 그놈이라네. 원수의 후예가 단 한 명이라도 살아 있는 이상, 복수할 대상을 찾지 못해 고민하진 않을 게야."

우근은 발을 동동 굴렀다.

"큰일이군요. 방 노영웅을 잃은 사자검문은 세력이 많이 약해진 상태고, 강동제일가 또한 가주인 석 아우가 집을 비운 상태인데, 이제 노독물이 강동으로 간다면 어느 누가 대적할 수 있겠습니까?"

모용풍의 눈이 번쩍 빛났다.

"석 아우라면, 강동제일인 석대문 말인가?"

"예, 저와는 호형호제하는 사이입니다."

"빌어먹는 주제에 과분한 아우를 얻었군. 지금 그가 어디 있는지 아는가?"

우근은 잠시 생각하다가 대답했다.

"지금 당장은 아니지만 수소문을 해 보면 곧 알아낼 수 있을 것 같습니다."

"좋아. 그럼 방주는 그를 찾아서 함께 강동으로 가게. 천추의 한을 남기지 않으려거든 최대한 서둘러야 할 걸세."

"하면 숙부님께선?"

이제껏 청산유수로 지껄이던 모용풍이 무슨 영문인지 이 질문엔 선뜻 대답하지 못하고 머뭇거렸다.

"숙부님?"

이를 괴이하게 여긴 우근이 조심스럽게 불렀다. 모용풍은 돌연 땅이 꺼져라 탄식을 토해 냈다.

"인연이란 어찌 이리도 얄궂은가! 만남이 내 뜻대로 되지 않듯 헤어짐도 내 의지와 무관하니, 죽어서 과過 형님의 얼굴을 어찌 대한단 말인가!"

대관절 무슨 소리인지 알 수가 없어 우근으로선 오직 어리둥절할 뿐인데, 그런 그를 돌아보며 모용풍이 사뭇 비장한 목소리로 말했다.

"난 나대로 찾을 사람이 있네."

"누구를 찾으시려고요?"

"그 사람의 이름을 다시는 입에 담지 않기로 맹세했으니, 그저 노독물과의 싸움에 도움이 될 거라는 정도로만 알고 있게."

괴인 소리를 듣는 사람치고 고집 세지 않은 자는 드물었다. 모용풍도 괴인 범주에 속한다는 사실을 잘 아는 우근이기에 그 사람이 누구인지 더 이상 묻지 않았다.

"독 기운이 완전히 가시지 않은 듯한데, 그렇게 움직이셔도 괜찮겠습니까?"

우근이 걱정스러운 얼굴로 묻자 모용풍은 곁에 서 있던 황우를 슬쩍 쳐다보았다.

"정 걱정이 되거든 저놈을 붙여 주게. 소처럼 생긴 것이 다리

아플 때 타고 다니기엔 딱이겠군."

황우의 얼굴이 눈에 띄게 어두워졌지만, 우근은 흔쾌히 승낙했다.

"그 정도야 당연히 해 드려야지요. 제자야, 숙부님을 잘 모셔라."

뒤통수에 혹까지 매단 황우가 어찌 감히 거부하겠는가. 다만 기어들어 가는 목소리로 대답할 따름이었다.

"분부대로 따르겠네요."

곁에 있던 동무수가 고소하다는 듯이 이죽거렸다.

"밭에 있는 황소도 소고 여기 있는 황우도 소라더니만, 그놈의 소, 어르신 태우고 다니느라 고생 좀 하게 생겼구나. 흐흐."

모용풍은 서쪽으로 부쩍 기울어진 태양을 올려다본 뒤, 무거운 목소리로 말했다.

"시간이 촉박하니 각자 찾을 사람을 찾아 어서 떠나도록 하세."

한 식경쯤 지난 뒤.

봇짐 하나 짊어지고 삽사파 고갯마루를 넘던 뜨내기장사치 육 씨陸氏는 방광을 뻐근하게 만드는 요의를 해결할 생각에 길섶 수풀로 다가갔다가, 그 그늘 밑에 차곡차곡 포개진 예닐곱 명의 표사들을 발견하고는 그만 아랫도리를 펑 적시고 말았다.

부활復活

(1)

강서성江西省 구강九江.

　장강의 흰 물결이 여산廬山을 만나 아홉 줄기로 갈라진다 하여 그런 이름이 붙었는데, 옛 이름인 심潯, 혹은 강주江州도 그 연원을 장강에 두고 있었다.

　장강을 통한 운송의 편리함 덕분에 오래전부터 강서성의 관문 역할을 톡톡히 해 온 구강은 한구漢口, 복주福州와 더불어 천하 삼대 차시장이 열릴 만큼 교역이 발달되었을 뿐만 아니라, 토양이 비옥하고 천기 또한 온순한 편이어서 양곡의 생산지로도 이름이 높았다.

　특히 구강은 중당中唐의 시인 백거이白居易가 강주사마江州司馬 자리에 있던 시절, 〈비파행琵琶行〉을 남긴 곳으로 유명하다.

강가 정자에서 맞는 여름밤의 운치는 그윽했다.

해 질 녘부터 불기 시작한 강바람은 낮 동안 무더위에 지친 이들의 몸과 마음을 달래 주었고, 하늘에 걸린 조각달은 거울을 찾는 미녀의 눈썹인 양 장강의 고요한 수면에 교교한 자태를 비추고 있었다.

백거이를 기리기 위해 후세 사람들이 세운 정자의 이름은 비파정琵琶亭. 지금 그 위엔 세 사람이 올라 있었다. 하나는 노인이요, 둘은 젊은이인데, 모두가 탈속 비범하여 고적古跡의 운치를 한층 높여 주는 듯했다.

우리는 하늘 끝을 떠도는 외로운 사람들[同是天涯淪落人]
어쩌자고 서로 만나 알게 되었을까[相逢何必曾相識].

난간에 기대어 〈비파행〉의 한 구절을 읊은 노인이 천천히 신형을 돌렸다. 금빛과 푸른빛으로 나뉜 두 눈은 속세의 인간이 아닌 듯 신비로운데, 일신에 걸친 새하얀 학창의 위론 달그림자처럼 은은한 현기가 일렁거리고 있었다.

독중선 군조.

가난한 과부의 고질적인 관절염을 아무 대가 없이 고쳐 주는 부처의 자비심을 지닌 인물. 그러나 무고한 의원들의 목숨을 아무 이유 없이 앗아 가는 마귀의 잔인함마저도 지닌 불가해不可解한 인물.

과거, 군조가 독문사천왕을 이끌고 세상에 모습을 드러낸 기간은 겨우 일 년에 불과했다. 그러나 그 일 년 사이 자그마치 일천이 넘는 인명이 사라졌다. 고통으로 괴로워하다 그 후에 세상을 뜬 사람까지 합치면 실제 희생자의 수는 곱절에 이를지도 모른다.

군조는 인간들로 하여금 모든 외물外物을 불신하게 만들었다.

함부로 먹지 마라.

함부로 마시지 마라.

함부로 숨 쉬지도 마라.

군조는 이름 그대로 거대한 조수潮水였다. 군조가 활약했던 시기, 강호는 그 조수에 쓸려 공포의 끝없는 심연 속으로 침잠해 들어갔다. 세상에서 모습을 감춘 지 오래인 군조가 아직까지도 강호사마의 한자리를 당당히 차지하고 있는 까닭도, 당시 느낀 공포의 깊이가 그만큼이나 극심했기 때문이리라.

"하늘 끝……. 아아, 하늘 끝이라."

난간 너머 강물을 내려다보며 무거운 탄식을 연거푸 내뱉은 군조는 정자 안에 있는 두 젊은이를 돌아보았다. 화려한 금포를 걸친 귀공자풍의 청년과 불꽃처럼 새빨간 옷을 입은 방년의 소녀가 바로 그들이었다. 군조의 신비로운 눈빛이 그중 소녀의 얼굴에 얹혔다.

"방아, 너는 향산거사香山居士(백거이의 호)가 이 구강을 척박하고 외로운 하늘 끝에 비유한 까닭을 아느냐?"

소녀는 커다란 눈을 깜빡거리며 잠시 생각하다가 대답했다.

"그가 살았던 시기엔 아무래도 이 구강이 지금보다는 낙후되었을 테니까…… 그러니까 천애, 다시 말해 하늘 끝이라고 하지 않았을까요?"

"낙후되었다……. 향산거사의 활동 시기가 지금으로부터 오백 년도 더 전이니 그럴 수도 있겠지. 하지만 주위를 한번 둘러

보아라. 당시 아무리 문물이 낙후되었다손 치더라도 설마 이 수려한 풍광까지 덜했겠느냐? 향산거사 정도 되는 대가가 고작 문물의 성쇠에만 집착했다고는 생각되지 않는구나.”

군조가 동조해 주지 않자 소녀의 눈이 샐쭉해졌다. 눈을 깜빡거릴 때에는 사과처럼 귀엽기만 하더니, 저렇듯 눈을 흘기자 홍시처럼 농익은 교태가 풍겨 나왔다.

그 교태를 음미하기라도 하듯 가늘게 뜬 눈으로 소녀의 얼굴을 바라보던 군조는, 이윽고 시선을 금포 청년에게로 돌렸다.

“동옥아, 네 생각은 어떠하냐?”

금포 청년은 대답 대신 무거운 탄식을 토해 냈다.

“흐음?”

군조가 이를 이상히 여기는데, 금포 청년이 이번에는 기쁜 듯 활짝 웃는 것이었다.

“네 생각을 물었건만, 탄식은 뭐고 또 웃음은 뭐냐?”

군조가 재차 묻자 금포 청년, 독문사천왕의 셋째이자 가짜 환자 노릇을 즐기는 기벽의 소유자 노동옥魯冬玉은 비로소 설명을 시작했다.

“태부太夫로 있던 향산거사가 강주사마로 좌천된 것은 세상이 그의 높은 뜻을 몰라주었기 때문이지요. 낙백한 이의 눈에 그 어떤 풍광이 아름답게 비치겠습니까. 푸른 강물도 쓸쓸할 것이요, 우거진 산천도 적막했겠지요.”

노동옥은 잠시 말을 멈추고 얼굴 가득 구슬픈 기색을 떠올렸다.

“당시 향산거사가 느꼈을 심정을 헤아리니 문득 문주님의 지난 세월이 떠올랐습니다. 문이 자리한 감숙의 오독동천五毒洞天 또한 이곳에 못지않게 수려한 곳이지요. 그러나 삼십 년이 넘는 긴 세월을 와신상담하신 문주님의 성안聖眼엔 다만 쓸쓸하고 적막하게만 비쳤을 겁니다. 그것을 생각하니 저도 모르게 탄식이 터져 나오는 것을 참을 수 없었습니다."

군조는 손뼉을 치며 기뻐했다.

"가섭迦葉은 한 송이 연꽃에서 세존의 마음을 헤아렸다는데, 너는 한 구절 시에서 본좌의 마음을 알아주는구나!"

두 사람의 대화를 듣던 소녀가 입술을 잘근잘근 짓씹더니 노동옥을 향해 물었다.

"오라버니가 탄식한 이유는 알겠어요. 그런데 그다음에 웃은 까닭은 뭐죠?"

노동옥은 소녀의 물음에 대답하는 대신 군조를 향해 물었다.

"문주님께서도 그 까닭이 궁금하십니까?"

군조는 고개를 끄덕였다.

"본좌 또한 궁금하구나."

노동옥은 의미심장한 미소를 지은 뒤, 낭랑한 목소리로 시 한 구절을 읊었다.

자리에 앉은 이들 중 누가 가장 슬퍼할까[座中泣下誰最多]
강주사마 푸른 적삼 흠뻑 젖어 있네[江州司馬青衫濕].

아까 군조가 읊었던 〈비파행〉의 마지막 구절이었다. 노동옥은 고인에 대해 경의라도 표하듯 금포 앞자락을 단정히 여민 뒤, 군조에게 말했다.

"향산거사는 그 뒤로도 권력의 중심부와 거리가 먼 지방관 자리를 전전했지요. 비록 후대의 사람들은 그를 기리며 이두한 백李杜韓白(당나라 때의 4대 시인인 이백, 두보, 한유, 백거이를 병칭하는 말)이

란 말까지 만들어 냈지만, 당시 그가 느낀 울울함을 달래 주지
는 못할 거라 생각합니다."

군조가 공감한 듯 고개를 끄덕이자, 노동옥은 힘 있는 목소
리로 뒷말을 이었다.

"그러나 문주님께선 향산거사와 다르십니다. 묵은 은원을 남
김없이 정리하시어 굽고 그른 모든 것들을 곧고 옳게 고치실 터
이니, 울울함을 품은 채 생을 마감한 향산거사와 어찌 다르다
아니하겠습니까. 제가 탄식한 뒤 웃은 까닭은 바로 이런 이유에
서입니다."

군조는 또 한 번 손뼉을 쳤다.

"허허! 네가 과연 진정한 지음知音이로다! 본좌의 흉중을 이리
도 잘 헤아리니, 본좌가 어찌 너를 아끼지 않을꼬."

노동옥은 겸손히 고개를 숙였다.

"감당하기 힘든 말씀입니다."

눈썹을 찡그린 채 그 모습을 지켜보던 소녀가 사뿐거리는 걸
음으로 군조에게 다가갔다. 그러고는 그의 팔짱을 답삭 끼며 콧
소리를 내기 시작했다.

"아이! 제 앞에서 계속 오라버니 칭찬만 하시기예요? 계속 그
러시면 오늘 밤부턴 다른 여자를 찾아보셔야 할 걸요?"

군조는 두 눈을 크게 뜨며 엄살을 떨었다.

"어이쿠! 방아, 네가 아니면 본좌가 누구와 더불어 소녀채환
대법素女彩幻大法을 수련하라고? 그런 서운한 소릴랑은 두 번 다
시 하지 말거라."

"있는 대로 서운하게 만드실 때는 언제고 이제 와서 서운한
소리를 말라 하시니, 선후가 이처럼 다르신 문주님을 제가 어찌
믿고 따르겠어요?"

"이런, 이런! 본좌는 그저 동옥이에게 칭찬 몇 마디를 했을 뿐이거늘, 네 마음엔 그게 그리도 서운했더냐?"

"흥! 몰라요!"

토라져 고개를 외로 꼬면서도 몸뚱이는 더욱 바짝 붙여 대는 소녀의 모습은 꼭 고목나무에 달라붙은 매미를 연상시켰다. 이들 노소를 바라보는 노동옥의 눈 속에 기이한 빛이 스쳐 지나갔다. 그러나 그는 곧 담담히 웃으며 말했다.

"누이, 문주님께서 내게 내리시는 은총이 아무리 크시다 한들 선골옥체仙骨玉體를 모시고 함께 수련하는 누이에게 비하겠어? 속된 투기심은 골수를 탁하게 만든다는데, 자칫 문주님의 수련에 지장이 있을까 걱정되는군."

이 말에 민감하게 반응한 쪽은 군조였다.

"투기심은 비단 골수를 탁하게 만들 뿐만 아니라 중단전中丹田에 나쁜 화기火氣가 쌓이게 만들지. 방아, 정말로 그렇다면 예삿일이 아니구나!"

독문사천왕의 막내이자, 소녀채환대법이라는 거창한 이름의 방중술房中術을 수련한다는 핑계 아래 밤마다 군조와 잠자리를 함께하는 교방喬芳은 철석도 녹일 듯한 달콤한 눈웃음을 치며 군조의 팔에 매달린 몸을 더욱 밀착시켰다.

"어머나! 우리 문주님께선 참 고지식하시기도 하지. 우스갯소리 한마디에 그렇게 정색을 하시면 소녀가 오히려 무안해지지 않겠어요? 진짜 골수가 탁해지고 중단전에 화기가 쌓였는지, 손수 확인해 보시면 되잖아요."

그러면서 군조의 오른손을 잡아 자신의 봉긋한 젖가슴으로 이끄는데, 앞에 있는 노동옥의 시선 따위는 아랑곳하지 않겠다는 뜻이 역력했다. 그리고 그런 점은 군조도 마찬가지였다. 손

녀뻘밖에 되지 않는 어린 소녀의 젖가슴을 떡 주무르듯 주물럭거리던 군조가 흡족해하며 말했다.

"오! 순음純陰이 순양純陽을 좇아 열락의 꽃을 피우도다! 과연 네 몸 속에 흐르는 영기靈氣는 어젯밤과 다르지 않구나. 네 말이 틀리지 않음을 내 이젠 알겠다. 허! 허허!"

군조가 웃는 사이, 노동옥과 교방의 시선이 한 점에서 부딪쳤다. 사내는 헌앙하고 계집은 미려하나, 서로를 바라보는 시선 속에는 시기와 증오가 칼날처럼 빛나고 있었다.

그런 속내를 아는지 모르는지, 군조가 교방의 젖가슴에서 손을 떼며 물었다.

"한데 네 백부들은 왜 이리 늦는 거냐? 서너 고을 정화淨化하는 일 정도는 한나절로 충분할 텐데?"

노동옥은 안타깝다는 듯이 말했다.

"그래서 제가 돕겠다고 말씀드렸건만 이백께서 군이 거절하시더군요."

"오라버니가 쓸데없는 환자 놀음으로 시간을 낭비하지 않았어도 그러셨을까요?"

교방이 딴죽을 걸고 나섰지만 노동옥은 아무 대꾸 없이 그저 어깨만 으쓱거릴 뿐이었다.

교방은 그런 노동옥을 향해 콧방귀를 뀐 뒤, 군조에게 다시 매달려 아양을 떨었다.

"그런데 요즘 두 분 백부님께서 문주님께 작은 불만이 있으신 것 같더라고요."

학의 깃털처럼 새하얀 군조의 눈썹이 슬쩍 일그러졌다.

"불만이라고? 그 친구들이?"

"백부님들께선 한시바삐 원수들을 찾아가고 싶으신데, 문주님께선 자꾸만 일을 벌이시니……."

교방이 말꼬리를 흐렸다. 군조는 조금 노한 기색으로 주위를 배회하다가 갑자기 큰 탄식을 터뜨렸다.

"안타깝도다! 머리 희도록 사귀어도 진심을 알지는 못하는 게 인간이라더니, 그 친구들마저 내 마음을 몰라줄 줄은 진정 몰랐구나. 원수를 갚아 복수를 이루는 것은 작고도 하찮은 길. 더럽고 비틀린 것을 고쳐 깨끗하고 바른 것으로 만드는 일이야 말로 속세의 허물을 닦아 내고 가련한 중생을 계도하는 크고도 귀중한 길인 것을, 속된 범부들은 제 몸 다치는 줄 모르고 애써 작고 하찮은 길에 집착하는구나."

독의 신선, 군조에게 있어서 가장 더러운 것은 의醫요, 가장 깨끗한 것은 독毒이니, 독으로써 의를 멸하면 그것이 곧 정화요, 중생계도였다.

과대망상이라고 아니할 수 없는 군조의 탄식에 노동옥과 교방의 얼굴엔 가소로워하는 기색이 떠올랐다. 물론 그 기색은 선명하지도, 오래가지도 않았다. 두 사람에게 있어서 군조는, 과거에도 그랬거니와 지금도 여전히 손가락 하나만으로 모든 것을 앗아 갈 수 있는 절대적인 존재였다. 진짜 신선처럼 말이다.

그때 정자 아래로부터 유부사자의 것을 닮은 가늘고 음산한 목소리가 울려 왔다.

"인주야차人蛛夜叉가 존귀하신 문주님께 아뢰옵나이다. 지국천왕持國天王과 광목천왕廣目天王께서 방금 도착하셨나이다."

진심을 알아주지 못하는 속된 범부일망정 머리 희도록 사귀어 준 공로만큼은 외면할 수 없는 모양인지, 군조는 반색을 하며 목소리가 울린 쪽을 향해 외쳤다.

"왔으면 어서 들어오지 않고 왜 밖에 있다더냐?"

정자 아래에서 인주야차의 목소리가 다시 들려왔다.

"손님을 모시고 오신지라 문주님의 윤허를 기다린다 하셨나이다."

"손님?"

"비이목의 강북총탐이라고 하셨나이다."

군조의 표정이 땡감이라도 베어 문 듯 떨떠름하게 변했다. 그는 노동옥을 돌아보며 투덜거렸다.

"네 백부들이 귀찮은 물건을 주워 온 모양이구나. 어떻게 하지?"

노동옥은 담담히 웃으며 말했다.

"비이목의 강북총탐이면 태원부의 문 선생이 총애하는 사람이라고 들었습니다. 문 선생의 체면을 감안하시어 만나 보시는 편이 좋을 듯싶습니다."

교방이 콧방귀를 뀌며 군조에게 매달렸다.

"흥! 오라버니의 말씀은 듣기에 조금 거북하네요. 천선天仙처럼 존귀하신 문주님께서 왜 문 선생 같은 속인의 눈치를 보셔야 하죠?"

속 보이는 교방의 이간질에도 노동옥은 침착함을 잃지 않았다.

"눈치를 보고 안 보고의 문제가 아니라는 것은 사매도 잘 알잖아? 문주님께서 뜻을 펼치시는 데 적지 않은 도움을 준 사람이 문 선생인데, 하인 하나를 문전박대함으로써 그와의 관계가 안 좋아진다면 이야말로 작고도 하찮은 길에 집착하여 크고도 귀중한 길을 외면하는 범부의 처사가 아니고 뭐겠어?"

베푼 가르침을 이토록 빨리 실천하는 학생에게 그 어떤 스승이 감동하지 않겠는가. 군조는 노동옥을 향해 흐뭇한 웃음을 지어 준 뒤, 정자 아래를 향해 말했다.

"두 천왕에게 손님을 모시고 들어오라고 전하여라."

"명대로 따르겠나이다."

인주야차의 대답이 있고 잠시 뒤, 정자 위로 세 사람이 올라왔다. 작달막한 키의 백의 노인과 우람한 체구의 흑의 노인 그리고 깔끔한 청삼 차림의 장년인이었다.

"늦어서 죄송합니다."

백의 노인이 군조를 향해 머리를 숙였다.

오독수五毒叟 장광莊匡.

오행독문의 전전대 문주인 독군자 사공문의 제자 중 하나인 만큼 군조에겐 사제임에 분명할 텐데도, 군조가 문주 자리에 오른 이후 사제 대접은 단 한 번도 받아 보지 못했다. 신선에게 범속한 사제란 있을 수 없다는 군조의 지론 때문이다. 그 대신 하사받은 것이 허울 좋은 지국천왕의 존호였으니, 독문사천왕 중 첫째가 바로 이 사람이었다.

군조는 강물에 뜬 달을 슬쩍 돌아본 뒤 낮게 혀를 찼다.

"내 일찍이 비파정의 수상월영水上月影이 구강의 여덟 가지 절경 중 하나라는 말을 듣고 자네들과 더불어 그 운치에 젖어 보고자 했거늘, 보게. 달이 벌써 저만치 멀어지지 않았는가."

군조의 말대로 그동안 시간이 제법 흐른 탓에 강물의 달그림자는 건너편 하안 쪽으로 치우쳐 있었다.

"저희가 꾸물거려서 그런 것이 아닙니다."

이번에는 흑의 노인이 억울하다는 표정으로 말했다. 그는 곁에 선 청삼 장년인을 힐끔거렸다.

"노중에서 조 총탐만 만나지 않았다면 이렇게 지체되지는 않았을 겁니다."

질그릇 깨지는 듯한 목소리만 들어도 폭급한 성정을 짐작할 수 있는 이 흑의 노인은 독탑철웅毒塔鐵熊 후종侯鍾. 군조의 사제이되 수하로 전락하여 광목천왕으로 불리게 된 사연은 사형인 장광과 매한가지였다.

군조의 사제가 본래 넷인 만큼 이들과 같은 신세가 둘 더 있어야 마땅하나, 독문의 일 차 출도 때 강동삼수에게 목숨을 잃어 지금은 장광과 후종 둘만 남게 되었다. 한때 사제였던 이들의 죽음보다는 사천왕이란 장식품이 훼손된 데에 더욱 안타까워하던 군조는 강동삼수로부터 입은 부상에서 회복되기가 무섭게 어린아이 둘을 데려다 사천왕의 빠진 자리를 메우니, 노동옥과 교방이 터무니없이 어린 나이에도 불구하고 장광과 후종 두 노마들과 같은 줄에 서게 된 사연은 이러했다.

후종의 말에 군조는 고개를 끄덕였다.

"하긴 그 정도 일로 지체할 자네들이 아니지."

군조의 시선이 장광과 후종 사이에 선 청삼 장년인에게로 옮겨졌다. 청삼 장년인은 기다렸다는 듯이 깊은 읍례를 올리며 말했다.

"비이목의 강북총탐 조명무가 노신선께 문안 올립니다. 그동안 강녕하셨는지요?"

군조는 탐스러운 수염을 쓸어내리면서 두 눈을 가늘게 접었다.

"낯이 있는 것 같기도 하고…… 우리가 언제 만났더라?"

한쪽에서 알은체를 하는데 다른 쪽에서 이렇게 나온다면 무안해지는 것이 인지상정일 텐데, 조명무는 눈곱만치도 무안해하지 않았다. 얼굴에 떠오른 미소는 오히려 짙어진 듯했다.

"재작년에 감숙으로 찾아뵈었지요."

"재작년?"

군조는 그래도 생각나지 않는지 노동옥을 돌아보았다. 노동옥이 재빨리 설명했다.

"성약聖藥을 가지러 태원부에서 사람들을 보냈을 때, 여기 있는 조 총탐도 동행한 것으로 기억합니다."

군조는 그제야 기억난다는 듯 눈썹을 위로 밀어 올렸다.

"아! 그때 온 사람 중에 끼어 있었나 보군. 미안하네. 본좌가 사람 얼굴을 잘 기억하지 못하는 편이라서 말이야."

조명무는 황송해하는 낯으로 두 손을 내저었다.

"원, 별말씀을! 낯이 있다는 말씀만으로도 너무나 기쁠 따름입니다."

군조가 고개를 끄덕거렸다.

"젊은 사람치곤 예의가 바르군. 본좌는 예의 바른 사람을 좋아하지. 예도란 게 사라진 작금엔 그런 사람 보기가 무척 힘들거든. 조 총탐이라고 했나?"

"그렇습니다."

"북경의 노각주께선 별고 없으시고?"

노각주라는 말에 조명무는 얼굴 가득 존경의 빛을 떠올렸다.

"그분께선 실로 용처럼 존귀하신 어른이시어 소생 같은 미관말직의 입으로는 감히 그 근황을 옮길 수조차 없습니다. 부디 헤아려 주시기 바랍니다."

군조의 눈썹이 꿈틀거렸다. 자존자대自尊自大하기로 말하자면 천자 뺨치는 그인지라 조명무의 말이 귀에 몹시 거슬린 탓이었다. 그러나 그는 곧 본래의 신색을 되찾았다. 천하의 그 누구도 안중에 없는 그이지만 오직 한 사람, 북경의 노각주만큼은 자신의 윗자리에 두지 않을 수 없는 까닭이었다.

"그래? 하면 태원부의 근황은 어떤가?"

조명무는 조심스럽게 반문했다.

"태원부라 하시면 어느 분을……?"

"누구긴 누구겠는가? 청하지도 않은 자네를 보내 본좌를 귀찮게 만드는 문 선생이지. 그는 잘 있는가?"

노각주가 절대적인 숭배의 대상이라면 문 선생은 든든한 버팀목쯤 되는 모양이었다. 경외감으로 창백해진 조명무의 얼굴에 불그레한 화색이 돌았다.

"요사이 무척 바빠지신 점을 제외하면 별고 없이 잘 계십니다."

"바빠졌다? 무슨 일로?"

"때가 목전에 이르지 않았습니까. 그 어른께서 한가하시다면 그쪽이 오히려 이상한 일이겠지요."

"흠, 그도 그렇군."

군조는 고개를 끄덕여 동의하지 않을 수 없었다. 문 선생은 각의 모든 행사를 주관하는, 인체에 비유하자면 두뇌와도 같은 존재였다. 요즘 같은 시기엔 하루가 열두 시진뿐인 게 아쉬울 터였다.

"그건 그렇고, 이곳은 강남총탑의 관할로 아는데 강북총탑인 자네가 어인 일인가?"

군조의 물음에 조명무는 서운하다는 표정을 지었다.

"두 분 천왕께서도 박대하시는 눈치더니, 노신선께서도 소생이 온 것이 그리 반갑진 않으신 모양입니다."

군조는 노회하게 웃으며 고개를 저었다.

"반갑지 않은 게 아니라 조금 뜻밖이라 그런 것이니 섭섭하게 생각하지 말게."

조명무는 작은 한숨을 내쉼으로써 심중의 서운함이 완전히 가시지 않았음을 내비친 뒤, 공근한 목소리로 말했다.

"노신선의 말씀대로 이곳 강소성은 강남총탐의 관할이 맞습니다만, 그가 자리를 비운지라 부득불 제가 오게 되었습니다."

"자리를 비웠다? 무슨 일이 있나 보지?"

"태원부의 문 어른께서 모종의 임무를 맡기셨다고 합니다."

강호에 전혀 알려지지 않은 조명무와 달리, 강남총탐은 강호인이라면 누구나 그 이름만 들어도 고개를 끄덕일 만큼 널리 알려진 인물이었다. 그런 그에게 맡겨진 임무이니 결코 가볍지는 않을 터. 군조는 호기심을 느꼈다.

"그 임무란 게 무엇인지 알려 줄 수는 없는가?"

"극비리에 추진되는 일인지라 복건에서 벌어진다는 점 외에는 아는 것이 없습니다. 죄송합니다."

조명무의 대답이었다.

"흐음, 그래?"

군조는 실망했지만 이해할 수는 있었다. 비이목의 남북총탐이면 직제상 수평 관계여야 정상이지만 실제로는 그렇지 않았다. 능력으로 보나 강호에서 차지하는 비중으로 보나 강남총탐 쪽이 우위에 있는 것이다. 우월한 쪽은 열등한 쪽이 하는 일을 속속들이 알아도, 열등한 쪽은 우월한 쪽이 하는 일을 알지 못한다. 이것이 조직의 생리였다.

"어차피 본좌와는 무관한 일이니 자네가 미안해할 필요는 없겠지."

"그렇게 말씀해 주시니 감사할 따름입니다."

"이런, 먼 길 온 사람을 세워 두고 이게 뭐 하는 짓이람. 자, 이쪽으로 앉게나."

군조는 강가 난간 옆에 마련된 탁자로 조명무를 안내했다.

두 사람이 자리를 잡자 독문사천왕이 군조의 뒤에 일렬로 시립했다. 외인 앞에서 위세를 드러내는 것은 군조가 가장 즐기는 일이기도 했다. 군조와 베개를 함께 쓰는 교방조차도 이때만큼은 그 대열에서 빠져나올 수 없었다.

"강북총탐이든 강남총탐이든 용무가 있기 전엔 본좌를 찾아올 리 없을 테고……. 그래, 무슨 일인가?"

군조가 수염을 쓸어내리며 점잖게 운을 뗐다.

"알려 드릴 사항이 있어서 이렇게 찾아뵙게 되었습니다."

"본좌가 알아야 할 사항이라도 있는가?"

"노신선의 행적을 쫓는 자가 있었습니다."

잠시 뜸을 들이다 나온 조명무의 이 말은 매우 진지했지만, 군조는 대수롭지 않다는 표정이었다.

"조용히 다니지는 않았으니 그런 자가 있을 법도 하지. 그 얘기를 알려 주기 위해 여기까지 찾아왔단 말인가?"

조명무는 이 질문에 대한 대답으로 이름 하나를 말했다.

"모용풍입니다."

군조의 안색이 가볍게 변했다.

"모용풍? 순풍이 모용풍 말인가?"

"그렇습니다."

"허! 십여 년 전에 죽은 줄로만 알았는데, 그자가 아직 살아 있던가?"

군조는 몹시도 괴이하다는 양 고개를 갸웃거리다가 의자 뒤에 도열해 있는 독문사천왕 중 장광과 후종을 향해 물었다.

"내 기억이 틀리지 않다면, 그때 자네들에게 모용풍의 처리를 맡긴 것 같은데?"

장광이 머뭇거리다가 대답했다.

"분명히 그러셨습니다."

"한데?"

"저희가 북경에 있는 놈의 본거지를 급습했을 때, 놈은 이미 몸을 빼낸 뒤였습니다."

"그래서 그냥 돌아왔다?"

군조의 목소리가 스산해졌다.

"일단 빗자루를 잡았으면 탁자 밑의 먼지 하나까지 깨끗이 쓸어야 하는 법이거늘, 자네들답지 않게 실수를 범했군."

장광과 후종의 안색이 순식간에 잿빛으로 물들었다.

"요, 용서를!"

두 사람은 그 자리에서 무릎을 꿇더니 정자 바닥에 이마를 조아렸다.

군조는 아무 말 없이 오른손을 치켜들었다. 그의 왼쪽 눈에 어린 청광이 조금씩 짙어졌다. 그와 함께 오른손 인지 끝에서 푸르스름한 광채가 피어오르기 시작했다. 그가 막 오른손을 뻗어 내려 할 때, 이제껏 조용히 지켜보기만 하던 조명무가 입을 열었다.

"당시 두 분 천왕께선 강호에 오래 모습을 드러내실 수 없는 입장이었고, 때문에 달아난 모용풍의 추격은 각에서 맡기로 했다고 들었습니다."

군조는 불쾌한 표정으로 조명무를 돌아보았다.

"그러니까 이들을 용서해 달라?"

"소생이 어찌 감히 노신선께서 내리시는 상벌에 왈가왈부하겠습니까? 다만 당시의 정황을 들은 대로 아뢰었을 뿐입니다."

군조는 조명무의 얼굴을 빤히 바라보다가 멈췄던 오른손을 슬쩍 뻗어 냈다.

"본좌는 본래 이들에게 임무를 완수하지 못한 벌로 세 가지 고통을 내리려 했네. 한데 자네의 말을 들어 보니 그 정도의 잘못은 아닌 것 같군. 해서 고통의 종류를 한 가지로 줄이도록 하겠네."

부복해 있던 장광과 후종의 몸이 벼락이라도 맞은 듯 펄쩍 뛰어올랐다. 그러더니 숯불에 던져진 가죽처럼 사지를 오그라뜨리는데, 입술을 깨물며 비명을 참는 것이 대견해 보일 지경이었다.

사제이자 수하의 고통에도 아랑곳하지 않는 양, 군조는 태연한 표정으로 조명무에게 말했다.

"세상엔 두 가지 종류의 비밀이 있지. 신성한 비밀과 신성하지 못한 비밀. 그중 신성한 비밀은 누가 뭐라 해도 보호받아야 하네. 그래서 본좌는 모용풍을 무척 싫어하지. 신성한 비밀을 자꾸 캐내려고 하거든. 약삭빠른 쥐새끼처럼 말일세."

조명무가 빙긋 웃었다.

"하지만 더 이상은 그 쥐새끼에 대해 염려하지 않으셔도 될 겁니다."

"그게 무슨 소린가?"

"꽁꽁 묶인 채 상자에 갇힌 쥐새끼는 어떠한 비밀도 캐낼 수 없을 테니까요."

군조의 눈이 커졌다.

"하면, 자네가 놈을 잡았다는 말인가?"

조명무가 목소리에 약간의 자부심을 담아 대답했다.

"운이 좋았지요. 열흘 전에 마차에 실어 태원부로 압송했으니, 아마 지금쯤이면 팔대독형八大毒刑 중 두세 가지는 맛보았으리라고 봅니다."

"허! 허허허!"

군조는 너털웃음을 흘리다가 뒤를 향해 오른손을 휙 내저었다.

정자 바닥에서 벌레처럼 꿈틀거리던 장광과 후종이 "헉!" 하는 소리를 토해 내며 경련을 멈췄다. 잠시 후, 비척거리며 일어선 두 사람의 얼굴은 흑갈색 땀방울로 범벅이 되어 있었다.

"무, 문주님의 하해와 같은 은혜에 감사드립니다."

두 사람이 한목소리로 부르짖었지만, 군조는 고개조차 돌리지 않은 채 조명무와의 대화를 계속 이어 갔다.

"그 쥐새끼를 어디서 잡았나?"

"건평현에서 잡았습니다."

조명무의 대답에 군조는 잠시 기억을 더듬은 뒤 말했다.

"건평현이면 보름쯤 전에 들른 곳이군. 그곳에서 불쌍한 과부에게 선연仙緣을 베푼 일이 있지."

조명무는 자리에서 벌떡 일어나더니 군조를 향해 읍례를 올렸다.

"과부와 홀아비와 고아를 어여삐 여기시니 이 어찌 성덕聖德이라 아니할 수 있겠습니까?"

이 보비위가 듣기에 달콤했는지 군조의 입가에 흡족한 미소가 맺혔다.

"뭘 그런 걸 가지고……. 그나저나 워낙 교활한 놈이라서 잡기가 쉽진 않았을 텐데?"

"노신선께서 건평현을 계도하셨다는 소식을 접하고 지부대인에게 자청하여 그리로 나갔지요. 한데 그곳에 그자가 얼쩡거리는 게 아니겠습니까? 어찌하나 고민하다가 미끼를 약간 뿌렸지요. 아니나 다를까, 노신선의 행적을 알고 싶다면서 제 발로 소생을 찾아오더군요."

대체 성덕이 무엇이고 계도가 무엇일까? 조명무가 그 용어들의 정의를 정확히 알고 있는지는 불분명하지만, 군조가 듣기 좋아하는 말이 무엇인지에 대해서만큼은 정확히 알고 있는 것이 분명했다. 군조의 미소가 더욱 짙어졌다.

"호기심이 많은 쥐새끼가 결국은 그 호기심으로 인해 덫에 걸린 셈이군. 수고했네. 손톱 밑에 박힌 가시가 빠진 기분이야."

"소생의 작은 수고가 노신선의 심려를 덜어 드렸다니, 소생으로선 영광일 뿐입니다."

"말로만 기쁘다 하고 끝날 수야 없는 일이지. 자, 본좌가 자네에게 무슨 상을 주면 되겠나?"

조명무는 겸손한 표정으로 두 손을 내저었다.

"각으로서도 심복지환心腹之患이던 자였습니다. 마땅히 할 일을 했을 뿐입니다."

군조의 안색이 근엄해졌다.

"과가 있으면 벌이 따르고 공이 있으면 상이 따르는 게 하늘의 섭리 아닌가. 어서 말하게. 무슨 상을 받고 싶은가?"

조명무는 잠시 뜸을 들이다가 조심스럽게 말했다.

"한 가지 바라는 것이 있긴 합니다만……."

"그게 뭔가?"

"외람되오나 당분간은 계도 사업을 멈춰 주셨으면 합니다."

군조의 눈썹이 살짝 꿈틀거렸다. 그것을 발견한 듯 조명무가 얼른 덧붙였다.

"제 말씀은, 목적하신 바를 이루시기 전까지는 그 사업을 잠시 미뤄 주십사 하는 것입니다."

"이유는?"

불쾌한 기색이 역력한 군조의 물음에도 조명무는 당황한 기색을 비치지 않았다.

"아시다시피 속인들의 호기심이란 천박하기 이를 데 없지요. 모용풍 같은 위인이 또 나오지 말란 법도 없지 않습니까? 만에 하나 강동에 노신선의 행보가 알려지는 날엔, 자칫 겁에 질린 졸자들이 제풀에 몸을 감출까 염려되어 드리는 말씀입니다."

"흠!"

군조는 수염을 만지작거리며 생각에 골몰하다가 고개를 천천히 끄덕거렸다.

"놈들이 숨기라도 하는 날엔 정말로 낭패지. 자네 말도 충분히 일리가 있군."

조명무의 눈이 반짝였다.

"하시면, 제 바람을 들어주시는 겁니까?"

군조는 수염 밑에 둔 오른손을 가볍게 쳐 올렸다. 탐스러운 수염이 여름 폭포처럼 시원스럽게 출렁거렸다.

"본좌는 식언을 하지 않네. 상을 준다고 했으니 줘야 마땅하겠지. 대신, 한 가지 조건이 있네."

조명무의 눈에 어린 웃음기가 조금 옅어졌다.

"조건이라시면……?"

"조건이라기보다는 제안이라고 하는 편이 옳겠지. 본좌는 자네를 앞뒤 꽉 막힌 범부라고 생각했는데, 몇 마디 나눠 보니 제법 선골을 갖춘 재목임을 알겠네. 생각 같아선 아래에 두고 찬찬히 지도해 주고 싶은데, 점잖은 체면에 문 선생이 아끼는 사람을 뺏어 올 수도 없는 노릇이고……. 그래서 하는 제안인데, 이번 일을 마칠 때까지만이라도 본좌를 따르도록 하게."

나와의 인연이 이 정도밖에 안 되어 심히 측은하다는 양, 군조는 동정심이 절절이 배인 목소리로 말했다. 이따위 말 같지도 않은 소리를 듣고도 표정의 변화가 없는 것을 보면, 조명무의 심기가 얼마나 깊은지를 짐작할 수 있다.

"아! 문 어른과의 인연이 아직 다하지 않은지라 겨우 강동까지 모시는 것에 만족해야 하다니, 진정 안타깝습니다."

조명무가 구슬프게 탄식했고 군조는 혀를 찼다.

"안타까워도 인연이 그리 정해진 것을 어쩌겠는가."

과대망상증 환자와 닮고 닮은 오리배의 수작은 참으로 난형 난제라 아니할 수 없으니, 군조의 뒤에 선 독문사천왕으로선 '뭐 저런 게 다 있지?'라는 듯한 시선으로 조명무를 쳐다볼 수밖에 없었을 것이다.

하늘에 걸린 그믐달도 이들의 수작을 더 이상 두고 볼 수 없었는지 구름 뒤편으로 모습을 감췄다.

(2)

푸욱! 푸욱!

주일범周一範의 바위 같은 어깨는 지금 이 순간 대장간 풀무처럼 거칠게 들썩거리고 있었다. 그답지 않은 일이었다.

주일범의 별호는 용천검龍泉劍. 여기서 용천이란 영원히 마르지 않는다는 전설 속의 샘물을 가리켰다. 지칠 줄 모르는 체력을 바탕으로 폭풍처럼 몰아치는 연환 공격이야말로 그가 수련한 용천검법龍泉劍法의 요체. 칠 년 전 장성 일대를 마구잡이로 약탈하던 비적들의 집단, 흑응단黑鷹團을 토벌할 적엔 사흘 낮 사흘 밤을 쉬지도 않고 싸운 사람이 바로 그였다.

한데 그런 주일범이 겨우 일 각 남짓한 비무에 어깨를 들썩거린다고? 그를 아는 사람들로서는 헛웃음이 나올 소리가 아닐수 없었다.

그러나 그것은 현실이었다. 현실이란 신랄하므로 엄연한 것.

그래서 지금 주일범을 바라보는 이들, 주일범을 둘째로 하는사절검四絕劍의 나머지 세 사람의 얼굴에선 한 점의 웃음기도 찾아볼 수 없었다. 심지어 사절검의 셋째와 막내, 탄궁검彈弓劍 전장목全樟木과 수리검袖裏劍 고곤高崑의 얼굴에는 체념하는 듯한기색마저 떠올라 있었다. 그럴 만도 했다. 각각 어제와 그제,그들은 지금의 주일범이 그러하듯 그들의 뜻과는 무관하게 어깨를 들썩거려야만 했기 때문이다.

그제는 고곤을, 어제는 전장목을, 그리고 오늘은 주일범을 절망에 가까운 피로로 몰고 간 장본인은 오직 한 사람. 이 말인즉슨 사절검 중 셋이 한 사람을 상대로 사흘 연속 비무를 벌이는중이라는 뜻인데, 만일 주일범마저 두 아우들과 마찬가지로 패하면 내일은 사절검의 대형이자 최강자인 일자수미검一字須彌劍이철산李喆山이 나설 수밖에 없었다. 이것은 사절검도 동의한 이번 비무의 조건이었다.

순번이 대형에게까지 돌아가는 일만큼은 막고 싶었던 것일까? 주일범은 헝클어진 내식을 가까스로 진정시킨 뒤, 두 눈을부릅뜨고 전방을 바라보았다. 그의 시선이 향한 곳에는 흑의인하나가 서 있었다.

육 척에 달하는 장신에 팔다리도 길쭉길쭉해 검수로선 매우좋은 조건을 갖췄다 할 수 있는 그 흑의인은, 특이하게도 얼굴전체가 가려지는 죽멸竹篾을 머리에 뒤집어쓰고 있었다. 얇은 죽편을 촘촘하게 엮어 만든 죽멸은 비 오는 날에나 쓰는 우장雨裝

이지 오늘처럼 청천백일에, 그것도 비무에 나서서까지 쓰고 있을 물건은 아니었다. 무례하다 욕먹기에 딱 좋은 상황이 아닐수 없는데, 사절검 중 누구도 흑의인을 욕하진 않았다. 흑의인에겐 그럴 만한 사정이 있음을 사전에 들어 알기 때문이었다.

"귀하가 나보다 고수임은 인정하리다. 하지만 내겐 아직 드러내지 않은 한 수가 있소. 만일 귀하가 그것마저 파훼한다면 군소리 없이 검을 거두겠소."

주일범은 기백이 실린 목소리로 흑의인에게 말했다.

"좋소."

흑의인은 짧게 대답한 뒤, 두 발을 어깨 넓이로 벌리고 자세를 약간 낮췄다.

주일범의 눈초리가 가늘게 떨렸다.

흑의인의 검은 은자 닷 냥만 주면 어느 대장간에서고 구할 수 있는 평범한 정강검精鋼劍이었다. 흑의인의 자세는 검법을 수련한 사람이면 누구나 배웠을 단순한 하단세下段勢였다. 한데 그 평범한 정강검이 보검 같은 신기를 뿜어내고 있었다. 그 단순한 하단세가 바늘 끝 하나조차 파고들 여지도 없을 만큼 엄밀해 보였다. 거기에 죽멸의 눈구멍에서 쏟아져 나오는 서슬 퍼런 안광까지 더해지니, 검기만으로 사람을 상하게 한다는 검기상인劍氣傷人의 경지가 존재한다면 바로 이것이 아니겠는가!

'빌어먹을, 어찌 된 게 아까보다 더 지독하지 않은가!'

일 각 남짓한 비무를 통해 겪어 본 흑의인의 검기는 이견의 여지가 없을 만큼 무서웠다. 그러나 지금 마주하고 있는 이 정도는 아니었다. 천하의 용천검이 절인 배추처럼 흐물흐물해지는 동안 상대는 오히려 강해졌다? 황당한 일이었다. 그러나 그것은 현실이었다. 엄연한 현실!

푸욱! 푸욱!

검기의 압력은 상상을 초월했다. 주일범은 자신의 호흡이 점차 거칠어지고 있음을 깨달았다. 가까스로 진정시킨 어깨도 다시금 들썩거리고 있었다. 시간은 결코 그의 편이 아니었다. 이대로 조금만 더 지나면 검 한 번 휘둘러 보지 못한 채 그대로 주저앉을지도 몰랐다. 아니, 십중팔구 그렇게 될 것이다.

최후의 한 수가 과연 먹힐지 생각할 여유조차 없었다. 아무것도 해 보지 못한 채 자멸할 수는 없는 노릇이기에, 주일범은 보이지 않는 검기의 그물을 두름으로써 금강석처럼 견고해진 흑의인을 향해 몸을 날릴 수밖에 없었다.

"이여업!"

숙소로 돌아가는 길.

하늘에는 노을빛이 고운데 주일범의 얼굴엔 온통 먹구름뿐이었다. 승패는 병가지상사兵家之常事란 말도 있다지만, 그래도 패한 자의 심사가 편할 리는 없었다. 어제와 그제, 패배의 쓴잔을 맛본 바 있는 사절검의 셋째 전장목과 막내 고곤은 의형인 주일범의 아픈 속을 헤아릴 수 있었다.

"둘째 형이 마지막으로 전개한 팔로개문八路開門의 연환 공격은 정말 아까웠습니다. 한 바퀴, 아니 반 바퀴만 더 몰아쳤다면 그자를 반드시 꺾을 수 있었을 텐데……."

전장목이 조심스레 위로의 말을 건넸지만, 주일범의 얼굴을 덮은 먹구름은 미동도 없었다.

무안해진 전장목은 헛기침을 하며 고곤을 돌아보았다. 동병상련이란 이런 때 쓰라고 나온 말이 아니겠는가.

"저는 이번 비무가 영 못마땅합니다."

일행의 후미에서 걷던 고곤이 억세 보이는 콧수염을 실룩거리며 투덜거렸다. 전장목이 반색을 하며 그에게 물었다.

"뭐가 그리 못마땅한데?"

고곤은 불퉁한 속내가 그대로 드러나는 목소리로 대답했다.

"천하의 사절검이 고작 한 사람을 상대로, 그것도 하루씩 돌아가면서 비무를 치르다니 이게 말이나 되는 얘깁니까? 무슨 심사를 받는 것도 아니고, 대체 뭐 하는 짓인지⋯⋯."

가려운 곳을 정확히 긁어 주는 말이었다. 전장목은 고개를 힘차게 끄덕거리며 맞장구를 쳤다.

"자네의 말이 맞네. 번잡함을 싫어하여 세력을 거느리지 않았을 뿐이지, 하북에선 그 어떤 문파에도 뒤지지 않는 게 우리 사절검 아닌가. 그런 우리가 멀리 호남 땅까지 와서 이런 괴상망측한 비무를 치르다니, 친구들이 알면 웃지나 않을까 걱정이네."

일행의 제일 앞에서 걷던 사절검의 대형 이철산이 걸음을 멈추고 전장목과 고곤을 돌아보았다.

"그래서, 자네들이 말하고자 하는 요지가 뭔가?"

이철산의 눈가엔 옅은 짜증이 배 있었다. 약삭빠른 전장목은 얼른 입을 다물었다. 다혈질인 우군을 둔 이상 자신이 굳이 나설 필요는 없다 여긴 것이다. 아니나 다를까.

"비무는 오늘로 끝냈으면 좋겠습니다."

고곤이 다혈질답게 단도직입적으로 자신의 의사를 밝혔다.

"끝내?"

"둘째 형까지 나섰으면 충분합니다. 대형까지 나서실 필요는 없다는 얘깁니다."

이철산은 고곤의 얼굴을 물끄러미 바라보다가 낮게 한숨을 쉰 뒤, 다시 걸음을 옮기며 말했다.

"일단 내뱉은 말엔 책임을 지는 게 장부다. 자네들이 그를 꺾지 못했으니 약속대로 내가 나서야지."

"애당초 말도 안 되는 비무였습니다. 대체 구양신의는 왜 이런 비무를 주선했을까요?"

고곤은 잰걸음으로 이철산의 곁에 달라붙으며 불복의 뜻을 굽히지 않았다.

이철산은 발길을 다시 멈추고 고곤을 돌아보았다. 청수한 그의 얼굴에 엄정한 기운이 어렸다.

"막내야, 구양신의께서 호아에게 베푼 은혜를 벌써 잊었느냐? 그분의 부탁이라면 끓는 기름 속으로 뛰어들라고 해도 따르겠노라 맹세한 우리가 아니더냐. 하물며 이깟 비무가 무어 대수라고?"

호아란, 이철산의 하나뿐인 아들이자 사절검에겐 공동 전인이 되는 소수미검少須彌劍 이호李虎를 가리켰다.

호남의 소년 영웅으로 명성을 떨치던 이호는 올봄 구전신화공九轉神火功이란 내공을 수련하던 중 주화입마에 빠지는 화를 입었다. 당시 이호의 상세는 매우 위급했다. 하북의 내로라하는 의원들, 심지어는 자금성에서 어의까지 지냈다는 남약선南藥仙마저도 고개를 저을 지경이었으니까. 그런 이호를 구해 준 사람이 바로 구양신의, 의가의 성지로 알려진 악양 활인장의 주인인 구양정인이었다.

기식이 엄엄한 이호를 마차에 싣고 불원천리 악양으로 달려온 사절검에게 있어서, '다행히 너무 늦진 않은 것 같소.'라는 구양신의의 한마디는 지옥에서 만난 지장보살처럼 고마울 수밖에 없었다.

과연 구양신의는 사절검을 실망시키지 않았다. 신기에 가까운

침술과 체계적인 약물 치료를 통해 어의마저 포기한 이호를 열흘 만에 일으켜 앉히더니만, 백 일이 지난 지금은 거의 주화입마에 들기 전 상태로 돌려놓는 데 성공한 것이다. 그 과정을 모두 지켜본 사절검이니 구양신의에게 어찌 감복하지 않겠는가!

바로 그 구양신의가 주선한 비무였다. 사절검의 입장에선 결코 거절할 수 없는 것이다.

"대형, 제가 비무에서 패하여 이러는 게 아닙니다."

이제껏 침묵을 지키고 있던 주일범이 입을 열었다. 이철산의 시선이 그를 향했다. 경박한 셋째, 성마른 넷째와는 다르게 사리를 분별할 줄 아는 둘째였다. 이철산의 눈가에 곤혹스러운 기색이 떠올랐다.

"하면, 자네가 기분 상할 다른 이유라도 있는가?"

대형의 질문에 주일범은 침울한 목소리로 대답했다.

"오늘 제가 상대한 그자 말입니다. 아무래도 그자에게 농락당한 것 같아서 기분이 썩 좋지 않군요."

"그게 무슨 소린가?"

"그제 막내가 나섰을 때에만 해도, 저는 셋째라면 충분히 그자를 상대할 수 있겠거니 생각했지요. 그자의 검법은 막내의 수리검을 봉쇄할 만큼 빨랐지만, 운용 면에서는 그다지 정교해 보이지 않았으니까요. 그래서 변화에 장점이 있는 셋째의 탄궁검이라면 큰 어려움 없이 제압할 수 있으리라 생각했습니다. 한데……."

"아! 저도 그런 생각을 했지요. 그자와 상대하기 전까지만 해도 저는…… 에…… 아닙니다. 둘째 형이 말씀하세요."

전장목이 주일범의 말을 자르고 끼어들었다가 이철산의 눈총을 받고 목을 움츠렸다.

이철산이 다시 시선을 주자 주일범이 말을 이어 갔다.

"한데 어제 그자가 펼친 검법은 셋째의 탄궁검을 능가할 만큼 변화무쌍했습니다. 검법의 변화가 어찌나 현란한지, 그 방면에선 우리 형제 중 가장 뛰어나다는 셋째가 마치 시골 훈장처럼 답답해 보이기만 하더군요. 놀랍지 않습니까? 그자의 검법은 불과 하루 만에 바뀐 겁니다."

"비유가 약간 거슬립니다만 그자의 검법은 확실히 바뀌어 있었지요, 확실히요."

전장목이 재빨리 소감을 밝혔다. 틈만 보이면 여지없이 들이미는 데에는 입놀림과 검법이 매한가지였다. 이철산은 숫제 무시하기로 마음먹고 주일범에게 말했다.

"계속해 보게."

"조금 이상한 생각이 들긴 했습니다만, 그래도 저는 자신 있었습니다. 변화가 심한 검법에 대해 상극인 게 바로 제 용천검법이잖습니까. 숨 돌릴 틈 없이 몰아치다 보면 반드시 허점을 드러내리라, 저는 이렇게 믿었습니다. 그런데…….."

주일범은 땅이 꺼져라 한숨을 내신 뒤 다시 말했다.

"그런데 오늘 직접 상대해 보니, 그자는 지구력 면에서도 저를 능가하더군요. 한 줌 진기만 있으면 끝없이 검을 휘두를 것 같았지요. 셋째는 제가 팔로개문을 한 바퀴만 더 돌렸으면 그자를 물리칠 수 있었을 거라 얘기했지만, 한 바퀴 아니라 열 바퀴를 더 돌렸어도 그자는 눈 하나 깜짝하지 않고 모두 막아 냈을 겁니다. 그자의 검법은 하루 만에 또 바뀐 겁니다."

"자네의 얘기인즉슨, 세 번의 비무에 나온 사람이 동일인이 아니란 뜻인가?"

이철산이 물었다. 주일범이 뭐라 대답하기도 전, 고곤이 눈썹을 역팔자로 치켜세우며 노성을 내질렀다.

"하면 우리가 상대한 사람이 하나가 아니란 말입니까?"

전장목도 질세라 깐죽거렸다.

"내 그럴 줄 알았지. 비무를 한답시고 나오면서 얼굴을 감춘 것부터가 수상했다니까."

이철산은 한심하다는 표정으로 두 사람을 바라본 뒤, 주일범에게 말했다.

"구양신의께서 말씀하시지 않던가. 그자가 얼굴을 가린 것은 얼굴에 입은 보기 흉한 화상 때문이라고. 그리고 사람에겐 나름의 기질이란 게 있네. 검법이야 바뀔 수 있을지언정 그 기질만큼은 절대 바뀔 수 없지. 지난 세 차례의 비무엔 동일인이 나왔네. 내 눈을 걸고서라도 장담할 수 있네."

주일범은 고개를 끄덕였다.

"기질은 접어 두고라도 그자처럼 좋은 체격을 지닌 검수가 여럿일 수는 없겠지요. 사람이 바뀌지 않았다는 대형의 말씀에는 저도 전적으로 동의합니다. 그래서 더 불쾌합니다. 그자가 진재실학眞在實學을 숨긴 채 그때그때 상대의 수준에 맞춰 즐기고 있었다고 생각하니 말입니다."

이철산은 즉시 고개를 저었다.

"내 생각은 조금 다르네."

"예?"

"자네는 그자의 검법이 하루하루 바뀐 것만 보았지, 각각의 하루 동안 어떻게 바뀌었는지는 보지 못한 모양이군."

"그게 무슨 말씀인지?"

"오늘 비무를 예로 말해 볼까? 처음 자네가 용천검법으로 그자를 공격했을 때, 그자는 분명 작지 않은 허점을 드러냈네. 특히 자네가 여섯 번째로 전개한 처처함몰處處陷沒의 연환팔검連環

八劍은 매우 효과적이었지. 그때 그자의 보법은 정말로 위태로워 보였네. 그건 결코 꾸미거나 연기한 게 아니었어."

주일범은 반론을 제기하지 못했다. 실제로도 그러했던 것이다.

"하지만 그자는 자네의 검법에 곧 적응해 가더군. 비무가 오십 초쯤 지나자 자네의 용천검법은 더 이상 그자에게 위협이 되지 못했네. 백 초를 분기점으로 해선 그자 쪽이 오히려 기운차 보이더군. 이건 비단 오늘만의 일이 아니라네."

주일범은 잠시 말을 멈추고 전장목과 고곤을 바라보았다.

"자네들과 비무를 할 때에도 마찬가지였어. 처음엔 허점을 드러내다가 중반을 넘기면서부터 익숙해지더군. 그 결과, 비무가 끝날 즈음에 이르러선 막내보다 빠르고 셋째보다 현란하게 되었지. 어때, 내 말이 틀렸는가?"

두 사람 또한 주일범과 마찬가지로 아무 소리도 할 수 없었다.

잠시 아무런 말 없이 걸음을 옮기던 이철산이 두 사람을 향해 뜬금없는 질문을 꺼냈다.

"자네들, 요즘 호아를 본 적이 있는가?"

"호아라면 그제 만났지요. 대련 한 판 하자고 조르는 걸 거절하느라고 혼났습니다. 목검은 어디서 구했는지, 원⋯⋯."

"셋째 형보고도 그러던가요? 제게도 조르더라고요. 눈빛이 팔팔한 걸 보니 거의 나은 모양이더라고요. 그놈 그러는 걸 보니 악양 생활도 얼마 남지 않았지 싶었습니다."

전장목과 고곤이 번갈아 대답했다.

"대련? 자네들더러? 하하!"

이철산은 너털웃음을 터뜨리더니 몹시도 흡족한 표정으로 말을 이었다.

"그 목검, 내가 구해 준 걸세."

"대형께서요?"

"열흘쯤 전엔가 수련을 다시 시작하겠다며 하나 구해 달라고 하더군. 처음엔 제 검을 가져다 달라기에 펄쩍 뛰었네. 아무리 갑갑하기로서니 환자들을 구완하는 병동에서 날 선 쇠붙이를 휘두르겠다니…… 아! 내가 하려는 얘기는, 그놈이 요즘 육합 검법六合劍法을 수련하는 눈치더라 이 말일세."

전장목이 눈을 크게 뜨며 물었다.

"육합검법이면 우리가 호아에게 가장 먼저 가르친 것이 아닙니까?"

"그렇지. 그놈이 검도에 처음 입문한 게 벌써 십 년 전 일이 아닌가. 그러니 이치대로라면 육합검법쯤은 눈 감고도 전개할 수 있어야 마땅하겠지. 한데도 그놈, 검 끝이 뜻대로 움직여 주지 않는다면서 무척이나 속상해하더라고. 주화입마의 여파가 그만큼 심한 탓이겠지."

잠시 말을 멈춘 이철산이 이번에는 사절검의 둘째 주일범을 돌아보았다.

"육합검법은 시작에 지나지 않는다네. 재활이란 지겹고 힘든 작업이지. 과거에 배우고 익힌 모든 것들을 하나하나 되찾아야만 하니까. 자, 어떤가? 둘째, 자네라면 내 이야기를 듣고 느끼는 바가 있을 것 같은데."

주일범이 눈을 번쩍 빛내며 이철산에게 반문했다.

"하면 그자도 호아처럼 재활을……?"

"그자의 손이 어떤 상태인지는 자네도 봐서 알 게 아닌가?"

주일범은 칼자루를 쥐고 있던 그자의 오른손을 떠올려 보았다. 흘러내린 촛농처럼 엉망으로 녹아 붙은 그 손은 이미 사람의 것이라 부르기 힘든 지경이었다.

"그자는 실력을 감추고 자네들을 희롱한 게 아니야. 과거 모종의 사고로 잃어버린 실력을 이번 비무를 통해 되찾고자 한 것이지."

이철산이 차분한 목소리로 설명했다. 주일범은 미간을 찌푸리고 곰곰이 생각하다가 고개를 절레절레 흔들었다.

"대형의 말씀대로라면 그자는 소제들과 사흘 연속으로 벌인 세 판의 비무를 통해 각각 쾌검과 변환검과 연환검의 묘리를 되찾았다는 것인데, 그렇게 빠른 회복력이 과연 세상에 존재할까요?"

이철산은 한숨을 내쉬었다.

"자네가 그렇게 생각하는 것도 무리는 아닐세. 상식에 비추어 본다면 분명히 믿기 어려운 일이지. 하지만 세상일이란 게 어디 상식대로만 돌아간다던가? 매우 드문 일이긴 하지만, 인간의 의지는 상식을 파破하는 결과를 만들어 내기도 한다네. 생각해 보게. 만일 자네가 의심하는 대로 그자가 우리를 희롱하는 것이라면, 그렇게 함으로써 그자에게 돌아가는 이익이 무엇이겠는가? 우리에게 모욕감을 주기 위해서? 그렇다면 악양성 한복판에서 중인환시에 치러야지, 아무도 없는 외진 골짜기에서 비밀스러운 비무를 치를 리가 있겠는가?"

"그것은……."

하지만 결국 주일범은 뒷말을 잇지 못하고 이철산과 마찬가지로 한숨만 푹 내쉬고 말았다. 그런 그에게 이철산이 물었다.

"자네, 비무를 마친 뒤 그자가 한 말을 기억하나?"

주일범은 고개를 끄덕였다. 흑의인은 사흘 연속 똑같은 말로

써 비무를 마쳤다.

　－진심으로 감사드리오.

　자신에게 꺾인 상대에게 건네기엔 자칫 조롱으로 들릴 수도 있을 만큼 정중한 인사였다. 그러나…….
"조롱처럼 들리던가?"
　이철산의 물음에 주일범은 고개를 흔들었다.
"그렇게 들리지는 않았습니다."
　흑의인의 언행 하나하나엔 기묘한 진실함이 담겨 있었다. 무례하다, 혹은 오만하다는 느낌에 다시 바라보면 무례함은 당당함으로, 오만함은 자부심으로 받아들여지는 것이다.
"그건 아마도 그자가 장자長者이기 때문일 걸세."
　이철산이 단정하듯 말했다.
"장자라…….'
　주일범은 나직이 뇌까려 보았다. 장자란 넓은 마음으로 멀리 볼 수 있는 자, 곧 대인을 의미했다.
"왜 그런 생각이 들었냐고 묻는다면 대답할 말이 없네. 한 인간이 풍기는 기질이란 게 대체로 그렇다네. 말로는 설명하기 힘든 경우가 대부분이지. 하지만 난 그자로부터 분명 장자의 기질을 엿보았다네."
"최소한 소인배는 아니었지요. 아니, 대형의 말씀이 옳을지도 모르겠습니다. 그자에겐 분명 대인의 기품이 있었으니까요.'
　주일범이 수긍했다.
"나는 지난 이틀간 그자의 정체에 대해 생각해 보았네. 막내보다 빠르고 셋째보다 현란하며 둘째보다 질긴 검법을 익힌 자.

거기에 장자의 기질을 갖춘 자. 그러나 근래에 구양신의의 도움을 받아야 할 만한 중상을 입은 자…….”

이철산은 희끗거리는 턱수염을 만지작거리다가 전장목을 향해 물었다.

“우리 형제 중에서 발이 가장 넓은 사람이 자네지? 이 세 가지 조건을 모두 충족시키는 사람을 아는가?”

전장목은 대답하지 못했다. 여느 때라면 멍석까지 깔아 주었으니 신나게 지껄일 테지만, 답이 떠오르지 않는 다음에야 어쩔 수 없었을 것이다. 그런 그를 보며 이철산은 빙긋 웃었다.

“얼른 떠오르는 사람이 없는 모양이군. 나도 처음엔 그랬다네. 그런데 말이야, 곰곰이 생각해 보니 세 가지 조건을 모두 충족시킬 필요는 없더라고. 자신이 부상당한 사실을 세상에 꼭 알리란 법은 없지 않은가? 적이 많은 강자일수록 더욱 그렇겠지. 그래서 나는 세 번째 조건을 약간 바꿔 보았다네. 이유를 불문하고 지난 몇 개월간 공식석상에 모습을 드러내지 않은 자로 말일세. 그랬더니만 한 사람 떠오르더군, 올 초에 열린 여동생의 약혼식에도 참석하지 않은 사람이.”

“누굽니까?”

“그 사람이 대체 누구죠?”

전장목과 고곤이 앞을 다투어 물었다.

이철산은 의미심장한 미소를 지으며 그들의 얼굴을 바라보다가, 퍼뜩 놀란 양 주위를 둘러보았다.

“이런! 벌써 다 와 버렸군. 내가 일전에 말했지? 악양 어딘가에 끝내주는 국수집이 있다고 말일세. 정확한 위치를 몰라 답답했는데, 왜 활인장의 유 당사劉堂士 있지 않나, 그 사람이 일러 주더라고. 바로 이 골목에 있다고 말일세.”

세 사람의 얼굴에 실망의 기색이 떠올랐다. 참을성이 부족한 전장목의 경우엔 이철산의 소맷자락까지 잡아채며 조르고 나섰다.

"대형, 잔뜩 궁금하게 해 놓고 이렇게 말을 돌리시깁니까? 그러지 말고 저희들에게도 가르쳐 주세요."

"하하! 이틀이나 고생해서 알아낸 것을 공짜로 들으려고? 최소한 저녁 한 끼 거하게 얻어먹기 전엔 어림도…… 어?"

즐거운 목소리로 말하던 이철산이 짤막한 경호성과 함께 걸음을 멈췄다. 그가 갑자기 멈춰 서는 바람에 다리가 걸려 하마터면 앞으로 고꾸라질 뻔한 전장목은 신형을 바로 세우며 앞을 바라보았다.

끝내주는 국수집이 있다는 골목의 어귀.

불룩한 배를 문지르며 어슬렁어슬렁 걸어 나오는 몇 사람이 있었다. 남루한 행색과는 딴판으로 그들의 얼굴엔 하나같이 포만감에 겨운 느긋한 표정이 떠올라 있는데 그중에서도 특히 한 사람, 온 천하를 다 가진 양 행복한 웃음을 머금은 사람이 있었다.

그 사람의 얼굴을 확인한 전장목은 이철산의 것과 비슷한 경호성을 터뜨리지 않을 수 없었다.

"어?"

(3)

날이 더워지면 어김없이 찾아오지만 누구 한 사람에게도 환영받지 못하는 여름밤의 불청객 모기.

유등油燈이 만들어 낸 빛과 어둠의 경계를 넘나들다가 어느 순간 살갗에 사뿐히 내려앉아 뾰족한 주둥이를 슬며시 찔러 넣는 놈의 음험한 일상은, 인간에게 있어서 증오의 범주를 넘어 공포의 대상이라고도 할 수 있었다.

생각해 보라. 침침한 불빛 속에서 실 부스러기처럼 작은 흡혈 곤충을 찾아 핏발 선 눈을 어지러이 굴려야만 했던 악몽 같은 여름밤을. 힘차게 마주친 손바닥에 아무것도 묻어 나오지 않을 때 느끼는 절망 같은 낙담을.

하물며 자신의 뜻과는 무관하게 운신의 자유를 제한당한 상황이라면 모기로 인해 받는 정신적인 고통은 더욱 심할 수밖에 없을 터였다. 만일 그런 때에 어떤 보살 같은 사람이 있어 싸릿가지를 엮어 만든 파리채를 들고 자신을 대신하여 모기를 잡아 준다면, 그 사람이 어찌 사랑스럽지 않겠는가!

그래서 구양도경을 바라보는 석대문의 시선은 부드러울 수밖에 없었다.

구양도경은 지금 무척이나 진지해 보였다. 천장에 달라붙은 까만 점을 한참 노려보다가 몸을 개구리처럼 움츠리는 품이, 있는 힘껏 뛰어올라 잡아 볼 요량인 듯싶었다.

그 모습을 보며 석대문은 끌끌 혀를 찼다. 구양도경의 나이 올해로 여덟 살. 파리채를 쥐고 팔을 뻗어 봐야 그 높이는 여섯 자를 넘지 못했다. 아무리 뛰어올라 봤자 일 장 높이에 달라붙은 모기를 도모하기엔 턱없이 부족한 것이다. 아니나 다를까.

"얍!"

야무진 기합과 함께 뛰어오른 구양도경은, 아마도 머릿속으로 그린 상황과는 딴판으로, 제자리에서 한 것과 거기서 거기인 높이의 허공을 한 번 휘젓고는 중심을 잃고 방바닥에 엎어지고 말았다. 석대문은 자신도 모르게 눈살을 찌푸렸고, 천장의 모기는 아이의 실패를 비웃기라도 하듯 미동조차 하지 않았다.

코가 빨개지도록 호되게 얼굴을 찧었지만 구양도경은 울지 않았다. 다만 분해 죽겠다는 양 입술을 깨물며 다시금 천장을 노려보는데, 그 모습이 또한 앙증맞기 이를 데 없었다.

석대문은 빙긋 웃으며 구양도경을 불렀다.

"이 방 안엔 그놈 말고도 여섯 마리의 모기가 있단다. 다른 놈을 골라 보는 게 어떻겠니?"

비록 바닥에 누워 꼼짝할 수 없는 상황이지만 눈과 귀는 멀쩡한 그였다. 다섯 평 남짓한 공간을 낱낱이 파악하기란 어려운 일이 아니었다.

"힘들다고 금방 포기하면 결국에 가서는 아무것도 이루지 못하는 법이라고 배웠어요."

구양도경은 시선을 천장에 고정시킨 채 또랑또랑한 목소리로 대답했다. 석대문의 눈이 조금 커졌다.

"제법 남자다운 소리를 하는구나. 할아버지께서 그렇게 가르치시더냐?"

구양도경의 할아버지는 천하제일 신의로 알려진 구양정인, 석대문이 지금 머물고 있는 활인장의 주인이었다. 일찍이 부모를 여의고 할아버지 손에서 자란 구양도경인 만큼 훈육의 대부분이 할아버지로부터 비롯되었으리라는 것이 석대문의 추측인데, 하지만 이 추측은 맞지 않았다.

"아뇨. 할아버지께선 정 힘들 때엔 돌아가는 것도 그리 나쁘지 않다고 말씀하셨죠."

생각해 보니 아이의 말이 옳았다. 구양정인의 온유한 성정은 의지 굴강을 주창하는 남성적 덕목과는 어울리지 않는 것이다. 그렇다면 누가 아이에게 그 말을 해 준 걸까?

"아하, 유 당사구나. 유 당사가 한 말이 맞지?"

활인장에는 환신당還神堂이라는 이름으로 통칭되는 병동 두 채가 있었다. 그 환신당을 관리, 감독하는 사람이 바로 유 당사였다. 꼬장꼬장한 성격에 잔소리가 워낙 많은 탓에 환자들에겐 그리 좋은 평을 받지 못하지만, 장주인 구양정인에 대한 충성심 만큼은 절대적인 위인이 바로 유 당사였다. 자연 장주의 피붙이인 구양도경이라면 죽고 못 사는 눈치이니, 그런 만큼 이런저런 좋은 얘기들도 해 줄 법한데…….

그러나 구양도경은 이번에도 고개를 젓는 것이었다.

"또 틀렸네요. 유 노대는 잔소리만 할 줄 알지 장부의 도리에 대해선 하나도 모를걸요."

"유 당사도 아니라고?"

두 번의 추측이 모두 빗나가자 석대문은 제법 궁금해졌다.

"그럼 대체 누가 그런 말을 해 준 거니?"

"예쁜 숙모요."

"숙모?"

"그냥 숙모가 아니라 예쁜 숙모요."

구양도경은 석대문을 돌아보며 재빨리 정정해 준 뒤 시선을 다시 천장으로 돌렸다.

석대문은 바닥에 누운 채 머리를 굴렸다.

'저 아이에게 숙모가 있었던가? 아!'

숙부의 아내가 숙모였다. 그리고 구양도경에겐 한 명의 숙부가 있었다. 북악 신무전의 주인인 신무대종 소철의 셋째 제자 구양현이 바로 그 숙부인데, 구양현은 올 초 어떤 규수와 약혼식을 올렸다. 그러므로 구양도경이 말한 '예쁜 숙모'는 그 규수를 이를 터였다. 문제는, 그 규수가 석대문에겐 하나뿐인 여동생이라는 점이었다.

'까맣게 잊고 있었군.'

오로지 자신만을 위해 활인장을 찾은 석대문이었다. 여동생의 시댁이 될 집이라는 생각은 한 번도 떠올리지 못했던 것이다. 관계에 대한 자각은 곧바로 자책으로 이어졌다.

굳이 합리화를 하자면, 검수로서의 자신을 되찾고 싶은 욕망이 그만큼 절실했다. 철군도에서 부상을 입은 작년 가을 이후 석대문이 걸어온 길을 돌아보면 오직 재활을 위한 필사적인 노력으로 점철되었을 뿐, 다른 존재가 끼어들 여지는 조금도 없었던 것이다. 하지만…….

'아무리 그렇기로서니 하나밖에 없는 여동생이 약혼한 것까지 잊어버리다니…….'

석대문은 고소를 지었다. 좋은 검객 소리는 들을 수 있을지언정 좋은 오빠, 좋은 가주 소리는 기대하기 힘들 것 같았다.

"경아야."

석대문이 아이를 불렀다.

"왜요?"

천장에 붙은 모기를 향해 쥐고 있던 파리채를 막 던지려던 구양도경이 귀찮다는 듯이 대꾸했다.

"너 혹시 그 예쁜 숙모가 아저씨의 동생이란 걸 알고 있니?"

"알죠. 아니까 졸린 것도 참고 모기 잡아 드리잖아요."

말이 끝남과 동시에 구양도경은 파리채를 힘차게 던졌다. 그러나 여덟 살짜리 아이가 가볍고 길쭉한 물건을 마음먹은 대로 던지기란 쉬운 일이 아니었다. 파리채는 엉뚱한 벽면을 때리고 바닥으로 떨어졌고, 구양도경은 아깝다는 듯 발을 동동 굴렀다.

그런 구양도경에게 석대문이 물었다.

"예쁜 숙모가 아저씨의 동생이라서 모기를 잡아 주는 거라고?"

"왜요? 그러면 안 되나요?"

"안 되는 건 아니지만, 아저씨는 경아가 아저씨를 좋아해서 모기를 잡아 주는 줄 알았는데……."

구양도경이 파리채를 주우며 심드렁하게 물었다.

"제가 왜 아저씨를 좋아해야 하죠?"

석대문은 조금 당황했다.

"그게 말이다, 저번에 왔을 때 아저씨가 용도 만들어 주고 호랑이도 만들어 주고 했잖아. 설마 잊은 건 아니지?"

구양도경은 금시초문이라는 양 고개를 저었다. 석대문은 조금 더 당황했다.

"왜 청룡하고 백호 기억 안 나? 아저씨가 그것들을 만들어 줬잖아. 이 손으로 말이야."

석대문은 자신의 오른팔을 향해 턱짓을 보내며 애처로운 목소리로 말했다. 하긴 애처로운 것은 비단 목소리만이 아니었다. 그의 오른팔도, 진흙처럼 시커먼 고약을 덕지덕지 처바른 채 삼베 끈으로 창틀에 붙들어 매인 그의 오른팔도 목소리 못지않게 애처로웠던 것이다.

이러한 애처로움이 통했는지 구양도경은 미간을 웅크리며 잠시 궁리하는 시늉을 했다. 하지만 결과는 마찬가지. 아이의 고개는 또 한 번 도리도리였다. 석대문은 맥이 탁 풀렸다.

"아저씨는 경아가 똑똑한 줄 알았는데, 이제 보니 바보구나."

아무리 속이 상해도 남의 집 자식에게 해서는 안 될 소리가 있는데, 그중에서도 특히 금기로 해야 할 것이 지적 수준에 관한 폄하였다.

금기를 어긴 죄과는 즉시 돌아왔다.

"지금 뭐라고 했소!"

문이 벌컥 열리며 한 사람이 방 안으로 뛰어들어 왔다. 그 새된 목소리를 듣는 순간 석대문은 잘못 걸려도 단단히 잘못 걸렸다는 생각을 하지 않을 수 없었다. 환자들에겐 며칠 굶은 시어미처럼 빡빡하게 굴면서도 구양도경에겐 손자 놈 불알 대하듯 쩔쩔매는 유 당사가 나타난 것이다.

단숨에 방을 가로질러 석대문이 누운 창가에 이른 유 당사는 볼품없는 턱수염을 바들바들 떨더니 냅다 퍼붓기 시작했다.

"누가 누구더러 바보라고 하는 게요! 내가 웬만하면 이 말만큼은 안 하려고 했는데, 멀쩡하지도 않은 몸을 가지고 허구한 날 쌈질이나 하는 가주가 바보지, 우리 아기씨가 어디가 어떻다고 바보라는 게요!"

치아가 시원찮은 유 당사인지라 소리를 지를 때면 유난히 새는 것이 많았다. 그의 발치에 누워 그가 뿜어내는 분비물들을 고스란히 뒤집어쓰는 동안, 석대문의 표정은 점점 침울해졌다. 강동제일인이 바보라니! 가끔 아내로부터 들은 것을 빼면 언제 들었는지 기억도 나지 않는 욕이었다.

"난 그저…… 경아가 나와 보낸 시간을 너무 금방 잊은 것 같기에…… 용도 만들어 주고 호랑이도 만들어 주고 했는데…… 이 손으로…….."

목소리와 오른팔은 여전히 애처로운 석대문이지만 애당초 통할 상대가 아니었다.

"철마다 온갖 귀한 선물을 산처럼 받는 우리 아기씨더러, 그깟 나무 몇 토막 기억 못 한다고 바보라고? 이 사람이 아주 간이 배밖에 나왔구먼!"

이젠 '가주'도 아니고 '이 사람'이란다. 계속 대거리를 하다간 무슨 심한 소리가 나올지 모르는 상황이라 석대문은 아예 입을 다물기로 작정했다.

"유 노대, 그만해. 아프신 아저씨한테 너무하잖아."

구양도경이 석대문을 거들고 나섰다.

"아니, 지금 내가 참게 생겼습니까? 저 인간이 아기씨더러 바보라잖아요. 바보!"

개중엔 말을 하는 동안 더욱 흥분하는 사람도 있었다. 유 당사가 바로 그런 사람이었다. 그는 심화를 이기지 못하고 어깨를 들썩거리다가 석대문을 내려다보며 악을 써 댔다.

"이보시오, 석 가주! 내가 지금 이 방에 왜 왔는지 알기나 하오? 우리 아기씨께서 석 가주가 모기 때문에 고생할 것 같다고 하셔서 축문향逐蚊香이나 피워 줄까 해서 온 거요. 이렇게 사려 깊은 아기씨더러, 뭐? 바보? 생각 같아선 축문향이고 뭐고 그냥……!"

유 당사는 오른손에 들고 있던, 하얀 연기를 실처럼 피워 올리는 조그만 향로를 번쩍 치켜 올렸다. 축문향이란 방충에 효과가 뛰어난 제충국除蟲菊과 삼목의 분말을 녹말에 개어 말려 향처럼 만든 물건을 가리키는 말인데, 재료가 귀하고 제작에 손이 많이 가는 탓에 웬만한 집에서는 엄두도 못 내는 귀물貴物이었다. 석대문도 실제로 본 것은 이번이 처음이었다.

"그만! 그만하라고 했잖아!"

구양도경이 들고 있던 파리채를 아래위로 휘두르며 성난 얼굴로 소리쳤다. 그 바람에 찔끔한 유 당사가 당장이라도 팽개칠 것처럼 치켜 올렸던 향로를 슬그머니 아래로 내렸다.

"경아가 아저씨를 잊은 게 섭섭해서 그랬다고 하시잖아. 아저씨를 잊은 경아도 잘못이고 경아에게 바보라고 한 아저씨도 잘못이야. 둘 다 잘못했으니 비긴 거지, 뭐. 그러니까 이제 그만해. 밤새 저러고 계셔야 하는 아저씨가 불쌍하지도 않아?"

"에구머니, 에구머니나……."

너무도 어른스러운 구양도경의 말에 유 당사는 눈 코 입이 금방이라도 흘러내릴 것 같은 표정이 되었다.

"벌써 이렇게 자라셔서 저리도 기특한 말씀을 하시다니, 큰 도련님 내외분께서 살아 계셔서 아기씨의 이런 모습을 보신다면 얼마나 기뻐하실까요? 흑!"

"칫, 여기서 죽은 엄마 아빠 얘긴 왜 꺼내? 그만 떠들고 그 향로나 이리 줘."

구양도경은 벌써 눈물이 그렁그렁 맺힌 유 당사로부터 향로를 받아 들고는 석대문의 발치에 내려놓았다.

"이것만 있으면 방문 창문 다 열어도 모기 걱정은 안 하셔도 될 거예요. 손닿는 자리에다 물병도 갖다 놨으니 내일 아침까지는 문제없을 거고요."

이래저래 고단한 석대문이었다. 아이의 세심한 마음씀씀이에 감동하지 않을 수 없었다.

"그럼 전 이만 자러 갈게요."

"고맙구나. 잘 자라."

"안녕히 주무세요."

구양도경은 깍듯한 혼정昏定 인사를 올린 뒤, 본격적으로 울먹이기 시작한 유 당사의 등을 떠밀며 방을 나갔다.

주위가 조용해졌다.

석대문은 조그맣게 한숨을 내쉬고는 목을 바로 하고 천장을 올려다보았다. 모기는 그 소란 속에서도 여전히 자리를 지키고 있었다. 석대문은 그 모기를 잠시 바라보다가 낮은 목소리로 물었다.

"아직까지 거기 달라붙어 있는 게냐?"

물론 모기는 대답할 수 없었다. 석대문이 다시 물었다.

"설마 내가 모기와 얘기한다고 생각하는 건 아니겠지?"

그러자 창가에서 부스럭 인기척이 울렸다.

잠시 후 창문이 빠끔 열리며 방 안으로 들어오는 얼굴 하나가 있었다. 새카만 코밑이 제법 어른스러운 느낌을 주는, 하지만 앳된 티가 완전히 가시지 않은 소년이었다. 눈썹이 짙고 이목구비가 단정하여 꽤나 잘생긴 용모임에 분명한데, 한 가지 아쉬운 것은 중병을 앓은 듯 얼굴 전체에 병색이 덧씌워 있다는 점이었다.

석대문과 눈이 마주친 소년이 소리 죽여 물었다.

"유 당사는 갔나요?"

"창 밑에 달라붙어 전부 들었을 게 아니냐. 오늘은 안 올 테니 염려 마라."

석대문의 대답에 소년은 안도의 한숨을 내쉰 뒤 창틀과 그 밑에 누워 있는 석대문을 한꺼번에 뛰어넘어 방 안으로 들어왔다. 소년의 허리에 매달린 길쭉한 물건이 석대문의 머리 위에서 덜렁거렸다.

"또 목검을 차고 온 거냐? 미안하지만 오늘은 이런 신세라서 너와 대련해 줄 수 없을 것 같구나."

석대문이 웃으며 말했다. 소년은 창틀에 매달린 석대문의 오른손을 바라본 뒤 어깨를 으쓱거렸다.

"그래 보이네요. 그나저나 이것도 치료인가요?"

"치료지."

"무슨 치료가 이렇게 괴상망측하죠?"

"이래 봬도 꽤나 유서 깊은 치료법이다."

소년은 석대문의 오른팔 쪽으로 얼굴을 가져다 대며 코를 벌름거렸다.

"냄새가 묘한데, 고약의 이름이 뭐죠?"

"섬용고纖溶膏."

"이름도 묘하군요. 활인구양가活人歐陽家의 비전 고약인가 보죠?"

"그건 아니다."

소년은 눈썹을 쫑긋거렸다.

"그런데도 유 당사가 가만히 내버려 둬요?"

"내버려 두지 않으면?"

"유 당사 성격 모르세요?"

"무슨 성격?"

"하! 정말 모르시나 보네. 왜, 산동에 있는 양가의방楊家醫房이라고 아시죠?"

이렇게 시작한 소년의 장광설은, 양가의방의 양 사부가 만든 보천심통환補天心通丸이 병후 약해진 몸을 보하는 데 얼마나 좋은지 아느냐, 얼마 전 숙부들이 자신을 위해 그 보천심통환을 열두 알 구하느라 얼마나 고생했는지 아느냐, 그런데 자신에게 전달하려다가 유 당사에게 딱 걸려 얼마나 잔소리를 들었는지 아느냐 등등, 석대문이 전혀 알지 못하는 아느냐 소리를 수없이 연발한 뒤에야, "그런 유 당사가 다른 데서 지은 고약을 붙이고 있는 아저씨를 그냥 놔두다니 정말 놀랄 일이네요. 하여튼 종잡을 수 없는 영감쟁이라니까."라며 결국 유 당사 욕으로 끝을 맺었다.

인내심을 가지고, 사실은 꼼짝할 수 없는 상황이라 인내심이 없더라도 뾰족한 수가 없긴 했지만, 소년의 장광설을 끝까지 들은 석대문이 말했다.

"여러 번 생각한 일인데 너는 부친과 무척 다르구나."

칭찬은 아닌 것이 분명한 이 말에도 소년은 별로 개의치 않는 눈치였다.

"아버지는 아버지고 저는 저니까 다를 수밖에요. 그나저나 이 집에서 지은 게 아니면 어디서 지은 거죠?"

석대문은 한숨을 쉬었다.

"너는 여덟 살짜리 경아보다 더 호기심이 많은 것 같구나."

소년은 석대문을 바라보며 싱긋 웃었다.

"호기심이 없으면 창의성도 없는 법이지요."

석대문의 눈이 조금 커졌다.

"그건 또 누가 해 준 말이냐? 네게도 예쁜 숙모가 있느냐?"

"예쁜 숙모요? 하하! 제겐 숙모가 세 분 계시지만, 아쉽게도 세 분 모두 외양보다는 내면 쪽에 강점이 있는 분들이지요. 그 얘기는 아버지께서 해 주신 말씀이에요. 아버지께선 누누이 말씀하셨죠. 살아 있는 검법이 진짜 검법인데, 살아 있는 검법을 익히기 위한 가장 중요한 요소가 바로 창의성이라고요."

석대문은 이 또한 뜻밖이라 여겼다. 소년의 이름은 이호. 사절검의 대형인 이철산의 아들이었다.

하북에서 명성을 떨치는 일자수미검 이철산으로 말할 것 같으면 검법의 성취도 뛰어나거니와 인품과 덕망 면에서도 타인의 귀감이 되기에 충분한 진짜 대협이었다. 그러나 이철산에게도 약점은 있었다. 그가 수련한 대정수미십팔검大定須彌十八劍은 진퇴가 선명하고 기세가 장중하여 강호일절江湖一絕로 꼽히기에 부족함이 없지만, 지나치게 올곧다는 평을 받고 있었다. 물론 작은 기궤奇詭로는 어찌해 볼 수 없겠지만 보다 큰 기궤, 예를 들면 석대문 정도의 고수가 펼치는 상승의 기만술이라면 어렵지 않게 도모할 수 있는 검법인 것이다.

때문에 이철산을 아는 사람들은 종종 말한다. 만일 그에게 융통성이 있다면, 창의성이 있다면, 그의 검법은 두 배 이상 강해질 거라고. 그러나 창의성이란 마음먹는다고 해서 키울 수 있는 것이 아니었다. 오십을 넘긴 나이로 발상을 전환시키기란 고목이 꽃을 피우는 것만큼이나 힘든 일이었다.

'하긴, 자신에겐 없는 부분이기에 자식에게만큼은 반드시 만들어 주고 싶었는지도 모르지.'

석대문은 생각했다. 부모 마음이란 그런 것이라고.

"그런데 어제까지만 해도 이런 치료 안 하셨잖아요? 오늘은 왜 하시는 거죠? 아무래도 큰 숙부의 용천검법만큼은 쉽게 견디기가 어려우셨나 보죠?"

소년 이호의 호기심은 그칠 줄을 몰랐다. 저 호기심이 그대로 창의성으로 연결만 된다면, 이철산은 자신이 바란 교육적 효과를 얻을 수 있으리라.

"주 대협의 검법은 확실히 전 대협, 고 대협의 것보다 상대하기 까다로웠지. 하지만 그것 때문에 치료를 받는 것은 아니란다."

"그러면요?"

"내 팔은 아직 완치되지 않았지. 매일 구양신의로부터 시침施鍼을 받아야 함은 물론, 사흘에 한 번은 이렇듯 고약으로 떡칠을 하고 세 시진을 보내야 한단다."

"세 시진씩이나요?"

"그것도 많이 나아져서 세 시진이지, 처음엔 매일 여섯 시진 씩 오른팔을 약단지에 담근 채 꼼짝달싹 못 했단다. 거기에 아 귀힘만으로는 천하제일을 다툴 만한 경강공의 달인에게 뼈마 디가 부러질 것 같은 무지막지한 안마를 받아야만 했고. 정말 지옥 같은 시간이었지. 그때에 비하면 지금은 천당이나 마찬가 지야."

이호는 쯧쯧, 혀를 찼다.

"안마는 잘 모르겠지만, 저도 얼마 전까지 침대에 누워 손가 락 하나 까딱 못 하는 신세였지요. 정말 지옥 같더라고요."

주화입마로 저승 문턱까지 다녀왔다고 하니 저 말이 그저 과 장만은 아닐 터였다.

"참, 아까 대답 하나를 못 들은 것 같은데…… 맞다! 이 고약! 이름이 섬용고라고 하셨나요? 유서가 깊다고 하셨죠? 대체 어 디서 지었기에 이 집 약이 아니면 약 취급도 안 하는 유 당사가 봐주는 거죠? 혹시 유 당사의 약점이라도 잡은 건가요?"

방문 밖에서 울린 인기척을 듣고도 도중에 말리지 않은 것은 이호에게 무슨 나쁜 감정이 있어서는 아니었다. 단지 소년의 말 이 너무 빨랐기 때문이다.

"내가 언제 우리 집 약이 아니면 약 취급을 안 했다는 거냐!"

카랑카랑한 노성과 함께 방문이 또다시 벌컥 열렸다. 이어 방 안으로 모습을 드러낸 것은 문제의 유 당사였다. 지은 죄가 있는 이호는 물론 기절할 것처럼 놀랐다. 그런데 석대문은 조금 다른 이유로 놀라지 않을 수 없었다. 유 당사의 뒤를 이어 방 안으로 들어온 노인 때문이었다.

"허허, 소협이 오해한 모양이군."

죽피竹皮로 만든 당건唐巾에 올이 성근 홑겹 포의布衣가 수수하면서도 시원한 느낌을 주는 노인. 바로 이 활인장의 주인인 구양정인이었다.

"인술을 베풂에 있어 속된 경쟁심 따위가 어찌 개입할 수 있겠는가. 양가의방의 양 사부께서 지으신 보천심통환의 효능은 본가에서도 높이 평가한다네. 하지만 보천심통환은 양기가 쇠한 환자에게 쓰이는 약이지, 양기가 지나쳐 주화입마에 들었던 소협에겐 맞지 않아. 유 당사도 그 사실을 잘 알기에 막지 않을 수 없었던 걸세."

구양정인은 차분한 목소리로 이호에게 설명했다. 유 당사는 똑똑히 들었냐는 듯 눈을 부라렸고, 이호는 자라목이 될 수밖에 없었다.

구양정인의 온화한 시선이 석대문에게 옮아왔다.

"불편한 곳은 없으시오?"

"불편이라니요. 너무 편해서 탈이지요. 그나저나 이 늦은 시각에 어인 일로 오셨습니까?"

석대문의 물음에 구양정인은 짐짓 표정을 굳히며 이호를 돌아보았다.

"야밤에 병실을 몰래 탈출한 환자가 있다기에 잡으러 왔지요."

이호의 안색이 하얗게 질렸다.

"저, 저는 그저……."

"게다가 어제는 가주를 졸라 대련까지 했다지요? 부친께 고하여 쫓아내든지 해야지, 원……."

이호가 뭐라 변명도 못 하고 쩔쩔매는데, 석대문이 빙긋 웃으며 구양정인에게 물었다.

"어린 친구를 울리시렵니까? 장난은 그쯤 하시고 오신 이유나 말씀해 보시지요."

그러자 구양정인 또한 너털웃음을 터뜨렸다.

"하하! 실은 가주를 찾아온 분들이 있어 모시고 왔소이다."

"저를요?"

석대문은 어리둥절해졌다. 자신이 활인장에 머문다는 사실을 아는 사람은 최소한 이 활인장의 담장 바깥에는 없을 것이라 생각했기 때문이다.

"면회를 허락하기엔 늦은 시각인 줄 모르는 바는 아니나, 사정을 들어 보니 지체할 일이 아닌 듯하여 이렇게 가주의 정양을 방해하게 되었소. 양해해 주시기 바라오."

구양정인의 말이 끝나기가 무섭게 방문 밖에서 우렁우렁한 목소리가 울렸다.

"거지 형님이 왔네! 들어가도 되겠나?"

석대문은 깜짝 놀랐다. 그에게 형님 소리를 들을 수 있는 거지는 천하에서 오직 한 사람, 개방 방주 우근밖에 없었다.

"들어오십시오."

석대원의 대답과 동시에 몇 사람이 방 안으로 우르르 들어왔다. 거지 하나와 거지 아닌 넷. 거지는 석대문의 짐작대로 우근인데, 거지 아닌 넷은 석대문보다는 이호 쪽이 훨씬 잘 아는 사람들이었다.

"아버지! 어? 숙부님들도?"

우근을 뒤따라 방 안으로 들어온 거지 아닌 네 사람은 요사이 석대문을 상대로 비무를 치르는 사절검이었던 것이다.

"아우, 이게 얼마 만인가?"

허공을 날듯 방을 가로질러 온 우근이 석대문의 왼손을 덥석 움켜쥐었다.

"얼굴이 어찌 이리 상했는가? 게다가 펄펄 날아다녀도 시원 찮은 사람이 이 꼴이 다 뭔가?"

우근의 부리부리한 두 눈엔 눈물까지 그렁그렁 맺혀 있었다. 반갑기로 말하자면 석대문도 마찬가지였다.

"어차피 한 꺼풀 벗기면 해골인 것을 외모의 미추가 무슨 대수겠습니까. 그리고 팔은 거의 나았으니 너무 염려 하지 마세요."

"그래도 그렇지, 어찌 이럴 수가……."

화상으로 녹아 붙은 흉터를 바라보는 우근의 얼굴엔 안타까움이 가득했다. 석대문은 밝게 웃으며 화제를 돌렸다.

"올 초 무당산에서 봉변을 당하셨단 얘기는 들었습니다. 하지만 형님이라면 별일 없을 거라 믿었지요."

우근은 "이런 젠장! 눈에 뭐가 들어갔나?"라며 꼬질꼬질한 소매로 눈가를 쓱 훔친 뒤, 제 가슴을 탕 두드리며 호기롭게 말했다.

"봉변은 무슨 봉변! 개새끼들이 떼거지로 몰려와 귀찮게 굴었지만, 그런 놈들 때려잡는 전문이 바로 우리 거지 아닌가."

"하하! 개 잡는 데엔 개방이 천하제일이 맞지요."

"맞다마다. 흠! 개 잡는 얘기를 하니 갑자기 개 갈비가 뜯고 싶어지네. 내 나중에 제자 놈 시켜서 한 마리 잡을 테니, 둘이서 한번 신나게 뜯어 보자고."

이때 문가에 서 있던 이들 중 하나가 두 사람의 대화에 끼어들었다.

"우 방주, 그땐 우리들도 꼭 불러야 할 게요."

사절검의 대형인 이철산이었다. 그를 힐끔 본 우근은 조그만 목소리로 "몇 마리 더 잡아야겠네."라고 중얼거린 뒤, 석대문에게 말했다.

"저기 계신 이 대협께 다 들었네. 예전 실력을 되찾기 위해 저분들과 비무를 한다며?"

그러자 이철산이 석대문을 향해 포권을 올렸다.

"가주이신 줄도 모르고 우리 형제들이 그동안 결례가 많았소이다."

석대문의 얼굴이 조금 붉어졌다.

"별말씀을! 결례라면 얼굴을 감추고 무리한 요구를 한 제 쪽에 있겠지요. 이 기회에 정식으로 사과드리겠습니다."

이철산은 손사래를 쳤다.

"어제까지는 정말 누군지 짐작도 못 했지요. 오늘 비무를 보고서야 비로소 가주가 아닐까 하는 생각이 들었소이다. 밖에서 듣자 하니 못난 자식 놈에게도 가르침을 주셨다고요? 천하의 강동제일인과 이런 식으로 연을 맺게 되다니 진실로 영광으로 생각하오."

"가르침이라니 너무 거창하십니다. 오히려 제가 위로를 많이 받았지요. 심지가 굳은 아이이니 가까운 시일 안에 예전 모습을 되찾을 것으로 믿습니다. 그나저나 팔자 좋게 누워 있기엔 쟁쟁한 분들이 너무 많이 오셨군요."

석대문은 자리에서 일어나 앉더니 오른쪽 손목에 묶인 삼베 끈을 풀었다. 우근이 놀라 물었다.

"자네, 그래도 되는가?"

"무리하게 움직이지만 않으면 큰 탈은 없을 겁니다. 신의 어른, 그렇지 않습니까?"

석대문의 시선이 향하자 구양정인은 눈을 끔뻑이며 능청스럽게 반문했다.

"이미 멀쩡한 팔인데, 설령 무리하여 움직인다고 한들 무슨 큰 탈이 있겠소?"

"예?"

석대문은 멍한 표정이 되었다.

"내일 비무가 끝나는 대로 말할 작정이었는데, 기회가 난 김에 지금 말하리다. 치료비는 안 받을 테니 아침까지는 방을 비워 주기 바라오."

석대문의 눈이 번쩍 빛났다.

"그 말씀은……?"

구양정인은 빙긋 웃으며 고개를 끄덕였다.

"맞소. 가주의 오른팔은 이제 어떤 치료도 필요 없는 상태요. 예전의 감각을 완전히 되찾기까지는 시간이 조금 걸리겠지만, 가주라면 금방 해내시리라 보오."

석대문의 얼굴에 기쁨의 빛이 차올랐다.

그 얼마나 고대해 온 말이던가! 오른팔이 완치되었다! 천하제일의 신의가 그것을 보증해 준 것이다.

"나았군! 다 나았어! 아우, 축하하네!"

우근은 석대문의 벗은 상체를 부둥켜안으며 자신의 일처럼 기뻐했고, 사절검도 환히 웃으며 축하의 인사를 건넸다.

석대문은 자리에서 벌떡 일어서서 구양정인을 향해 깊은 읍례를 올렸다.

"감사합니다. 신의께서 베푸신 은혜, 죽는 날까지 잊지 않겠습니다."

구양신의는 과분하다는 듯 손을 내저었다.

"감사를 받을 사람은 내가 아니오. 금철하후가의 섬용고가 아니었던들 아무것도 달라지지 않았을 테니까."

"아닙니다. 신의의 보살핌이 아니었다면 지난가을에 이미 모든 것을 포기했을지도 모르지요. 감사합니다."

"허허, 정 그렇다면 우리 현이 놈에게나 잘 대해 주시구려."

"매제라면 이미 친동생처럼 여기고 있습니다. 그런 부탁이라면 천방지축인 누이를 시집보낸 제 쪽에서 해야 마땅할 겁니다."

구양정인은 빙긋 웃은 뒤, 우근을 향해 말했다.

"촉급한 상황에 이 늙은이가 너무 주책을 떨었구려. 방주께선 어서 가주께 알려 드리시오."

이 말에 비로소 생각난 듯 우근의 안색이 심각해졌다.

"아우, 내가 방도들을 풀어 아우의 행적을 탐문한 데엔 다 까닭이 있네."

석대문은 우근을 돌아보았다.

"무슨 일이 있습니까?"

"독문이 다시 세상에 나왔네."

석대문의 눈이 커졌다.

"독문이라면 독중선 군조의……?"

"바로 그 노독물이 팔팔하게 살아서 독문의 무리를 이끌고 강동으로 향한 모양이네."

군조와 강동삼수 사이에 얽힌 악연에 대해서는 누구보다 잘 알고 있는 석대문이었다. 군조가 강동으로 가는 이유는 굳이 묻지 않아도 짐작이 갔다.

"지금 어디쯤 이르렀답니까?"

"엿새 전 강소 땅 구강에서 노독물의 의가상문행이 재현되었다고 하니, 아마 지금쯤이면 소주 근방까지 당도하지 않았을까 생각하네."

소주라면 이미 강동이었다. 강동삼수의 대형인 냉면사자검 방령이 세운 사자검문이 바로 소주에 있고, 석가장 또한 소주에서 하루 반이면 당도할 거리였다. 석대문은 자신도 모르게 무거운 신음을 흘렸다.

"급한 대로 걸음이 빠른 제자 편에 통지는 했네만, 자네도 알다시피 현재 강동엔 그 노독물을 상대할 만한 사람이 없네. 사전에 알고 있다 하여 막기는 쉽지 않을 게야."

우근이 말했다.

"이러고 있을 때가 아니군요."

석대문은 꾸덕꾸덕하게 마른 고약을 대충 훑어 낸 뒤 머리맡에 잘 개어 둔 상의를 집어 들었다. 상의 아래엔 새까만 광택을 뿌리는 허리띠가 동그랗게 말린 채 놓여 있었다. 사절검과의 비무에선 사용하지 않은 그의 애검 묵정이었다.

그때 이철산이 한 발짝 나서며 말했다.

"석 가주, 부탁이 있소."

석대문의 시선이 이철산을 향했다.

"가주가 어떤 고난에도 굴하지 않은 대장부란 사실은 잘 아오. 그러나 한 주먹보단 두 주먹이 강하고, 두 주먹보단 열 주먹이 강한 법 아니겠소? 우리도 돕게 해 주시오."

이철산의 말에 석대문은 난색을 떠올렸다.

"상대는 독중선의 독문입니다. 목숨을 잃을지도 모르는 위험한 일이란 뜻이지요. 이번 일과 아무 연관도 없는 선배들까지 끌어들일 수는 없습니다."

"연관이란 만들면 되는 것을…… 호아야!"

멀뚱히 서 있던 이호가 부친의 부름에 깜짝 놀라 대답했다.

"예!"

"무엇하고 있느냐? 사부님께 어서 배례를 올리지 않고."

이호는 호기심만큼이나 눈치도 빠른 소년이었다. 그는 석대문을 향해 털썩 무릎을 꿇더니 고두배叩頭拜를 올리기 시작했다. 석대문은 당황했다.

"이게 무슨……?"

"이미 가주의 가르침을 받은 바 있는 아이요. 부족한 점이 많지만 가주라면 능히 좋은 재목으로 다듬어 주시리라 믿소."

"하지만……."

이철산의 표정이 돌처럼 굳었다.

"사사師事의 예물로 우리 사절검의 목숨을 걸겠소. 바라건대 거절하지 마시오."

사뭇 비장하기까지 한 이철산의 말에 석대문이 어찌할 바를 모르는데, 우근이 다가와 그의 어깨를 두드리며 말했다.

"좋은 제자를 거두었군. 축하하네."

구양정인도 웃으며 거들었다.

"허허, 공짜로 봐줘야 할 환자가 한 사람 더 는 셈이구려. 이러다가 망하는 거나 아닌지 모르겠소."

석대문은 바위처럼 완강해 보이는 이철산의 얼굴과, 이 와중에도 열심히 고두배를 올리고 있는 이호의 모습을 번갈아 바라보다가 한숨을 내쉬었다.

"호아는 머리를 들어라."

이호가 머리를 들었다.

"본가의 검법은 무엇에도 구애받지 않는 자유로움을 바탕으로 한다. 빠름이 필요하면 빠르게, 무거움이 필요하면 무겁게. 언제 어느 때건 큰 흐름을 좇아 움직여야 할지니, 너의 눈과 너의 귀, 나아가 너의 머리와 너의 마음을 열고 검을 대하여라. 검은 사람이고 사람은 곧 세상, 검이 자유로우면 세상 또한 자유로울 것이다."

석대문이 엄숙한 목소리로 석씨검법의 입문 요결을 낭송했다. 이호는 어깨를 부르르 떨더니 머리를 깊이 조아렸다.

"사부님의 가르침, 명심하겠습니다."

석대문의 목소리가 부드러워졌다.

"나는 오늘 강호의 인재 한 사람을 제자를 들이며 너무 과분한 수업료를 받았다. 이번 일이 해결되는 대로 돌아와 너를 거둘 터이니, 너는 전심전력으로 신의께서 베푸시는 치료에 부응해야 할 것이다."

바위처럼 완강하기만 하던 이철산의 표정도 눈 녹듯 풀렸다. 그는 석대문의 손을 움켜잡으며 고개를 숙였다.

"고맙소, 가주!"

석대문은 이철산을 향해 빙긋 웃었다.

"좋은 인재를 얻은 제가 오히려 고맙지요."

이들의 모습을 지켜보던 우근이 통쾌하다는 듯 대소를 터뜨렸다.

"으하하! 사내들이로다! 이 사람 저 사람 할 것 없이 진짜 사내들이야! 이런 날 술 한 잔 마실 수 없다는 것이 이렇게 쓰라릴 줄이야! 밖에 이 대협이 마련한 쾌마들이 대기해 있네. 어서 강동으로 가서 노독물과 그 잔당을 때려잡자고. 그러고 나서 석가장 술 창고를 깡그리 비워 버릴 테니 각오 단단히 하게."

"어디 석가장뿐이겠습니까? 강동에 있는 모든 술집의 씨가 마르기 전까지는 보내 드리지 않을 작정이니 형님이나 각오 단단히 하십시오."

석대문은 상의를 걸치고 애검 묵정을 허리에 둘렀다. 이젠 신분을 애써 감출 필요가 없으니 죽멸 따위는 필요 없었다. 단지 이마를 질끈 동여맬 검은 영웅건으로 족했다. 그가 의관을 모두 갖추고 허리를 쭉 펴 올리자 훤칠하게 솟은 어깨선 위로 장부의 위엄이 구름처럼 피어올랐다.

부상 이후 혹독한 고난을 불굴의 의지로써 극복해 낸 석대문. 그가 마침내 강동제일인으로 돌아온 것이다.

다음 권으로 이어집니다